DIE TOTE VOM GALGENBERG

Elisabeth Nesselrode, in der Nordeifel geboren und aufgewachsen, lebt seit zehn Jahren in Bayern, sieben davon in München, wo sie studierte und im Anschluss als Producerin und Jungredakteurin für unterschiedliche Filmproduktionsfirmen arbeitete. Nach einem Zweitstudium in russischer Philologie und Politikwissenschaft an der Universität Regensburg ist sie mittlerweile im Bereich der Presse- und Öffentlichkeitsarbeit tätig. Elisabeth Nesselrode schreibt, seit sie schreiben kann, besonders gern Geschichten über die Dinge, die wir weder sehen noch verstehen können – über das, was im Schatten liegt.

ELISABETH NESSELRODE

DIE TOTE VOM GALGENBERG

Oberpfalz Krimi

emons:

Bibliografische Information der Deutschen Nationalbibliothek
Die Deutsche Nationalbibliothek verzeichnet diese Publikation
in der Deutschen Nationalbibliografie; detaillierte bibliografische
Daten sind im Internet über http://dnb.d-nb.de abrufbar.

© Emons Verlag GmbH
Alle Rechte vorbehalten
Umschlagmotiv: Barbara McKinney/Arcangel.com
Umschlaggestaltung: Nina Schäfer, nach einem Konzept
von Leonardo Magrelli und Nina Schäfer
Umsetzung: Tobias Doetsch
Gestaltung Innenteil: DÜDE Satz und Grafik, Odenthal
Lektorat: Lothar Strüh
Druck und Bindung: CPI – Clausen & Bosse, Leck
Printed in Germany 2022
ISBN 978-3-7408-1479-3
Oberpfalz Krimi
Originalausgabe

Unser Newsletter informiert Sie
regelmäßig über Neues von emons:
Kostenlos bestellen unter
www.emons-verlag.de

Für meine Eltern

Prolog

Januar 1994

Es gibt diese Tage, goldene Tage, die kaum an Perfektion zu übertreffen sind, die in goldenem Licht erstrahlen, wenn alles schön ist, wenn all das, was es schwer macht und kompliziert, weit weg ist. Wenn man versteht, wie wunderschön die Welt, wie schön das Leben doch eigentlich ist. Dann ist da dieser süße Schmerz, diese bittere Gewissheit, irgendwo ganz tief vergraben, dass dies alles irgendwann vorbei sein wird. Es ist ein seltsames Gefühl, das plötzlich all diese Schönheit überlagert. Es ist Angst, Angst vor dem Ende, es ist die Angst vor dem Tod.

Jetzt sehe ich in deine Augen, und in diesem Moment, in dem alles vorbeigeht, in dem das Ende bevorsteht, in dem sich da draußen ein goldener Tag dem Ende entgegenneigt, würde ich dich gern so vieles fragen. Und auch wenn ich weiß, dass das nicht möglich ist, ich wüsste ja ohnehin nicht, wo ich anfangen sollte. Du hast mich nie angesehen, nie beachtet, immer so getan, als existierte ich nicht in deiner Welt, in deiner Realität, in der ich nichts weiter bin als ein Statist, ein Möbelstück, ein unbeachtetes, verschwommenes Detail in einem Bild. Wenn ich verschwunden wäre, wäre es dir nicht mal aufgefallen, du hättest dich nicht einmal gewundert oder nachgefragt. Ich bin unsichtbar für dich. Und das ist doch eigentlich ungerecht, das ist nicht fair. Denn in meiner Welt bist du sichtbar, in meiner Realität bist du da, immer.

Deine Augen sind krampfhaft verzerrt, werden gleichzeitig müde wie stechend. Jetzt siehst du mich an, beobachtest mich ganz genau, siehst mich so, wie ich dich sehe, vielleicht auch ein bisschen anders. So viele Dinge möchte ich dich fragen. Und doch verstehe ich, dass eigentlich alles völlig unerheblich ist.

Ein letztes Mal sagst du etwas. Deine Stimme ist ganz leise, flüsternd, gleichzeitig scharf, krächzend. »Du wirst mich niemals los. Nie.«

Ich weiß. Und doch ist das, was wirklich zählt in diesem Augenblick, dass du mich wahrnimmst. Du nimmst mich endlich wahr. So wie du hier liegst, vor mir auf dem harten Boden, so wirst du mich in Erinnerung behalten. Und das ist nur fair. Denn das, was du vorher nie sehen wolltest, ist das Letzte, was du siehst: mich.

Jetzt ist es vorbei, und ich gehe nach draußen. Ich atme und warte im Dunkeln auf die ersten Sonnenstrahlen. Ich warte auf den Anbruch eines neuen, eines goldenen Tages.

1

Das graublaue Flussfrachtschiff rangierte in der engen Schleusenkammer, ein Schiffsmann schlang die wuchtige Leine um den Poller am Beckenrand, das hintere Tor schloss sich. Noch bevor das Wasser aus der Kammer in die Unterwasserseite der Donau abfloss, schwebten hungrige Flussmöwen durch die Lüfte und ließen sich auf dem Geländer des vorderen Schleusentors nieder. Sobald der Wasserspiegel in der Kammer sank und das Wasser in die Unterwasserseite gepumpt wurde, begannen sie kreischend über dem sprudelnden Getöse zu segeln, schnappten nach kleinen Fischen, die durch den Unterdruck in die Höhe getrieben wurden, setzten immer wieder zum Sturz an, verharrten kurz über der Oberfläche und segelten wieder davon. Über fünf Meter sank das Schiff langsam nach unten, bevor der Lärm endete. Mechanisch dumpf öffnete sich das vordere Schleusentor, und das Schiff trieb dampfend flussaufwärts die Donau entlang.

Es regnete an diesem trüben Februarmorgen. Unaufhörlich tropfte das Wasser in langen Fäden auf die Kapuze ihrer dunkelblauen Regenjacke und bahnte sich einen Weg über ihren geraden Nasenrücken. Sie war völlig durchnässt. Doch erst als das Schiff unter der Brücke verschwunden war, steckte Ulrike sich die Kopfhörer zurück in die Ohren und ließ sich vom Bass der Musik und ihren regelmäßigen Laufschritten in die entgegengesetzte Richtung flussabwärts tragen.

Es war etwa halb acht Uhr morgens. Aus dem Augenwinkel nahm sie die anderen, ihr entgegenkommenden unerschütterlichen Läufer wahr und blickte währenddessen auf den vorbeirauschenden Fluss neben ihr, der sich in braunen Wellen durch die Stadt grub. Das dunkle Wasser, die Schiffe, die Schleuse zogen sie fast magisch an, erinnerten sie zwischen all dem provinziellen, historisch angestaubten Charme des Welterbes an die unermessliche Bedeutung dieser Wasserstraße, der die

Stadt ihren Ruhm verdankte und die sie mit dem Rest der Welt zu verbinden schien.

Thorsten, ihr Ex-Mann, hatte immer davon geträumt, die Donau einmal von hier bis zum Schwarzen Meer zu befahren. Wie sie so gedankenverloren am Ufer entlanglief, stellte sie sich vor, wie er ihr auf einem kleinen Fischerboot entgegenkommen würde, mit der albernen Kapitänsmütze auf dem Kopf, die stets an seinem Garderobenhaken hing wie eine permanente Erinnerung an diesen ungelebten Traum. Unter der Oberpfalzbrücke am Dultplatz angekommen, dröhnte Ulrike der Klingelton ihres Handys in die Ohren.

Sie betätigte den Knopf an den Bluetooth-Kopfhörern und nahm das Gespräch atemlos entgegen. »Ulrike?«, hörte sie ihre Kollegin Franka Brandl sagen.

»Was gibt's?«

»Du klingst so komisch, alles in Ordnung?«

»Ich bin laufen«, antwortete sie kurz, blieb stehen und stützte die Arme auf den Knien ab. »Was gibt's?«, wiederholte sie.

»Eine Frauenleiche an der Uni. Ich bin schon auf dem Weg nach oben, wann kannst du da sein?«

Ulrike beobachtete einen Spaziergänger und dessen Golden Retriever, der die Pause unter der Brücke dazu nutzte, sein nasses Fell auszuschütteln. Sie blickte auf ihre Armbanduhr. »Gib mir eine Stunde, dann bin ich oben.« Sie beendete das Gespräch, atmete pustend aus, überquerte den Dultplatz und rannte über den Pfaffensteiner Steg weiter in Richtung Innenstadt.

Als Ulrike ihren Oldtimer vor der Rechtswissenschaftlichen Fakultät der Regensburger Universität abstellte und an der Fassade des Gebäudes nach oben blickte, schien sich der graue, nasse Beton nur um einige Nuancen von dem dunklen Himmel abzuheben. Sie zog die Kapuze ihrer Jacke über die Ohren und lief durch den Regen schnellen Schrittes auf einen der Eingänge zu. Es war halb zehn, das Gebäude war abgeriegelt, die Eingänge von Streifenpolizisten umstellt. Einer von ihnen ging vor ihr her und führte sie in ein riesiges Treppenhaus. Auch hier schien der dreckige Beton überall, formte die Stufen, türmte sich zu Säulen und Balustraden auf.

Breite Treppen führten auf offenen Ebenen von oben nach unten, eine Fensterfront aus gläsernen schwarz umränderten Rechtecken tauchte das Innere in dumpfes Licht. Jeder Fußtritt, jedes Husten hallte in dem großen Raum wider.

Zwischen zwei nach oben führenden Treppen, in deren Stufen blaue und grüne Sitzbänke eingelassen waren, direkt vor zwei doppelglasigen Türen, lag sie mitten auf dem glatt gelaufenen Kopfsteinpflaster. Ein Sichtschutz war vor ihr aufgebaut, um sie notgedrungen vor neugierigen Blicken zu bewahren. Zwischen den Beamten und Kriminaltechnikern erkannte Ulrike schließlich Franka, die sich zur Leiche gekniet hatte und das Gesicht der jungen Frau beinah ehrfürchtig zu betrachten schien. Ulrike musterte die grau-schmutzigen Wände, die Betonelemente und blickte durch das Fenster auf den Außenbereich des Campus. Hinter den roten, schweren Türen verbargen sich die Hörsäle, alle verwaist an diesem verregneten Donnerstag. Sie ließ den Blick durch die Halle schweifen und erspähte auf einer Balustrade einen jungen Mann, der ein Handy in der Hand hielt.

»Hey!«, brüllte sie ihm ungehalten zu. »Kommen Sie sofort da runter.« Der Mann rannte fluchend davon. »Verdammte Gaffer!«, raunte sie Franka statt einer Begrüßung verärgert zu, die sich mittlerweile aufgerichtet hatte.

»Beinah alle Fakultäten sind unterirdisch miteinander verbunden, kaum möglich, jeden Zugang abzusperren«, sagte sie schulterzuckend und richtete den Blick dann wieder auf die Leiche, deren blondes Haar sich wie ein Fächer über dem dunklen Kopfsteinpflaster ausgebreitet hatte. Die vollen Lippen waren geöffnet, die grünen Augen starrten ins Leere. Die Ermordete trug eine dunkle Jeans, helle Sneaker und einen grünen, eng anliegenden hochgeschlossenen Pullover unter einem beigen Parka, der die dunklen, violett verfärbten Male kaum verbergen konnte.

»Erwürgt also«, bemerkte Ulrike und beugte sich nun ebenfalls zu dem Opfer hinunter.

»Ja. Ein Hausmeister hat sie heut früh gefunden, kurz nachdem er das Gebäude aufgeschlossen hatte«, berichtete Franka. »Da drüben«, fügte sie hinzu und wies auf einen blassen, in sich gesunkenen Mann auf der Treppe. »Er ist ziemlich durch den Wind, hat kaum was gesagt. Ich habe seine Personalien schon aufgenommen.«

Ulrike nickte. »Wissen wir schon, wer sie ist?«

»Bis auf das da haben wir nichts bei ihr gefunden.« Franka wies auf die quadratische Buchhüllentasche, in die unverkennbar ein BGB eingeschlossen war. »Kein Portemonnaie, kein Handy, kein Notebook. Aber der hier steckte in ihrer Jackentasche. Sie heißt Annabelle Dorsten. Wir haben schon weitere Informationen aus der Studentenkanzlei angefordert.«

Ulrike streifte sich Handschuhe über und nahm den Studierendenausweis entgegen. Eine bildhübsche junge Frau strahlte ihr vom Passfoto entgegen. »Scheiße«, wisperte sie.

»Kennst du sie?«

Ulrike schüttelte den Kopf. »Nein, aber ihren Vater, wenn er das ist. Dr. Roland Dorsten. Strafverteidiger, ich hatte mit ihm in der Vergangenheit zu tun.«

Franka runzelte fragend die Stirn.

»Vor deiner Zeit«, murmelte Ulrike.

Franka, mit der Ulrike vor knapp einem Jahr in einem anderen Fall im benachbarten Landkreis zu tun gehabt hatte, war erst im letzten Herbst zur Kriminalpolizeiinspektion nach Regensburg gewechselt, noch immer hatte sie sich nicht vollständig in dem neuen Arbeitsbereich zurechtgefunden, brachte Zuständigkeiten und Personen durcheinander, was ihr kaum zu verdenken war. Die junge Frau erledigte ihre Arbeit trotzdem gewissenhaft und gründlich.

Ulrike reichte Franka den Ausweis zurück und betrachtete erneut die vor ihr liegende junge Frau. Die Beine waren leicht angewinkelt, die Arme vom Körper gestreckt, die Finger mit den rot lackierten Nägeln verkrümmt. Sie sah aus, als habe man sie drapiert. Nicht nur die künstliche, unnatürliche Position, auch das milchige Gesicht, die strahlenden blonden Haare, die glänzenden grünen Augen, all das machte beinah den Eindruck, als habe jemand eine Puppe hier abgelegt. Je länger Ulrike die schöne, starre Frau betrachtete, desto stärker stellten sich ihre Armhärchen auf. Sie drehte der Toten den Rücken zu und ging zu dem kleinen Mann, der in sich versunken auf den Treppenstufen kauerte. Sein schütteres graues Haar war durcheinandergeraten, die Augen waren in dunklen Höhlen versunken, trotzdem legte sich ein freundliches, wenn auch müdes Lächeln auf seine Lippen, als Ulrike sich ihm näherte.

»Kripo Regensburg, Kork«, stellte sie sich vor und setzte sich neben ihn auf die kühlen Stufen.

Er schenkte ihr einen beiläufigen Blick. »Dvalitsa, Alexej«, gab er kurz zurück und reichte ihr die Hand. Seine Stimme hatte einen weichen Klang, sein Akzent ließ wie sein Name eine osteuropäische Herkunft vermuten.

»Sie haben sie gefunden?«

Er nickte. »Kurz nach sieben, da hab ich hier aufgesperrt.« Er wies mit einem Nicken auf die rote Doppeltür. »Ich habe sie gesehen, kurz nachgeschaut, ob sie noch lebt, und dann die Polizei gerufen.«

»Und Sie sind Hausmeister hier?«

»Ja. Seit etwa zwanzig Jahren.«

»Kennen Sie die Frau?«

Er sah sie irritiert an. »Dreißigtausend studieren hier. Ich kenne sie nicht.«

»Ist Ihnen irgendetwas aufgefallen, irgendwelche Personen hier oder draußen?«

Er überlegte kurz. »Nein, niemand. Ich war alleine hier. Um diese Uhrzeit ist hier noch nicht viel los.« Er legte den Kopf in die Hände und rieb seine Augen.

»Und diese Tür war abgeschlossen? Wie ist es mit den anderen?«

»Alles zu.« Er seufzte schwer. »Ich habe eine Tochter, die studiert auch hier.«

Ulrike nickte verständnisvoll.

Der drahtige kleine Mann blickte zur Leiche, schüttelte schwach den Kopf.

»Können Sie uns helfen zu verstehen, wo genau wir uns hier befinden?«, fragte sie.

Zwischen den dunklen Gängen hatte Ulrike bald schon die Orientierung verloren. Zahlreiche Türen führten nach draußen, weitere Gänge zu neuen Arealen, die wiederum unter- und oberirdisch miteinander verknüpft waren. Überall begegneten sie verwirrten Studierenden, die sich in Trauben innen wie außen abseits der Fundstelle aufhielten und ehrfürchtig aufblickten oder besorgt flüsterten, als Ulrike und Franka ihnen entgegenkamen.

Ulrike wusste nicht genau, was sie erwartet hatte, doch der Gang durch das Innere des betonierten Campus hatte nichts zutage gebracht außer der Gewissheit, dass es praktisch unmöglich sein würde, die Wege des Täters zu rekonstruieren. Irgendwann stoppten sie an einem Lageplan des Campus. Der Mann in dem graublauen Overall wies darauf, zeichnete mit seinem Finger Wege nach und erklärte in leisen Worten wo die unter- und oberirdischen Verbindungen lagen. Die Universität glich einem labyrinthartigen Bunker, weitläufig und unübersichtlich. Als alle ersten Fragen geklärt zu sein schienen, verabschiedeten sie sich von ihm und beobachteten, wie er mit hängenden Schultern im Regen verschwand.

Sie standen vor dem Gebäude auf einem großen Hof, der durch eine lange Außentreppe geteilt war, und blickten auf den weißgrauen Betonklotz auf der gegenüberliegenden Seite, der einer Festung nahekam. Ein Absperrband trennte die Studierenden von der Vielzahl der Polizeiwagen und den Fahrzeugen der KTU, die sich vor dem Eingang des Zentralen Hörsaalgebäudes gesammelt hatten. Eine eigentümliche Spannung lag in der Luft, als würde etwas vibrieren, als sei etwas Unsichtbares in Bewegung. Ohne miteinander zu sprechen, beobachteten Franka und Ulrike die umstehenden Studierenden, als könnten sie in der verschwommen wirkenden Masse plötzlich etwas erkennen, eine Figur, ein Gesicht, einen Hinweis.

»Was meinst du?«, fragte Franka nach einer Weile. »Könnte es einer von denen gewesen sein? Ein Student?«

Ulrike zuckte mit den Schultern. »Vielleicht.« Sie atmete tief durch. »Auf den ersten Blick kein Sexualverbrechen. Die Tasche fehlt. Ein Überfall, der schiefgegangen, außer Kontrolle geraten ist?«

»Möglich«, gab Franka zurück. »Die Uni ist eigentlich immer geöffnet. Man kann zu jeder Zeit rein und raus. Es könnte jeder gewesen sein.«

»Dann sollten wir jetzt schnellstmöglich den Kreis einschränken. Ich denke, wir schauen als Erstes bei den Eltern vorbei.«

Franka nickte zustimmend, beide drehten sich um und wandten sich zum Gehen, da bemerkte Ulrike aus dem Augenwinkel eine Gestalt, die wie ein geölter Blitz das Absperrband hinter ihnen in die Höhe riss und auf die Tür zum Zentralen Hörsaalgebäude zulief.

Ulrike drehte sich ruckartig um und hielt die braunhaarige Frau am Arm fest. »Hey, was soll das? Bleiben Sie stehen! Das ist ein Tatort.«

Die junge Frau ließ sich kaum davon abbringen, an der Tür zu rütteln, hielt dann aber doch inne. Ihre Haare waren kurz, sie trug lange hölzerne, in sich verschlungene Ohrringe und ein hellbraunes Latzkleid. »Das ist Annabelle, oder?«, rief sie und starrte Ulrike verzweifelt aus blaugrünen, aufgerissenen Augen an.

Ulrike antwortete nicht sofort, was das Mädchen dazu rührte, sich die Hand vor den Mund zu schlagen und einen erstickten Schrei herauszupressen, bevor sie sich am Türrahmen auf die Knie fallen ließ.

2

Ich bin heut Morgen aufgewacht und habe gleich ein komisches Gefühl gehabt, so als würde etwas nicht stimmen. Im Moment regnet es die ganze Zeit. Ich weiß nicht, wann ich das letzte Mal die Sonne gesehen habe. Dunkler Februar. Ich habe erst geglaubt, dass es vielleicht daher kommt, dieses komische Gefühl. Vom grauen Wetter. Lex war schon in der Arbeit, da hat Sonja mir eine Nachricht geschickt. An der Uni ist eine Frauenleiche gefunden worden. Ich habe sofort Daria angerufen, und als ich ihre Stimme am anderen Ende der Leitung gehört habe, da sind mir tausend Steine vom Herzen gefallen. Ich bin trotzdem das komische Gefühl nicht losgeworden, und jetzt begleitet es mich schon den ganzen Tag.

Alles Mögliche wird spekuliert, wer sie war, warum sie sterben musste. Sonja konnte mir gleich drei Theorien auftischen. Aber niemand weiß Genaueres. Man weiß nur, dass sie sehr jung war. Jung und hübsch. Einfach aus dem Leben gerissen. Hat mich plötzlich wieder an Rita erinnert, an früher, an ihr Schicksal. Das ist doch schrecklich. Wie es ihren Eltern wohl geht? Wie sich das anfühlen muss, ein Kind zu verlieren? Kaum vorstellbar, unbeschreiblich. Ich kann es nur ahnen.

Bela ist zwar nicht tot, aber den habe ich ja irgendwie auch verloren. Jetzt ist das alles so ewig her. Vielleicht sollte ich ihn mal wieder anrufen? Was ist, wenn es auch zu spät ist, wenn es keine Möglichkeit mehr gibt, all das wieder in Ordnung zu bringen? Lex sagt, es ist besser so. Besser für alle. Dass er es so entschieden hat. Ich weiß, dass er recht hat. Ich weiß es ja. Aber trotzdem fehlt mir Bela. Ach, was soll ich bloß tun? So ein grauer Tag. So graue Gedanken.

4. Februar A.D.

***

Ein wackliges Handyvideo flimmerte über das Display, Ulrike erkannte Annabelle auf dem Boden hinter dem Sichtschutz liegend, sie hörte sich selbst rufen. Das gepresste Fluchen des Handyhalters drang gedämpft aus den Lautsprechern des Smartphones, dann brach das Bild ab. Sie schüttelte verärgert den Kopf.

Die junge Frau, die ihr das Handy hingehalten hatte, presste die Lippen aufeinander. »Sehen Sie, das ist sie doch?«

»Woher haben Sie das?«

»Hat heute früh die Runde gemacht.« Sie zitterte am ganzen Leib.

Schneller als Lichtgeschwindigkeit, dachte Ulrike verbittert.

»Verdammt, sagen Sie doch was!«, brüllte die Frau.

Kleine Grüppchen von Studierenden hatten sich gebildet, standen flüsternd herum und begafften die drei Frauen an der Tür, als wären sie Tiere im Zoo.

»Kommen Sie bitte mit«, raunte Ulrike und bugsierte die junge Frau durch die rote Tür ins Innere des Gebäudes. Ein Seminarraum gleich neben dem Eingang stand offen. Sie wies sie an einzutreten und schloss dann die Tür hinter sich.

Die Frau, die sich als Bianca Trost vorstellte, kauerte sich auf den Boden an den Heizkörper, der unter der Fensterfront in dem verlassenen Zimmer montiert war. Ulrike hatte sich auf die Kante eines der vorderen Tische im Raum gelehnt, Franka stand im Türrahmen.

Die Brünette starrte auf die geschlossene Tür. Ihre großen Augen füllten sich erneut mit Tränen, die in durchsichtigen Perlen das Unterlid schwemmten und über ihre Wangen kullerten. »Was ist denn überhaupt passiert?«, fragte sie irgendwann mit dünner, heiserer Stimme.

»Es ist noch zu früh, das sagen zu können«, gab Ulrike zurück. »Sie beide standen sich nahe?«

»Sie ist meine beste Freundin.« Die junge Frau schauderte. »War«, fügte sie hinzu, zog die Beine an und ließ den Kopf auf die angewinkelten Knie sinken.

Ulrike fiel es auf einmal schwer, sich vorzustellen, dass diese beiden Frauen, die so grundverschieden wirkten, tatsächlich so eng befreundet gewesen sein sollten. Sie rief sich das ebenmäßige Gesicht der toten Annabelle in Erinnerung, die gepflegte elegante Kleidung, das blonde glänzende Haar, die makellos rot lackierten Fingernägel, und musterte dann Bianca. Die kurzen Haare standen ihr vom Kopf ab, um ihren Hals war ein dunkelblaues, ausgewaschenes Musselintuch gewickelt, das ein paar Fäden gezogen hatte, und an ihren Füßen trug sie klobige schwarze Schnürstiefel. Sie war ohne Frage attraktiv, auf ihre eigene Weise besonders und einprägsam, und doch machte sie gleichzeitig den Eindruck, etwas plump zu sein, als ginge ihr das Erwachsenwerden nicht ganz so leicht von der Hand.

Ulrike konnte sich noch gut an dieses Gefühl erinnern, daran, zwanzig zu sein, gerade noch ein Kind und doch schon erwachsen. Jeder schien erwartet zu haben, dass sie einen Plan hatte, eine Idee, ein ganz grundsätzliches Verständnis davon, was es bedeutete, ein selbstbestimmtes Leben zu führen. Auch in Biancas Wesen schien ein Rest dieser jugendlichen Überforderung mitzuschwingen, die Art, wie sie die Hände aufstützte, wie sie mit einer Mischung aus Verunsicherung und Trotz zwischen den Kommissarinnen hin und her blickte. Ihre kindlichen Gesichtszüge spiegelten eine ganze Bandbreite von Empfindungen und Gedanken, die sich unkontrolliert von einem Augenblick zum nächsten abzuwechseln schienen.

»Wann haben Sie Annabelle das letzte Mal gesehen?«, fragte Ulrike sie und beobachtete, wie Bianca sich die Haare raufte, als müsse sie die Erinnerung heraufbeschwören.

»Gestern. Wir waren noch gemeinsam in der Abendmensa, dann bin ich nach Hause. Sie ist noch in die Bib gegangen. Gerade ist Klausurenphase. Ich habe ihr noch geschrieben, so gegen elf, aber sie hat nicht geantwortet.« Bianca hatte den Kopf wieder gegen den Heizkörper gelehnt. Sie wirkte auf einmal seltsam ernüchtert. Kaum merklich schüttelte sie den Kopf.

»Hatten Sie davor noch einmal Kontakt? Bevor Sie um elf geschrieben haben?«

»Nein. Sie hat sich nicht mehr gemeldet.«

»Hat sie gesagt, wie lang sie bleiben wollte? Was sie noch vorhatte am Abend? War sie verabredet?«

»Nein«, wieder schüttelte Bianca den Kopf. »Vielleicht wollte sie noch zu Elias. Das ist ihr Freund. Aber das weiß ich nicht. Sie wollte eine Nachtschicht einlegen. Ich war den ganzen Abend bei meinem Bruder zu Hause.«

»Können Sie uns den vollen Namen von ihrem Freund nennen? Haben Sie eine Nummer?«

Bianca nickte und kramte mit zitternden Fingern ihr Handy aus der Tasche ihres Latzkleids. »Elias Badenburg«, sagte sie, während sie auf dem Bildschirm herumtippte. Dann reichte sie Franka, die sich neben sie gestellt hatte, das Handy.

Ulrike sah durch das Fenster des Seminarraums nach draußen auf die große Wiese und die weiter entfernt liegenden Betonbauten. Noch immer regnete es leicht, und trotzdem erkannte Ulrike zwischen den herunterlaufenden Tropfen auf der Scheibe die kleinen Grüppchen von Studierenden, die versucht beiläufig unter den Dächern der umliegenden Gebäude verharrten oder am Fenster vorbeiliefen. Wieder zückte einer ein Handy. Es wurde Zeit, Annabelle von hier fortzubringen.

Als hätte Bianca ihre Gedanken erraten, richtete sie sich mühsam auf und sah sie hoffnungsvoll an. »Darf ich sie sehen?«

Ulrike verschränkte die Arme. »Tut mir leid, das geht nicht. Nicht, bevor wir wissen, was passiert ist.«

»Sie ist ermordet worden, oder?« Die Frau, deren Stimme eine unverhohlene Klangfarbe angenommen hatte, blickte ihr starr entgegen.

Franka sah auf, runzelte die Stirn.

»Das können wir noch nicht sagen, Bianca«, gab Ulrike ruhig zurück. »Und Sie sollten auch keine Gerüchte streuen oder Spekulationen anstellen.« Ulrike legte ihr behutsam eine

Hand auf die Schulter. »Lassen Sie uns unsere Arbeit machen«, fügte sie versöhnlich hinzu.

Bianca zuckte zurück, ihre Augen waren weit aufgerissen, ihre Unterlippe zitterte. Blitzartig riss sie sich los, lief an den Kommissarinnen vorbei auf die Tür zu.

»Verdammte Scheiße!« Ulrike schüttelte verärgert den Kopf und folgte Bianca, die über die kleine Treppe auf die Zwischenebene rannte, bis sie sich hinter den Sichtschutz an die Fundstelle vorgearbeitet hatte. Dann stand sie einfach so da, vor dem leblosen Körper. Den Kopf hatte sie in die Seite gelegt, die Hände zu Fäusten geballt.

Ulrike griff nach ihrem Unterarm, zog sie zurück. »Können wir jemanden anrufen, jemanden, der Sie abholt? Der Sie nach Hause bringt? Ihre Mutter, Ihren Vater? Eine Freundin?«

Wieder veränderte sich der Gesichtsausdruck der jungen Frau. Ulrike musterte sie, sah die Spannung auf ihren Lippen, den markant hervortretenden Kieferknochen und den seltsamen, kaum deutbaren Blick in ihren Augen. Dann drehte Bianca sich um und verließ wortlos das Gebäude.

Franka stellte sich neben Ulrike. »Sorry, ich hab zu spät geschaltet. Ich hätte sie festhalten sollen.«

»Das hättest du wahrscheinlich nicht geschafft. Sie wirkt, als sei sie kaum berechenbar.«

»Ich habe ein komisches Gefühl bei ihr.«

»Verlass dich bloß nicht auf ein Gefühl«, gab Ulrike zurück. »Wir sollten so schnell wie möglich zu den Eltern, bevor sie auf welchem Wege auch immer das Video zu Gesicht bekommen.«

Sie steckte die Hände in die Jackentasche, ließ den Blick durch die grauen Hallen schweifen, zu den dunklen Gängen und Ecken. Die gedämpften Geräusche, die aus den entlegensten Winkeln zu ihnen hallten, riefen plötzlich eine weit entfernte Erinnerung wach.

Sie und ihre Schwester Silke waren noch kleine Mädchen gewesen, als ihre Eltern mit ihnen einen Ausflug in die Nordeifel unternommen hatten. Mitten in einem Wald befand sich unter einer erhöhten Erdschicht ein Kanal, ein Überrest der römischen Wasserleitung, kaum einen Meter hoch und Dutzende Meter lang. Sie und Silke waren hindurchgekrochen, schon nach wenigen Metern hatten sie die Hand vor Augen nicht mehr sehen können, die feuchte, kalte Luft im Inneren, die pechschwarze Dunkelheit schienen sie vollständig zu umschließen. Silke bewegte sich vor ihr durch den engen Kanal, sie war bloß wenige Meter entfernt, doch ihre gedämpfte Stimme hallte im Inneren wider, als sei sie ganz nah und gleichzeitig weit weg, als sei sie überall. »Ich verrat dir mal was«, hatte sie gesagt und dann laut gebrüllt. Damals hatte Ulrike Angst bekommen und doch keinen Ton von sich gegeben. Sie war weitergekrochen, bis sie endlich am Ende des Tunnels Tageslicht gesehen hatte. Fast meinte sie, den feuchten, modrigen Geruch wieder wahrzunehmen, während sie ihren Blick durch das Innere des Gebäudes schweifen ließ. Es schien überall Augen und Ohren zu haben. Sie schauderte.

»Bringt sie hier raus«, wies sie ihre Kollegen von der Kriminaltechnik an und beobachtete wenige Augenblicke später, wie Annabelles schneeweißes, makelloses Gesicht vom schwarzen Plastik des Leichensacks umschlossen wurde. Sie dachte an Bianca, an den seltsamen Ausdruck in ihrem Gesicht, an Frankas Worte und ermahnte sich selbst auf die gleiche Weise. Denn auch sie hatte ein komisches Gefühl gehabt.

3

Es war kurz nach zwölf, als Ulrike und Franka sich schließlich auf den Weg zu dem Wohnhaus der Familie Dorsten machten. Der Rechtsmediziner hatte noch am Tatort bestätigt, was ohnehin augenscheinlich gewesen war. Die junge Frau war durch Strangulation zu Tode gekommen, die Verfärbung der Druckspuren am Hals und die ausgeprägte Leichenstarre ließen auf einen Todeszeitpunkt schließen, der etwa zehn bis fünfzehn Stunden zurücklag. Sie musste auf dem Heimweg gewesen sein, als sie von dem Täter überrascht worden war. Ihre Tasche, ihr Geldbeutel und ihr Handy fehlten. Von wo war sie gekommen, welchen Weg hatte sie genommen, wo hatte sie hingewollt? All diese Fragen galt es zu beantworten, um ihre letzten Stunden rekonstruieren zu können.

Der Regen hatte etwas nachgelassen, doch noch immer war der Himmel von dichten Wolken bedeckt, die sich wie schmutzige Watte drohend über die Stadt gelegt hatten. Ulrike lenkte ihren Wagen über die Frankenstraße und nahm aus dem Augenwinkel die Oberpfalz-Brücke wahr, unter der sie am Morgen noch hindurchgelaufen war. Franka seufzte schwer. Durch den leichten Nebel konnten sie zu ihrer Linken die Villen und Wohnhäuser des Stadtbezirks Steinweg-Pfaffenstein erkennen, die sich an den Höhenzug oberhalb des Flusses klammerten. Nur wenige Minuten später hatten sie ihr Ziel erreicht.

Das Wohnhaus der Familie Dorsten am Pfaffensteiner Hang verbarg sich hinter Hecken und Mauern. Die weiß verputzte Außenfassade war von einem ebenfalls weißen Zwiebeltürmchen geschmückt, die Doppelfenster von grünen Laden gerahmt. Neben dem Eingangstor war eine Überwachungskamera montiert, ein paar Stufen führten von hier nach unten in den Innenhof und zur Eingangstür.

Ulrike parkte den Wagen vor dem Gebäude. Von hier aus

war der Blick auf die Altstadt, den Dom und die Donau nur von der geschäftigen Autobahn getrübt, die in unmittelbarer Nähe über dem Fluss vorbeirauschte.

»Ich kann auch alleine rein«, sagte sie leise.

Franka schüttelte den Kopf und öffnete wortlos die Beifahrertür. Es gab wohl kaum etwas, das ihren Job so schwer machte wie dieser Moment, in dem man Eltern die schlimmste aller Nachrichten überbringen musste.

Ulrike schlug die Autotür zu, näherte sich dem Hauseingang und wollte gerade die Klingel neben dem Eingangstor betätigen, da hörte sie eine Stimme hinter sich.

»Hallo, Sie wollen zu uns?« In lässigem Laufschritt kam eine attraktive, schlanke Frau in den Fünfzigern auf sie zu. Sie trug Sportklamotten, eine eng anliegende Trainingshose, grüne Sportschuhe und ein schwarzes Thermooberteil. Hinter dem roten Stirnband waren die dunkelbraunen Haare zu einem Pferdeschwanz zusammengebunden. Sie lächelte freundlich und zog ihren Schlüssel hervor. »Sie sind …?«

Ulrike räusperte sich umständlich. »Kork, Ulrike. Das ist meine Kollegin Franka Brandl. Kripo Regensburg.«

Diese Auskunft schien die Frau kaum zu beunruhigen, sie lachte auf. »Ach, die Polizei! Sie wollen sicher zu meinem Mann, da haben Sie Glück. Er müsste noch zu Hause sein. Kommen Sie.« Leichtfüßig sprang sie die Stufen nach unten auf die Eingangstür zu und öffnete sie. In einer schnellen Bewegung ließ sie beim Eintreten die Sportschuhe in einer Ecke verschwinden, legte den Kopf in den Nacken und streckte die Arme hinter dem Rücken aus. »Roland, hier ist Besuch«, rief sie in die Wohnung.

Der offene Wohn-Ess-Bereich war modern und freundlich eingerichtet, eine große Blumenvase schmückte den Holztresen, die Wohnzimmerwände waren von Bücherregalen bedeckt, und die breite Fensterfront gab den Blick auf Regensburg und den Europakanal frei, der gerade von einem grauen Frachtschiff befahren wurde. Auf dem Küchentisch stand ein Obstkorb, Ulrike bemerkte die grün verfärbte Stelle einer Orange am Boden der Schale, der vergorene, leicht süßliche Geruch trat ihr in die Nase. Es fiel ihr schwer, den Blick von der verfaulten Frucht zu nehmen.

»Er kommt sicher gleich«, sagte die Frau dann und ging in die Küche, um sich ein Wasser einzuschenken. »Möchten Sie auch etwas? Kaffee, Tee?«

»Frau Dorsten«, begann Ulrike und löste den Blick von der Obstschale, »am besten, Sie holen Ihren Mann jetzt sofort.«

Kaum hatte Ulrike diese Worte ausgesprochen, kam Roland Dorsten die Treppe herunter. Er trug einen Anzug und eine rot gemusterte Krawatte. Sein blondgraues Haar war ordentlich zur Seite gekämmt, die dunklen Augen blitzten freundlich hinter einer dunklen Hornbrille. Ulrike war dem Strafverteidiger schon einige Male begegnet und hatte erst kürzlich mit ihm in der Untersuchung eines Drogendelikts zu tun gehabt.

»Ach, Frau Kork«, begrüßte er sie, als seien sie alte Bekannte. »Sagen Sie bloß, wir waren verabredet.« Auch er schien völlig unbedarft, wenig beeindruckt von der Anwesenheit der zwei Kriminalpolizistinnen.

Ulrike räusperte sich. »Nein, das ist es nicht. Es geht um Ihre Tochter. Es geht um Annabelle.«

Roland Dorsten zuckte zusammen und griff instinktiv nach der Hand seiner Frau, die neben ihm stand.

Ulrike atmete tief durch. »Es tut mir wahnsinnig leid. Annabelle ist tot, ihre Leiche wurde heute früh in der Universität aufgefunden. Und ich muss Ihnen außerdem sagen, dass wir nach dem derzeitigen Erkenntnisstand in einem Mordfall ermitteln werden.«

Der gellende Schrei, der Annabelles Mutter auf Ulrikes Nachricht entwichen war, hallte noch immer in ihr wider. Roland Dorsten hatte bloß die Augen geschlossen und seine Frau gestützt, die neben ihm in die Knie gegangen war. Es war, als würde man ein Foto betrachten. Die Eheleute im Wohnzimmer ihrer kleinen Villa stehend, an einem gewöhnlichen Donnerstag. Seine Tasche stand schon im Flur, in den nächsten

Minuten hätte er sich auf den Weg in die Kanzlei gemacht. Es war, als würde ein Riss durch dieses Foto gehen, in ebenjenem Moment.

Ulrike stand am Fenster von Annabelles Zimmer. Von hier aus sah sie auf die Autobahnbrücke, auf den dichten Verkehr, der sich wie ein Strom über die Straße zog. Der Alltag ging dort draußen weiter, und hinter diesen Mauern endete er. Mittlerweile war auch die polizeiliche Seelsorge eingetroffen. Ulrike kannte den glatzköpfigen Mann und hatte stets sein ruhiges Gemüt und seine Beherrschung bewundert.

Die Eltern waren kaum vernehmungsfähig gewesen, hatten ausschließlich ausgesagt, ihre Tochter seit zwei Tagen nicht gesehen zu haben. »Sie ist ja alt genug«, hatte ihr Vater mit bebender Stimme hervorgebracht, als müsse er sich dafür rechtfertigen, den Aufenthaltsort seiner Tochter in den letzten zwei Tagen nicht gekannt zu haben. Ulrike und Franka hatten darum gebeten, sich in Annabelles Zimmer umsehen zu dürfen, vielleicht hatte sie ihr Notebook vergessen oder ihr Handy, vielleicht gab es irgendetwas, das in diesem frühen Stadium der Ermittlung einen Aufschluss darüber geben konnte, ob Annabelle bloß am falschen Ort zur falschen Zeit gewesen war oder ob mehr dahintersteckte.

Annabelle, die nie aus dem Elternhaus ausgezogen war, hatte wohl das schönste und größte Zimmer im Haus bewohnt. Der Ostblick auf die vor ihr liegende Stadt und den Fluss musste majestätisch sein, wenn morgens die Sonne aufging. Heute war alles grau und trüb, beinah schwarz-weiß. Das Zimmer war modern eingerichtet. Ein dunkles Holzbett stand in der Mitte, darüber hatte Annabelle Bilder in unterschiedlichen Größen und Rahmen gehängt, die minimalistische Aquarellzeichnung einer Frauensilhouette in der Mitte, daneben weitere Bilder und Zeichnungen, wie man sie im Onlinehandel bestellen konnte. Auf einem war ein Schriftzug verewigt. »Man muss das Leben tanzen«.

Ulrike schluckte. Auf dem Schreibtisch hing ein loses Kabel neben einigen schweren Büchern. Gegenüber vom Bett befand sich eine Kleiderstange, an der Annabelles Garderobe hing: elegant, aufgebügelt, kostspielig. Wieder kam Ulrike das hellbraune abgetragene Latzkleid von Bianca Trost in den Sinn. Fast ärgerte sie sich über ihre Oberflächlichkeit und wusste doch, dass sie diesen Gedanken nicht ganz abschütteln konnte, die Frage, was diese beiden ungleichen Frauen verband. Sie streifte sich Handschuhe über und nahm ein gerahmtes Foto in die Hand, das auf dem Schreibtisch stand. Annabelle, die sich lachend an die Schulter eines gut aussehenden jungen Manns schmiegte. Sie trug ein dunkelblaues gestricktes Stirnband über den seidigen blonden Haaren und roten Lippenstift, ihr Begleiter hatte braune Haare, die ordentlich nach hinten gekämmt waren, ein einnehmendes Lächeln auf dem Gesicht. Elias, dachte Ulrike und stellte das Foto wieder zurück.

»Hübsches Paar«, bemerkte Franka beiläufig, als auch sie das Bild bemerkte. Bis zu diesem Augenblick hatte sie nichts gesagt, seit sie das Haus der Familie betreten hatten.

Ulrike hatte gemerkt, wie nah die Situation ihr ging und wie sehr sie versuchte, sich dies nicht anmerken zu lassen. Ganz gleich, wie häufig man solche Nachrichten überbringen musste, einfacher würde es nie werden. Vielleicht wurde man nur besser darin, sich zu verstellen, Distanz zu wahren und alles sofort von sich wegzuschieben, sobald man den Raum verließ.

Franka bemühte sich, eben das zu tun, doch ihre Hände zitterten immer noch ein wenig, als sie den Inhalt von Annabelles Nachttischschublade vorsichtig in Augenschein nahm. »Und was denkst du? Hatte es jemand gerade auf sie abgesehen?«, fragte sie irgendwann.

»Schwer zu sagen. Wer weiß, was da abends für dubiose Gestalten unterwegs sind. Ein Überfall wäre möglich, wenn auch schwer erklärbar. An der Stelle gibt es so viele Türen und Gänge, also immer einen Weg, um schnell davonzukommen. Um diese Uhrzeit scheint ja ohnehin fast niemand unterwegs zu sein. Noch dazu die Art, wie sie getötet wurde. Jemanden zu erwürgen, bis zum Schluss, bis alles vorbei ist. Das dauert. Hat was Persönliches, dazu gehört schon ein Wille.«

Franka nickte nachdenklich.»Und ihr Vater? Was ist das für einer?«

Ulrike öffnete die oberste Schreibtischschublade.»Ich hatte ein paarmal mit ihm zu tun, jetzt zuletzt wegen dieses Kleindealers aus Nittenau, den er verteidigt hat. Er ist professionell, ein fähiger Anwalt, kein schlechter Kerl, glaub ich. Aber ich kenne ihn nicht gut genug, um wirklich etwas über ihn sagen zu können.«

Ulrike öffnete die zweite Schublade. Neben einigen Textmarkern und anderen Schreibutensilien entdeckte sie in der hintersten Ecke ein kleines silbernes Klapphandy. Sie zog es hervor und klappte es auf.

»Ach, so eins hatte ich auch mal«, sagte Franka, die sich neben sie gestellt hatte.

Ulrike drückte lange auf den roten Knopf, auf dem das Einschaltsymbol abgebildet war, und wartete.»Es funktioniert noch.« Das Display blinkte blau, das Emblem des Netzanbieters flackerte körnig auf.»Kein PIN«, bemerkte sie, als der Startbildschirm aufleuchtete.

»Vermutlich ohne SIM-Karte, könnte einfach ein altes Handy von ihr sein. Würde mich nicht wundern, wenn sie den Akku das letzte Mal 2007 aufgeladen hat und der immer noch hält«, gab Franka zurück und wandte sich wieder der Nachttischschublade zu.

Ulrike öffnete die Anruferliste, dann die zuletzt eingegangenen Textnachrichten. Augenblicklich zog sie die Augenbrauen nach oben.

»Kommt mir eher so vor, als wäre das Gerät noch in Gebrauch.«

Sie reichte Franka das Handy, die ebenso überrascht die Luft ausstieß, als sie die Nachrichten überflog.

4

Es war schon dunkel geworden, als Ulrike sich von der Kriminalpolizeiinspektion in der Bajuwarenstraße auf den Heimweg machte. Die vorbeirauschenden Lichter der entgegenkommenden Wagen und der Straßenlaternen am Wegrand bereiteten ihr Kopfschmerzen und machten es ihr schwer, sich auf einen klaren Gedanken zu konzentrieren. Immer wieder erschien vor ihrem inneren Auge das Foto, das sie an diesem Mittag auf dem Schreibtisch von Annabelle Dorsten entdeckt hatte. Mühelose, beinah makellose Schönheit, das unbeschwerte Lächeln, die wachen Augen. Ulrike versuchte sich vorzustellen, mit was für einem Menschen sie es zu tun hatte, welche Geheimnisse sich hinter der Oberfläche verbargen, welche mutmaßlichen Abgründe sie in Einklang mit ebenjener Oberfläche bringen mussten.

Annabelle, Jahrgang 1998, hatte seit vier Jahren Jura an der Universität Regensburg studiert. Sie war Einzelkind gewesen, hatte ein gutes Verhältnis zu den Eltern gehabt, in einer Beziehung gelebt, laut den Eltern einen guten Ruf gepflegt. Doch hinter dieser scheinbar perfekten Fassade verbarg sich offenbar ein Geheimnis.

Die Nummer ihrer Prepaidkarte in dem vorsintflutlichen Klapphandy schien nur einer einzigen Person bekannt gewesen zu sein. Der Absender der zahllosen Textnachrichten und eingegangenen Anrufe war nicht eingespeichert und der Anschlussinhaber in den Registern nicht auffindbar. Auch diese zweite Person verbarg sich hinter der Anonymität einer Prepaidkarte. Der Inhalt der Nachrichten allerdings war offenkundig. Annabelle hatte ein Verhältnis gehabt. Die Kommunikation hatte vor acht Monaten begonnen, mit einem simplen »Juhu«, mit dieser ersten von Hunderten Nachrichten.

Kann es kaum erwarten, dich zu sehen.
Ich denke schon den ganzen Tag an dich.
Das Kissen riecht nach dir.

In anderen Nachrichten wurden Treffen vereinbart, Telefongespräche verabredet. Auch der Absender schien die Verbindung geheim halten zu wollen, auch er schien darum zu fürchten, dass etwas herauskommen könnte. »Sie schläft schon, darf ich dich anrufen?«, schrieb die unbekannte Person um eins in der Nacht, gefolgt von mehrstündigen nächtlichen Telefonaten. Vor gut vier Wochen war die Kommunikation dann plötzlich abgebrochen, ganz unvermittelt, ohne dass eine Nachricht Aufschluss über den Grund hätte geben können. Der Versuch, im Subtext der Nachrichten Hinweise auf die Identität der Person oder die Treffpunkte zu finden, war bislang gescheitert, zumal die Zeit am heutigen Tag bloß ausgereicht hatte, sich einen Überblick zu verschaffen.

Ulrike starrte auf das Licht der roten Ampel vor ihr. Gemeinsam mit Franka konnte sie bislang noch auf keine anderen Personalressourcen der Kriminalpolizeiinspektion zurückgreifen. Noch immer blieb abzuwarten, welche Ausmaße der Fall annehmen würde, welche Rückschlüsse man in den nächsten Tagen ziehen konnte. Als das Licht zu Orange und schließlich auf Grün wechselte, beschloss Ulrike kurzerhand, ein letztes Mal an diesem Tag die Universität aufzusuchen. Also bog sie bei der nächsten Kreuzung nach rechts ab, fuhr die Galgenbergstraße hinab, bis die mächtigen Schrägflaggen in ihr Sichtfeld traten, auf denen das Logo der Universität abgebildet war.

Sie ordnete sich hinter einem Bus der Linie sechs ein, der vor ihr durch die Unterführung der Albertus-Magnus-Straße brauste und auf dem Busbahnhof des Geländes haltmachte. Nur wenige Passagiere stiegen aus. Es war nach acht Uhr, und bis auf einige Grüppchen, die sich unter dem überdachten kreisförmig angeordneten Busbahnhof tummelten, war recht wenig los. Ulrike parkte ihren Wagen wieder an derselben Stelle wie am Morgen und stieg aus.

Noch am Nachmittag waren Mitarbeiter der Universitäts-bibliothek befragt worden, in der Annabelle sich aufgehalten hatte. Das Philosophikum befand sich im gegenüberliegenden festungsartigen Bau des Zentralen Hörsaalgebäudes, in dem ihre Leiche aufgefunden worden war. Sie hatte sich von der Bibliotheksaufsicht einen Schlüssel für ein Schließfach ausgeliehen, den sie gegen Viertel vor zehn zurückgegeben hatte. So viel verriet die Software des Ausleihsystems der Bibliothek.

Auch die Aufseherin, eine ältere, stark geschminkte Frau mit dunklen toupierten Haaren, konnte sich noch an Annabelle erinnern, »weil sie so hübsch war und so freundlich«. Das hatte sie ausgesagt, kaum in der Lage, ihre Neugier zu verschleiern. Die Gebäude wurden zwischen zehn und elf abgeschlossen, Annabelle musste sich also nach der Schließung noch in der Universität aufgehalten haben. Es gab keine Kameraüberwachung im Inneren der Gebäude, bloß an den Tiefgaragen. Zwischen der Rückgabe des Schlüssels und ihrem Todeszeitpunkt konnten mehrere ungewisse Stunden liegen, die unterschiedliche Szenarien denkbar machten.

Ulrike lief über einen dunklen Innenhof unmittelbar neben dem Parkplatz und betrat die Rechtswissenschaftliche Fakultät, die direkt an das Zentrale Hörsaalgebäude anschloss, durch eine Glastür. Ein junger Mann mit großen Kopfhörern und einer Kapuze kam ihr entgegen, sonst schienen die Gänge verlassen. Wieder drangen dumpfe Geräusche an ihr Ohr wie das durchdringende Scheppern eines Bücherwagens, der über das harte Kopfsteinpflaster im Inneren geschoben wurde. Hatte der Täter Annabelle an einem anderen Ort getötet und sie erst nachdem die Gebäude abgeschlossen worden waren, hier abgelegt?

Hatte sie sich noch mit jemandem getroffen? Hatte sie ihren Mörder gekannt? Oder war er ein Fremder gewesen?

Ulrike ging weiter, bog nach links ab und ging auf das riesige mehrgeschossige Treppenhaus zu, in dem Annabelles Leiche gefunden worden war. Ein dunkler Gang lag zu ihrer Linken, das Flackern einer defekten Rasterleuchte spendete etwas Licht. Ulrike kniff die Augen zusammen. Für den Bruchteil einer Sekunde meinte sie, jemanden am Ende des Gangs wahrzunehmen, jemanden, der im schützenden Schatten stand, sie beobachtete. Sie hielt inne, fixierte die leblosen dunkelgrauen Betonwände, die vom unbeständigen Flackern der Leuchte blitzartig erhellt wurden. Der Gang war leer. Sie ging weiter. Zwei junge Frauen kamen an ihr vorbei, eine blickte auf ihr Handy, die andere starrte gedankenverloren geradeaus. In der Halle angekommen, steckte Ulrike die Hände in die Taschen und betrachtete die bildhafte Szenerie vor sich. Am Nachmittag war die Fundstelle wieder freigegeben worden. Unmittelbar danach schien man damit begonnen zu haben, Blumen abzulegen, Kerzen und Karten aufzustellen. Das gedämpfte Flüstern einiger Menschen, die verloren herumstanden, gab ihr das Gefühl, sich in einer Kirche zu befinden. Dunkle Figuren hatten sich um das Kerzen- und Blumenmeer gestellt und verharrten andächtig in der Grabesstimmung, die jeden Winkel des dunklen Treppenhauses zu erfüllen schien.

Ulrike näherte sich weiter der düsteren Szene und erblickte dann ganz oben auf einer der Bänke, die in die Treppen eingelassen waren, Bianca im braunen ausgewaschenen Latzkleid, die Ellbogen auf den Oberschenkeln aufgestützt.

Ulrike stieg die Treppe nach oben. »Darf ich?«, fragte sie, nachdem Bianca sie bemerkt hatte.

Sie nickte müde und starrte dann wieder nach unten. »Was für bescheuerte Heuchler«, murmelte sie.

Ulrike setzte sich neben sie und betrachtete sie aus den Augenwinkeln. Bianca wirkte abgekämpft, ihre Schminke war verwischt, ein dunkler Schatten lag unter ihren Augen.

»Wie meinen Sie das?«, fragte Ulrike.

»Keiner hatte was mit ihr zu tun, aber jetzt, wo sie tot ist, meinen alle, sie hätten sie gekannt. Die da zum Beispiel«, sie wies auf eine junge Frau mit langem Pferdeschwanz und einer schwarz geränderten Brille, die sich auf der gegenüberliegenden Treppe auf einer Stufe zusammengekauert hatte und leise wimmerte. »Das ist Karina, hat zusammen mit ihr angefangen, Jura zu studieren. Ein paarmal haben sie auch was unternommen, aber dann, als sie gemerkt hat, dass sie nicht auf ihrem Level ist, hat sie angefangen, über sie herzuziehen.«

»Nicht auf ihrem Level?«

»Annabelle war einfach etwas Besonderes. Hübsch, clever, herzlich. Da sind die nicht mit klargekommen. Dass es keinen Fehler an ihr gab.«

»Das klingt ganz schön dogmatisch.«

Bianca seufzte und schüttelte den Kopf. »So denken die Leute aber. Das ist nun mal so. Annabelle hat ihnen Angst gemacht.«

»Ihnen auch?«

Die junge Frau blickte erschreckt auf und starrte Ulrike aus weit aufgerissenen Augen an. »Was soll das jetzt? Ich mein, ich bin die Einzige, die sich wirklich um sie geschert hat, die sie wirklich gekannt hat.« Sie war wieder laut geworden, einige der Anwesenden drehten sich zu ihr um. Sie atmete tief durch.

»Ich stelle nur Fragen, Bianca. Das ist mein Job.«

Bianca nickte müde. »Nein, sie hat mir keine Angst gemacht. Ich wusste ja, wie sie wirklich ist«, fügte sie dann leiser hinzu. Wieder drohte ihre Stimme zu brechen, Tränen traten ihr in die Augen.

»Woher kannten Sie sich?«

»Habe sie auf einer Erstiparty kennengelernt, vor drei Jahren in einer WG in Kumpfmühl. Ich gebe ja zu, dass ich erst gedacht habe, dass sie eine arrogante Tussi ist. Aber sie war total nett zu mir, wir haben uns den ganzen Abend lang unterhalten.« Ein schmales Lächeln zeichnete sich auf ihren Lippen ab. »Sie war einfach besonders«, wiederholte sie leiser.

Ulrike musterte Bianca, den entrückten Gesichtsausdruck, die zusammengezogenen Augenbrauen, die tiefe Falte dazwischen. »Und ihr Freund?«, fragte sie. »Wie lief diese Beziehung so?«

»Gut«, antwortete Bianca mechanisch. »Er ist in Ordnung, aber wir hatten auch nicht viel miteinander zu tun.«

»Und gab es jemanden anderen? Sie hat sicher viele Verehrer gehabt.«

Bianca drehte den Kopf zur Seite, ihr Gesicht hatte eine tiefrote Farbe angenommen. »Nein, es gab niemanden. Und noch etwas: Wie wäre es, wenn die Polizei zur Abwechslung den Täter sucht, anstatt das Opfer zu beschuldigen?« Hastig griff sie nach ihrem Rucksack, der neben ihr auf der Bank lag, und stapfte die Treppe hinunter. »Ihr beschissenen Heuchler!«, brüllte sie die herumstehenden Studierenden dann an. »Ihr seid alle beschissene, verlogene Heuchler. Besonders du, Karina.« Sie drehte sich dem bebrillten Mädchen zu. »Du ganz besonders«, zischte sie weiter, bevor sie sich umdrehte und verschwand. Zwischen das Geräusch ihrer Schritte mischte sich ein lautes Schluchzen, das noch lange in den Gängen widerhallte, bis es leiser wurde und schließlich erstarb.

5

Ich kann nicht aufhören, an das Mädchen zu denken. Irgendetwas ruft sie in mir wach, irgendetwas reißt sie auf, eine alte Wunde, die jetzt nicht mehr verheilen will. Ich denke jetzt wieder öfter an Rita, daran, was damals passiert ist. Wie lang es gedauert hat, das alles zu verarbeiten. Wie lang Lex gebraucht hat, damit fertigzuwerden. Jetzt kommt das alles zurück. Das Video, das Sonja mir geschickt hat, wollte ich eigentlich gleich löschen, aber ich habe es mir sicher Dutzende Male angesehen. Wie sie daliegt, auf dem kalten Boden, sie sieht aus wie eine Puppe. Wie sie umgekommen ist, habe ich Sonja gefragt, aber das weiß sie auch nicht. Sie hat nur dies und das gehört, ich weiß nicht, woher sie all das immer weiß. Plötzlich fühl ich mich ganz nah dran, dabei kenn ich sie ja gar nicht.

Ich weiß noch, letztes Jahr ist einer in der Donau ertrunken. Mitten im Sommer, und damals hat's mich auch nicht losgelassen, weil ich dauernd drüber nachgedacht hab, dass er ja bloß zum Baden gehen wollte, vielleicht war er ja danach noch verabredet. Hat sich ja nicht vorstellen können, dass ins Wasser zu steigen das Letzte ist, was er tut, wie eine Uhr, die abläuft. Tick. Tick. Tick. Vorbei. Einfach so. Und jetzt das Mädchen. Wieder geht mir das so nah.

Und wieder schwirrt mir das mit Bela durch den Kopf. Nicht, dass es vorher nicht auch so gewesen wäre, irgendwo war dieser Gedanke an ihn immer. Aber jetzt ist er so präsent, dass es mir die Luft zum Atmen nimmt. Das Schlimmste ist, dass ich das Gefühl nicht loswerde, es nicht ändern zu können. Es ist besser so, sagt Lex, aber mir ist, als hätte man mir einen Arm abgenommen und als würde man von mir erwarten, dass ich lernen soll, damit zu leben.

Ich dachte immer, dass nur mehr Zeit vergehen muss, und dann wird es leichter, aber das ist nicht so. Ganz im Gegen-

teil. Je mehr Zeit vergeht, desto mehr habe ich das Gefühl, es nicht ändern zu können. Gestern konnte ich nicht einschlafen, weil ich wieder daran denken musste, als wir uns das letzte Mal gesehen haben, bei meinem Geburtstag vor zwei Jahren. Er ist extra aus München gekommen, hatte sogar den kleinen Janosch dabei, und nach einer Stunde ist er wieder gefahren, da war der Rest der Familie nicht mal hier. Ich habe ihn damals gefragt, warum wir das nicht einfach hinter uns lassen können. Nein, hat er gesagt. Und dass es ihm leidtut.

Er schickt ab und an Bilder von Janosch und der kleinen Margarita. Von meinen Enkeln, die ich nicht sehen kann. Vielleicht fragen sie nach mir. Vielleicht wollen sie wissen, wer ich bin, wer wir sind. Was er ihnen wohl von mir erzählt? Lex sagt, wir müssen lernen, damit zu leben, dass wir es nicht ändern können. Aber wie soll ich damit lernen zu leben? Ich will nicht so enden wie die Eltern von dem Kind in der Uni, ich will nicht mit der Gewissheit leben müssen, dass alles zu spät ist. Tick. Tick. Tick. Mir ist schlecht. Ich kann nicht aufhören, darüber nachzudenken. Ich schaff's nicht. Das Mädchen lässt mich nicht los. Egal was ich tue.

5. Februar A.D.

***

Ulrike starrte aus dem Wohnzimmerfenster und sah zu, wie der Himmel langsam heller wurde, wie die Nacht dem Morgen wich. Die Kaffeemaschine in der Küche gluckerte, sonst war alles still. Sie öffnete das Fenster und atmete die kühle Morgenluft tief ein. Sie hatte es sich zur Gewohnheit gemacht, um sechs aufzustehen, ganz gleich, wie spät sie ins Bett ging. Diese Stunden der Ruhe hatten ihr in den letzten Wochen und Monaten geholfen, umherfliegende Gedanken zu sortieren und wegzuräumen, sich auf das Wesentliche zu konzentrieren.

Als das Gluckern verstummte, ging sie in die Küche und schenkte sich eine große Tasse ein, dann lehnte sie sich an den Tresen und blickte in den offenen Wohnraum, beobachtete, wie sich ihre Möbel und Bilder aus der schwummrigen Dunkelheit lösten und in der aufkommenden Helligkeit Form annahmen. Seit knapp einem Jahr lebte sie hier, seit sie sich von Thorsten getrennt hatte, von dem Mann, mit dem sie in Regensburg neu hátte beginnen wollen. Es hatte lange gedauert, das Scheitern der dritten Ehe zu akzeptieren, wieder auf die Beine zu kommen. Doch zumindest in den Räumen, die langsam vom Licht der Morgendämmerung erhellt wurden, hatte alles seinen Platz gefunden, es hatte Form angenommen. Auch sie hatte sich damit abgefunden, dass alles so ruhig geworden war, hier und in ihr. So gingen die Tage seither dahin, einer stoischen Routine folgend, einem gleichbleibenden Rhythmus, der alles einfach zu machen schien, solange der monotone Takt bestehen blieb.

Ulrike setzte sich an ihren Küchentisch und klappte den Laptop auf, der alles in blaues Licht tauchte. Ihre Internetsuche nach Bianca Trost war erfolglos geblieben, weder auf Facebook noch auf Instagram konnte sie das Mädchen unter ihrem Namen finden. Dann suchte sie nach Annabelle. Schon nach einer kurzen Recherche lächelte sie Ulrike von zahlreichen Fotos ihres Instagram-Kanals entgegen. An der Uni und der Donau, auf einem Berg und in einem Pool. Ihrer Schönheit schien sie sich bewusst gewesen zu sein und setzte diese gekonnt in Szene. Mehrere hundert Nutzer folgten ihr und ergossen sich in Beileids- und Trauerbekundungen unter aktuellen Fotografien. Das oberste Bild hatte sie vorgestern Mittag, an ihrem letzten Morgen gepostet. Ein Selfie aus der Bibliothek, in ebenjenem dunkelgrünen Rollkragenpullover, die Hände aufgestützt, ein stummes Lächeln auf den Lippen. #*Biblife*. Ulrike scrollte weiter und entdeckte gemeinsame Aufnahmen mit ihrer Freundin Bianca und schließlich auch von ihrem Freund Elias. Sie öffnete sein Profil, das auf den Bildern verlinkt war. Privates Konto.

Bevor sie den Computer wieder zuklappen wollte, tippte sie einen weiteren Namen in das Suchfeld ein. Emma Mießler. Als die Seite sich aufgebaut hatte, betrachtete sie die Fotos ihrer Tochter. Nur selten lichtete sie sich selbst ab, vielmehr fotografierte sie ihre Umgebung, ein Fahrrad an einer Hauswand, Herbstlaub im Wind, eine Straßenlaterne auf einer Brücke. Es war Jahre her, seit sie Emma das letzte Mal gesehen hatte, und doch verging kein Tag, an dem sie nicht an sie dachte. Ulrike atmete tief durch, schloss den Internetbrowser und klappte den Bildschirm herunter. Dann sah sie wieder aus dem Fenster. Die Sonne war aufgegangen.

Elias Badenburg lebte in einer Wohngemeinschaft in der Silbernen Fischgasse. Im Treppenhaus standen Fahrräder, an den Türen waren Poster aufgehängt. Vor der Haustür der WG im vierten Stock türmten sich Schuhe, der Fußabtreter war verdreckt. Franka warf Ulrike einen vielsagenden Blick zu, bevor sie die Klingel betätigte und ihnen kurz darauf ein gut gekleideter, attraktiver junger Mann die Tür öffnete.

»Hallo«, sagte er nervös und kratzte sich den Nacken.

»Herr Badenburg?«, fragte Franka und reichte ihm die Hand.

»Ja, genau.« Er sah müde aus und schien sich dennoch zu bemühen, einen möglichst gefassten Eindruck zu machen.

»Vielen Dank, dass Sie sich die Zeit nehmen«, begann Ulrike.»Kork von der Kripo Regensburg, meine Kollegin Franka Brandl.«

Er öffnete die Tür weit und gab ihnen mit einer Handbewegung zu verstehen, dass sie eintreten sollten.

»Schuhe an oder aus?«

Er zuckte mit den Schultern. »Egal.«

Ein dunkler Flur lag vor ihnen, rechts der Wohnungstür befand sich die Garderobe, an der Dutzende Jacken hingen, links eine kleine Kommode, auf der Stapel von Briefen und Schlüssel lagen. Der muffige Geruch ungewaschener Wäsche vermischte sich mit einem verdächtigen herb-süßlichen Duft, der unter einem der Türspalte der rechts und links liegenden Zimmer hervorzutreten schien.

Ulrike und Franka folgten Elias in die Küche am Ende des Gangs. Er schien aufgeräumt zu haben, das Küchenfenster war weit geöffnet, frisch gespültes Geschirr stand zum Abtropfen neben dem Spülbecken, ein Radio lief. Neben etwas heruntergekommenen, rot lackierten Küchenschränken befanden sich ein weißer wuchtiger Kühlschrank, der angestrengt brummte, und ein hohes Vorratsregal, das zum Zerbersten mit Lebensmitteln gefüllt war. Um den runden Küchentisch reihten sich einige wacklige Stühle, darüber war ein Regal montiert, auf dem eine Vielzahl an Schnapsflaschen stand. Ulrike dachte an ihre erste Wohnung, zwar keine Wohngemeinschaft, aber ebenso spartanisch, ebenso zusammengewürfelt. Ihr fiel ein Straßenschild in die Augen, das über dem Kühlschrank hing. Ein rot umrändertes Dreieck, zwei schwarze Strichmännchen in der weißen Mitte, ein Schriftzug darunter: »Spielende Kinder«.

»Haben Sie das online bestellt?«, fragte sie und lächelte ihn vorsichtig an.

»Nicht ganz«, antwortete er beinah streng und wies auf die Stühle am Tisch. »Wollen Sie was trinken?«, fragte er und fuhr herum. »Tee, Kaffee, Wasser?« Er riss die Kühlschranktür auf. Dann starrte er auf das Schnapsregal und schien sich für einen Augenblick in dem irren Gedanken zu verlieren, den Ermittlerinnen einen Kurzen anzubieten. »Saft? Wir haben auch Saft.«

»Setzen Sie sich erst mal, Herr Badenburg«, sagte Ulrike beschwichtigend und beobachtete, wie der junge Mann die Schranktür wieder zuschlug, sich ihnen gegenüber auf einen der Stühle fallen ließ und die Hände ineinander verschränkte. Er trug einen dunkelblauen Pullover über einem Polohemd, die braunen Haare waren sauber nach hinten gekämmt. Er war wie ein Fremdkörper in dieser vernachlässigt wirkenden Studentenwohnung, in dieser zusammengewürfelten Küche, in der der bittere Geruch nach verbranntem Knoblauch jede Ritze durchdrungen zu haben schien.

»Es tut uns leid, was passiert ist.«

Er nickte mühsam. »Danke.«

Ulrike bedachte Franka mit einem kurzen Blick, um das Wort an sie zu übergeben. Franka räusperte sich und begann damit, Elias Badenburg einige persönliche, unverfängliche Fragen zu stellen. Elias war ein wichtiger Zeuge, sie mussten ihn kennenlernen, Vertrauen aufbauen, verstehen, wer er war, was er wollte und suchte.

Elias erzählte bereitwillig von sich. Er studierte Politikwissenschaft, stammte aus Sulzbach und berichtete von seinen Plänen von einem weiterführenden Studium in Berlin, von einem Praktikum im Bundestag, von seinen Ambitionen. Er konnte gut reden, seine Stimme war klar, seine Worte gewählt. Und trotzdem schwangen Verunsicherung und Trauer in jeder Silbe mit, wie ein leises Instrument. Als Franka das Gespräch auf Annabelle lenkte, sackte er augenblicklich in sich zusammen und begann damit, einige Brotkrumen auf der Tischplatte zwischen seinen Fingern hin und her zu schieben.

»Wie lange waren Sie beide schon zusammen?«

»Seit zwei Jahren etwa. Wir haben uns durch einen gemeinsamen Freund kennengelernt.« Er zupfte an dem Ärmel seines Pullovers herum. »Ich kann das noch überhaupt nicht glauben.« Seine Stimme zitterte.

»Lassen Sie sich Zeit«, sagte Ulrike und wartete geduldig, bis sie das Gefühl hatte, dass Elias die Kontrolle über die Situation zurückerlangt hatte.

»Komisch, dass sie einfach weg ist, einfach so. Gestern hat mir so der Schädel gehämmert, weil ich's nicht wirklich verstanden hab. Da wollt ich sie anrufen, um drüber zu reden.« Er lachte bitter auf. »Ist doch bescheuert, oder?«

Er sah aus dem Fenster, ein leichter Luftzug strömte in die Küche, ließ Blätter an der Pinnwand neben dem Küchenregal aufflattern. Es war kalt in der Küche, Franka zog unwillkürlich die Arme näher an den Körper und linste zum Fenster. Doch Elias schien die Kälte nicht zu bemerken.

»Sie ist gewaltsam zu Tode gekommen, oder? Das wissen Sie schon, nicht wahr?«

»Wir können keine Details preisgeben, aber ja, wir ermitteln in einem Gewaltverbrechen«, antwortete Ulrike und versuchte, irgendetwas aus seiner Reaktion zu lesen, aber da war nichts. Sein Ausdruck, seine gesamte Haltung war von mühsamer Beherrschung gezeichnet, was dahinter lag, blieb völlig unklar.

»Hatte Annabelle Feinde? Gab es irgendjemanden, der ihr womöglich Schaden zufügen wollte?«, fragte Franka.

Elias sah noch immer aus dem Fenster. »Nein. Nicht dass ich wüsste. Sie war beliebt, hat keinem Probleme gemacht.«

»Wie war sie in letzter Zeit? Hatten Sie das Gefühl, dass sich etwas in ihrem Verhalten geändert hatte? War sie beunruhigt, hat sie irgendwelche Bedenken vor Ihnen geäußert?«

»Sie war wie immer. Vielleicht etwas gestresst, hat viel gelernt. Dieses Jahr wollte sie das erste Examen schreiben.«

»Und wie war Ihr Verhältnis?«

Er schnaubte, lehnte sich auf dem Tisch auf. »Solche Fragen müssen Sie stellen, das versteh ich. Aber es kotzt mich trotzdem an. Das kotzt mich gerade wirklich an.«

»Das versteh ich wiederum. Aber wir machen nur –«

»Sie machen nur Ihren Job. Klar.«

Die Tür ging auf, und ein leicht bekleideter Mann in Muskelshirt und Boxershorts betrat die Küche. »Moin«, sagte er verschlafen und stellte sich vor die Kaffeemaschine.

Elias rührte sich nicht. Alle schwiegen, während der Neuankömmling Kaffee in die Filtermaschine löffelte und dabei ein Lied mitsummte, das gerade im Radio lief.

»Wollt ihr auch was?«, fragte er, ohne aufzublicken. Erst als keiner antwortete, drehte er sich um.

»Toni, ich habe dir dreimal gesagt, dass heut die Polizei hier ist. Drei verfickte Mal.« Elias Badenburgs Stimme war laut geworden.

Toni, dessen blonde Locken struppig vom Kopf abstanden, schlug sich die Hand gegen die Stirn. »Ach fuck«, brachte er nur hervor, stürmte aus der Tür und knallte diese hinter sich zu. Sofort öffnete er sie wieder, steckte seinen hochroten Kopf durch den Spalt. »Sorry«, sagte er und schloss sie wieder leise hinter sich.

Elias räusperte sich und verschränkte die Arme vor der Brust. »Um auf Ihre Frage zurückzukommen: Unser Verhältnis war gut. Wir hatten unsere Auseinandersetzungen und Probleme, aber wir haben uns geliebt. Wir hatten Pläne.«

»Wann haben Sie Annabelle das letzte Mal gesehen?«

»Am Montag, sie hat hier geschlafen.«

»Wie war sie da?«

»Normal, ganz normal, wir haben miteinander gegessen, einen Film angeschaut und sind dann ins Bett. Am nächsten Morgen ist sie früh an die Uni gefahren. Sie war bloß etwas genervt an dem Abend. Ein Professor hat sie bei einer Klausur durchfallen lassen, mit dem wollte sie noch mal reden.«

Ulrike horchte auf. »Wissen Sie, wie der heißt?«

»Preuß, Professor Preuß.«

Ulrike notierte sich den Namen in ihrem Handy. Irgendwo in der Ferne tönte ein Martinshorn, dann wurde es wieder ruhig.

»Wann hatten Sie das letzte Mal Kontakt?«, fragte Franka nun wieder.

»Vorgestern Mittag. Ich habe sie nur gefragt, wie es ihr geht. Sie wollte sich am Abend noch mal melden, ich habe mir nichts dabei gedacht, als nichts mehr kam. So war sie eben.«

»Können Sie sich vorstellen, wo Sie war in der Nacht von Dienstag auf Mittwoch?«

»Nein, keine Ahnung.«

»Hatte sie viele Freundinnen? Können Sie uns da weiterhelfen?«

»Sie hatte Bianca, sonst kenn ich nicht viele. Ein paar aus ihrer Lerngruppe vielleicht.«

»Da brauchen wir Namen.«

»Ich verstehe.«

»Was haben Sie vorgestern Abend gemacht?« Franka beugte sich vor. »Ich weiß, es kotzt Sie an, aber …«

»Aber Sie müssen das fragen.« Elias stützte sich auf. »Ich

war hier. Toni kann das bestätigen. Wir haben zusammen etwas zu essen bestellt und was getrunken. Wir wohnen hier zu viert, die anderen beiden waren an dem Abend nicht zu Hause.« Er zögerte plötzlich, dann begann er wieder, die Krümel auf dem Tisch hin und her zu schieben. »Es gab da was ... Sie hatte ...« Er fuhr sich durchs Haar. »Sie hatte jemanden anders. Ich hab's rausgefunden vor einem guten Monat. Ich war bei ihr, sie war duschen, da hat irgendwas im Schreibtisch gebimmelt.«

Das Handy, dachte Ulrike und beobachtete, wie Elias Badenburg angestrengt die Stirn runzelte.

»Sie hatte ein zweites Handy ... Vielleicht ...?«

»Wir wissen davon. Wir haben es gestern in ihren Sachen gefunden«, gab Ulrike zu. »Haben Sie sie konfrontiert?«

»Sie hat geweint.« Seine Stimme brach. »Sie hat die ganze Nacht geheult und gesagt, dass es ihr leidtut. Dass sie es beenden wird und sie da so reingeraten ist.« Er stand auf und zog eine Packung Taschentücher aus dem Vorratsregal. »Entschuldigung.« Er räusperte sich. »Ich habe ihr das verziehen. Wir wollten das hinter uns lassen, an uns arbeiten.«

Ulrike nickte. Liebe, dachte sie, so schön, so schwer. »Und wissen Sie, wer dieser andere war?«

Elias zuckte mit den Schultern. »Nein, das weiß ich nicht.« Er schien am Ende seiner Kräfte zu sein.

Ulrike richtete sich auf. »Gut, Herr Badenburg, dann war's das fürs Erste. Wir melden uns, wenn wir noch Fragen haben. Und falls Ihnen noch etwas einfällt, melden Sie sich jederzeit.«

Er nickte und reichte ihr zum Abschied die Hand. »Wir müssen noch einmal mit Ihrem Mitbewohner reden, um Ihr Alibi zu bestätigen. Können Sie uns sein Zimmer zeigen?«

Elias Badenburg verzerrte sein Gesicht zu einer Grimasse, schien sich des herben Geruchs zu entsinnen. »Ich hol ihn hierher«, sagte er dann und verließ die Küche.

»Was war das denn?«, fragte Franka erstaunt.

»Der Typ hat was geraucht, hast du das nicht gerochen?«,

antwortete Ulrike und schmunzelte. Gedämpfte Laute waren zu hören, jemand schlug eine Tür zu. Wenige Augenblicke später betrat Toni die Küche. Er hatte sich ein graues Sweatshirt übergeworfen und blickte die beiden Ermittlerinnen aus großen Augen an.

»Das dauert nur kurz, keine Sorge«, versuchte Ulrike den sichtlich nervösen Mann zu beruhigen.

Er stellte sich als Toni Freitag vor, studierte im neunten Semester Philosophie, was beinah wie die Faust aufs Auge auf sein zerstreutes Äußeres passte. Ulrike konnte sich vorstellen, wie er die Abende mit seinen Freunden am Küchentisch verbrachte und weinselig über Platons Höhlengleichnis schwadronierte.

»Waren Sie Mittwochabend hier mit Ihrem Mitbewohner?«, fragte Ulrike den Mann, der sich in sicherer Entfernung an das Küchenregal gelehnt hatte.

»Ja, das stimmt. Mittwoch waren wir hier.«

»Und Annabelle war auch häufiger hier?«

»Ab und zu, ja.«

»Kannten Sie sie gut?«

»Etwas.«

»Und wie haben Sie beide sich verstanden?«

»Passt schon«, antwortete er knapp. »Um ganz ehrlich zu sein, waren wir nicht ganz auf einer Welle, wenn Sie verstehen, was ich meine.«

Ulrike fiel es nicht schwer, sich das vorzustellen, sie nickte. Dann stand sie auf und legte ihre Karte auf den Tisch. »Wenn Ihnen oder Ihrem Mitbewohner noch etwas einfällt, dann melden Sie sich bitte«, sagte sie und tippte auf das Papier. »Da steht auch meine private Handynummer drauf.«

Sie verließen die Küche und kehrten über den dunklen Flur ins Treppenhaus zurück.

»Armer Kerl«, murmelte Franka gedankenverloren, als sie die Treppe hinuntergingen. Sie öffneten die schwere Tür ins Freie, ein kleiner Fiat rauschte über das Kopfsteinpflaster, irgendwo schrien Kinder. Der Himmel lag grau und schwer über ihnen, und selbst in den schmalen Gassen waberte der dunstige Nebel hin und her.

Ulrike stellte sich vor, wie Annabelle durch die Schwaden ging. Sie hatten Pläne gehabt, hatte Elias erzählt, gemeinsame Ziele. Etwas – jemand – hatte diese Pläne durchkreuzt. Schon bevor sie gestorben war.

6

Um die Mittagszeit herum glich der Campus plötzlich einem Bienennest. Aus allen Ecken strömten die Menschen aus den Gebäuden und schwärmten in Gruppen über die Außenbereiche, schwatzend und lachend.

Ulrike verlor sich bei dem Anblick in einer Erinnerung. Kurz nach ihrem Abitur hatte sie für einige Wochen den Gedanken ins Auge gefasst, auf Lehramt zu studieren, und sich über die Zulassungsbeschränkungen an der Universität informiert. An dem Tag, an dem sie sich einschreiben wollte, war sie mit dem Zug zum Campus Duisburg-Essen gefahren. Sie hatte genau wie jetzt vor dem monströsen Gebäude gestanden, die Menschen um sich herum betrachtet, die mit schweren Büchertaschen angeregt plauschend an ihr vorbeigetrottet waren, und war beinah augenblicklich wieder umgekehrt. Im Nachhinein wusste sie gar nicht mehr genau, warum, konnte sich ihr Gefühl nicht in Erinnerung rufen. Alles wäre anders gekommen, hätte sie damals den Weg zur Immatrikulationsstelle auf sich genommen, vielleicht wäre sie dann noch immer da, mit Lutz und Emma in dem Einfamilienhaus in Recklinghausen, würde jetzt gerade Klassenarbeiten korrigieren oder Elterngespräche führen. Die Vorstellung löste nichts in ihr aus. Vielmehr kam es ihr vor, als wäre diese Version ihrer selbst jemand ganz anderes, mit einer anderen Frisur, einer anderen Augenfarbe. Diese hypothetische Person hatte nichts mit ihr zu tun.

Ulrike blinzelte. Sie war kurz im Präsidium gewesen und hatte ihre weitere Vorgehensweise geplant. Sie mussten so schnell wie möglich Annabelles letzte Tage aufarbeiten. Die Nacht vor ihrem Tod war sie weder bei ihrem Freund noch bei ihren Eltern gewesen. Auch wenn die Korrespondenz mit dem Unbekannten keinen Hinweis darauf gab, dass ein Treffen zwischen ihnen beiden stattgefunden hatte, war es dennoch möglich, dass sie bei ihm gewesen war und dieses Treffen auf einem anderen Kommunikationsweg vereinbart hatte.

Sie wussten noch zu wenig über Annabelle, um weitere Möglichkeiten ins Auge fassen zu können, also hatte Ulrike Franka damit betraut, ihren Freundes- und Bekanntenkreis lückenlos zu rekonstruieren. Sie brauchten Namen, sie brauchten andere Perspektiven und weitere Informationen, die sie möglichst bald zu dem Unbekannten führen würden.

Den Montag hatte Annabelle bei ihrem Freund verbracht, am Dienstag, einen Tag vor ihrem Tod, hatte sie sich mit dem Professor getroffen, mit dem sie aneinandergeraten war. Ulrike hatte noch in der Inspektion seinen Namen in die Suchmaschine eingegeben und dann mit seiner Sekretärin einen Termin vereinbart, die ihr auch bestätigt hatte, dass ein Treffen zwischen Preuß und Annabelle stattgefunden hatte. Die Internetsuche hatte zahlreiche rechtswissenschaftliche Artikel in Fachzeitschriften und Internetblogs des betagten Juristen hergegeben. Professor Dr. Emil Preuß war ein Experte in europäischem Recht, hatte Bücher geschrieben und publizierte seit Jahrzehnten. Genauso lang dozierte er bereits, den Lehrauftrag an der Universität Regensburg hatte er seit etwa fünfzehn Jahren. So viel verriet zumindest seine Wikipedia-Seite.

Ulrike starrte auf ihr Handydisplay, auf dem die Raumnummer des Professors abgebildet war. Sie stellte sich vor eine der Anzeigetafeln, die überall auf dem Campus herumstanden, und versuchte, anhand der Zeichnung den Gebäudeteil zu identifizieren, in dem sich das Büro befinden sollte. Sie blickte zwischen ihrem Handy und der Tafel hin und her, es war hoffnungslos. Kurzerhand ging sie auf einen Studenten zu, der auf einer der runden Bänke auf dem Hof saß und gerade eine Zigarette rauchte.

»Entschuldigen Sie, ich suche diesen Raum«, sagte sie und hielt dem jungen Mann mit der Glatze das Handy hin. Er war tätowiert und trug eine schwere silberne Kette um den Hals.

»Das ist da vorne in dem Gebäude, da müssen Sie …« Er überlegte kurz, drückte dann die Zigarette auf dem Boden aus.

»Ich kann Sie da schnell hinbringen, das ist nicht weit«, sagte er und lächelte ihr freundlich zu.

»Vielen Dank, das ist sehr nett.«

Er hievte sich seine grüne Umhängetasche um die Schulter und schritt ihr voraus auf das Zentrale Hörsaalgebäude zu.

»Sie sind die Kommissarin, richtig?«

Ulrike stutzte. »Ja, woher wissen Sie das?«

»Alle reden drüber, ich habe Sie gestern hier auch gesehen.«

»Was reden die Leute denn?«, fragte Ulrike interessiert und musterte den jungen Mann aus dem Augenwinkel. Er ging vor ihr her über eine Wiese und stieß dann eine der Glastüren auf, die im hinteren Bereich des Gebäudes lagen.

»Was da wohl passiert ist, wer es war und so weiter.«

»Und was sind das für Vermutungen?«

»Dies und das«, antwortete er karg und lächelte sie schief an.

»Kannten Sie das Opfer?«, fragte sie mit gedämpfter Stimme.

»Nee, höchstens mal gesehen.« Er zuckte mit den Schultern. Sie gingen weiter, kamen in einen dunklen Flur. »Das dahinten müsste es sein.« Er wies auf eine Tür am Ende des Gangs.

»Hat der was damit zu tun, oder was?«, fragte er weiter und grinste. Hämische Neugier war an die Stelle seiner anfänglichen Hilfsbereitschaft getreten. Vielleicht war die auch bloß eine Tarnung gewesen.

»Danke für Ihre Begleitung«, antwortete sie tonlos und ging an ihm vorbei auf die Tür zu. Der Flur war leer, und dennoch hatte sie das Gefühl, beobachtet zu werden.

Die rote Tür stand weit offen. Ulrike klopfte an den Rahmen. Die Frau hinter dem Schreibtisch, in rosafarbener Seidenbluse und mit hochgesteckten graubraunen Haaren, war um die fünfzig und begrüßte sie freundlich.

»Sie sind von der Kripo, ja?«, fragte sie. Ulrikes Besuch schien sie nervös zu machen, fahrig schob sie einige Papiere zusammen und legte sie unkoordiniert in eine blaue Ordnerablage.

»Ganz richtig, Kork ist mein Name.«

»Der Professor Preuß ist da drin«, sagte die Frau und wies auf einen Raum links von ihr.

Ulrike bedankte sich und klopfte erneut.

»Herein!«, blökte ihr eine schroffe Stimme hinter der Tür entgegen.

Sie öffnete und wurde von dem muffigen Geruch im Inneren beinah erschlagen. Kaffee, Staub, abgestandene Luft. Der Mann hinter dem Schreibtisch wirkte mächtiger als auf den Fotos, die sie im Internet gefunden hatte. Er war von beeindruckender Statur, presste seinen runden Bauch regelrecht gegen die Tischplatte. Seine Augen lagen hinter einer speckigen Brille, seine Glatze glänzte.

»So, setzen Sie sich«, sagte er, ohne aufzusehen oder Ulrike zu begrüßen, und wies auf einen Stuhl vor seinem Schreibtisch, der mit Papieren, Ordnern und Heftern bedeckt war.

»Ulrike Kork von der Kripo«, stellte sie sich unnötigerweise vor.

»Ich weiß, wer Sie sind. Sie hatten mit meinem guten Freund Straßer zu tun, wir haben gemeinsam studiert.«

Ulrike zuckte innerlich zusammen und erinnerte sich an das schiefe Gesicht des Rechtsanwalts, der in ihrem letzten Fall den Hauptverdächtigen verteidigt hatte. Sie war nicht nur in Verhören mit ihm aneinandergeraten, sondern hatte auch seine glücklicherweise aussichtslosen Bemühungen in Erinnerung behalten, ihr einen Untersuchungsausschuss auf den Hals zu setzen.

Augenblicklich zog sie die Schultern zurück und schärfte ihre Konzentration. Professor Preuß schien ihr nicht wohlgesinnt. »Ich bin hier wegen Annabelle Dorsten, sie war Ihre Studentin, richtig?«, begann sie, ohne auf seine Bemerkung einzugehen.

Preuß lehnte sich zurück. »Ja, das war sie.«

»Und sie war diese Woche bei Ihnen?«

»Das stimmt. Sie ist in einer Klausur durchgefallen und wollte wissen, warum.«

»Und warum?«

»Warum, warum … Weil sie nicht gut genug war. Meines Erachtens hatte sie sich kaum darauf vorbereitet, hatte aber eine ganz grundsätzliche Erwartung an mich, dass ich sie durchkommen lasse, einfach so.« Der Mann vor ihr hatte sich in seinem Stuhl zurückgelehnt und die Hände vor dem riesigen Bauch gefaltet.

»Sie wissen, dass sie durch ein Gewaltverbrechen zu Tode gekommen ist?«

»Ja. Und nun möchten Sie wissen, was ich zum Tatzeitpunkt gemacht habe?«

»Das würde mich interessieren, ja.« Ulrike spürte den Ärger in sich aufkochen. Auch wenn Preuß Annabelle nicht gemocht hatte, so war doch ein Mensch gestorben. Diese Tatsache schien ihn wenig zu beeindrucken.

»Ich war essen, mit meiner Frau.«

»Wo?«

»Im Orphée. Rufen Sie dort an. Wir haben auf meinen Namen reserviert. Man kennt mich dort.«

Darauf möchte ich wetten, dachte Ulrike. »Wie verlief das Gespräch mit Annabelle?«

»Es war kurz. Sie wollte wissen, warum ich sie habe durchfallen lassen. Ich habe ihr die Lage erklärt, sie hat ein paarmal widersprochen, und dann ist sie wieder gegangen. Sie war ziemlich aufgebracht.«

»Wann war das?«

»Dienstagnachmittag. Gegen zwei. Sie hat den Termin mit meiner Sekretärin vereinbart. Da können Sie noch einmal nachfragen.«

»Und sonst ist nichts zwischen Ihnen beiden passiert?«

»Vorsicht, Frau Kork. Was maßen Sie sich an?«, brauste er auf und stützte die Pranken auf dem Tisch auf. Dann sank er wieder in seinen Stuhl zurück.

Er nahm die Brille ab und rieb sich die Augen. Jetzt sah Ulrike erst, wie müde er zu sein schien.

»Wissen Sie, ich mache diesen Beruf seit dreißig Jahren,

und das Klima wird immer schlechter. Was mit Frau Dorsten passiert ist, das tut mir aufrichtig leid. Ich hatte damit nichts zu tun, aber ich würde lügen, wenn ich sagen würde, dass unser Treffen, nun ja, reibungsfrei verlaufen wäre. Diese, man muss ja fast sagen, Kinder meinen, dass ihnen die Welt gehört.« Er machte eine ausschweifende Handbewegung. »Als würde ihnen alles zustehen, als könnten sie alles, als hätten sie Anspruch auf alles. Dieses Studium ist harte Arbeit. Das Leben ist nicht leicht, man bekommt nichts geschenkt. Zu scheitern, das gehört dazu. Das wollte Frau Dorsten nicht verstehen, das wollen sie alle nicht verstehen. Sie kommen hier an diese Universität, an diese staatlich finanzierte Bildungseinrichtung«, er tippte mit seinem fleischigen Zeigefinger im Takt seiner Worte auf den Schreibtisch, »und meinen, alle würden nur auf sie warten, die Gesellschaft, die ganze Welt. Als würden alle nur darauf warten, dass diese Einrichtung wieder Hunderte Juristen ausspuckt, Hunderte Politikwissenschaftler, Tausende Geisteswissenschaftler, die keinen Nagel in die Wand schlagen können oder irgendetwas vom Leben verstehen, davon, was es heißt zu scheitern, wieder aufzustehen, hart zu arbeiten und sich etwas aufzubauen in dieser Welt.« Sein Gesicht war puterrot angelaufen, seine Stimme laut geworden.

Ulrike pustete die Luft aus und sah nach oben auf zwei graubraune Flecken, die sich wie ein Pilz über die ganze Decke auszubreiten drohten. Dann richtete sie ihren Blick wieder auf ihr Gegenüber. »Herr Preuß, in Gottes Namen, verschonen Sie mich mit Ihrem Weltschmerz«, stöhnte sie und stand auf.

»Professor«, korrigierte er sie zornig.

»Am besten, Sie gehen mal raus und machen einen Spaziergang an der frischen Luft.«

Preuß erwiderte nichts.

»Ich melde mich bei Ihnen, falls ich noch Fragen habe. Schönen Tag noch«, sagte sie, bevor sie die Tür öffnete und nach draußen trat. Sie blieb im Flur stehen und schüttelte ungläubig den Kopf.

Ein dunkelhaariger Student kam ihr entgegen und warf

einen Blick auf die Tür, aus der sie gekommen war. »Preuß, was?«

Sie nickte.

»Der Typ ist 'ne verdammte Bulldogge«, sagte er weiter. »Aber der beißt nicht, der bellt nur.« Er grinste ihr zum Abschied zu und ging dann weiter.

Ulrike stand noch für einen Augenblick auf dem Gang, auf dem es dunkler geworden zu sein schien, wieder hatte der Regen eingesetzt. Sie lauschte auf das monotone Prasseln, dann sah sie auf die Uhr. Es war jetzt zwei. Als sie in die belebteren Gänge des Gebäudes zurückkehrte, meinte sie wieder, angestarrt zu werden. Sie blickte sich zu allen Seiten um, musterte einige vorbeigehende Studierende, die, ohne sie zu beachten, an ihr vorbeischlenderten. Sie suchte in all den Gesichtern nach dem Augenpaar, das sich erneut in ihren Rücken zu bohren schien. Vergeblich. Und doch hatte sie dasselbe Gefühl wie am gestrigen Tag. Das Gebäude schien überall Ohren und überall Augen zu haben.

Als sie schnelleren Schrittes zum Parkplatz ging, entdeckte sie den Hausmeister, der vor dem Ausgang beiläufig nasses Laub zusammenrechte. Er erblickte sie und kam dann auf sie zu. Fast schien es, als habe er bereits auf sie gewartet.

»Herr Dvalitsa, richtig?«

Er nickte.

»Wollten Sie zu mir?«, fragte Ulrike.

»Ich habe gesehen, dass Sie hier sind, ich muss Ihnen was zeigen.« Er sprach schnell, beinah undeutlich. Dann ging er an ihr vorbei durch die Tür, und sie folgte ihm zurück in den Flur, aus dem sie gekommen war.

Am Ende des Gangs stieß er eine der roten schweren Türen zur Damentoilette auf. Ein paar Frauen, die gerade am Waschbecken standen, starrten sie irritiert an und verließen dann den Raum. Der beißende Geruch, eine Mischung aus Kloreiniger und Urin, stieg Ulrike in die Nase, sie hielt die Luft an. Im grellen Licht folgte sie Dvalitsa zu einer der hinteren Kabinen, er öffnete die Tür und wies auf einen Schriftzug unterhalb der Türklinke.

Ulrike bückte sich, um die Worte besser lesen zu können, dann blickte sie den Hausmeister an, der, beinah stolz auf seinen Fund, die Lippen zu einem seltsamen Lächeln verzogen hatte.

Ulrike las erneut. Roter Stift, scharfe Kanten. Sie schauderte.

»Dorstenschlampe, ich kill dich!«

7

Umgehend nach dem Fund hatte Ulrike einen Beamten herbeordert, der die kriminaltechnische Untersuchung vornehmen würde. Nachdem der Hausmeister auf ihr Geheiß die Toilette abgesperrt hatte, waren sie wieder nach draußen gegangen. Wann er auf den Schriftzug aufmerksam geworden war, hatte sie den kleinen Mann gefragt.

»Ich habe das gestern Abend gesehen, als ich da eine Spülung repariert habe.«

»Wieso haben Sie nicht gleich die Polizei angerufen?«

»Ich wusste nicht mehr genau, wie sie heißt, das ist mir erst heut früh wieder eingefallen, und dann waren Sie ja sowieso hier.«

»Wie oft sind Sie da auf der Toilette?«

»Nicht oft. Fast nie. Ich achte auch nicht auf die Kritzeleien. Aber die ist mir ins Auge gefallen.«

»Ich weiß, wir haben Sie das alles schon gefragt, aber überlegen Sie noch einmal … Ihnen ist am Mittwochabend nichts aufgefallen, als Sie abgeschlossen haben?«

Er schüttelte den Kopf. »Nein, alles wie immer.«

Ulrike seufzte. »Gut, vielen Dank.«

In der Ferne sah sie vom Parkplatz aus den Beamten auf sich zukommen, mit dem sie soeben noch am Telefon gesprochen hatte. Er lief schnell im Regen, hatte den Jackenkragen aufgeschlagen, eine Umhängetasche baumelte an seiner Hüfte. Seine langen Beine steckten in einer eng anliegenden Hose, unter der Jacke trug er ein weißes Hemd, die schwarzen Haare hingen ihm ins Gesicht. Als er unter dem Dach der Tür angekommen war, versuchte Ulrike krampfhaft, sich an seinen Namen zu erinnern, und fahndete in dem ebenmäßigen Gesicht des jungen Mannes nach Hinweisen.

»Timo Stöckl«, sagte er.

»Ulrike –«

»Kork, ich weiß«, er zwinkerte ihr zu.

»Wollen wir?«, sagte sie an die beiden Männer gerichtet und ging dann vor dem Hausmeister zurück ins Innere. Jetzt war das Geflüster lauter geworden, die Blicke ungehemmter. Etwas stimmte nicht, und diese Ahnung verbreitete sich unter den Studierenden wie ein Lauffeuer. Dvalitsa sperrte die Tür zum Damen-WC erneut auf, und beide Ermittler betraten nach ihm den grellen, stinkenden Raum. Der schmächtige Mann blieb im Eingang zurück, lehnte sich an eine der gefliesten Wände und wartete, während Ulrike und Timo Stöckl erneut die Kabinentür in Augenschein nahmen.

»Ich glaub, ich kann dir kaum Hoffnungen machen, Ulrike«, begann Timo. Eine seiner Strähnen war ihm ins Gesicht gefallen, als er sich zur Klinke hinuntergebeugt hatte. »Hier gehen so viele ein und aus, das Ding ist übersät mit Abdrücken und Spuren.«

»Bitte versuch es trotzdem.«

Er musterte sie. »Soll ich die Tür mitnehmen?«

Ulrike überlegte bloß einen Augenblick, dann nickte sie entschlossen.

Es war Abend geworden, als Ulrike wieder an ihrem Schreibtisch saß. Der Toilettengeruch hing ihr noch immer in der Nase, ein Foto des Schriftzugs war auf ihrem Computerbildschirm geöffnet. Franka saß ihr gegenüber und tippte mit einem Kugelschreiber auf dem Tisch herum.

»Hast du mal was auf eine Klotür geschrieben?«, fragte Ulrike schließlich.

»Nee. Nicht dass ich wüsste. Du?«

»In der Schule, ja. Ständig. Aber nur albernes Mädchenzeug.«

»So eine Klotür, das hat schon was Besonderes. Man kann alles sagen, was man will, alles loswerden, man hat eine recht große Reichweite und bleibt trotzdem anonym. Analoges Facebook sozusagen.«

Ulrike starrte auf die Fotografie, überflog die anderen

Schriftzüge. Seltsame Zeichnungen reihten sich an Sticker und Abrisse von Postern, dazwischen viele Zeilen. »Ich liebe meinen Freund nicht mehr, wie soll ich ihm sagen, dass ich nicht mehr mit ihm zusammen sein will?«, stand dort irgendwo mit Bleistift geschrieben. Darunter entspann sich eine Unterhaltung. »Lass dir ein paar Eier wacksen und bring es hinter dich.« »Lern du erst mal Deutsch.« »Ehrlichkeit währt am längsten, du tust dir und ihm keinen Gefallen, weiter zu lügen. Hör auf dein Herz.« »Was ihr hier laaaabert. Oh mein Gott.« Auf der anderen Seite: »Diana war hier. Andrea auch. 2012.« Und an der Ecke des Türblatts, groß und breit: »Dieser Tag geht auch vorbei.«

Alle möglichen Gefühlsbekundungen, Gedanken und Reime waren auf dem Türblatt verewigt, klein und gedrungen, groß und auffällig, in unterschiedlichen Farben und Formen.

»Mal sehen, ob Stöckl etwas rausbekommt«, antwortete Ulrike dann und minimierte das Foto. Es war jetzt nach sieben, Türen wurden zugeschlagen, das Wochenende vollends eingeläutet. »Wie läuft die Wohnungssuche eigentlich?«, fragte sie ihre Kollegin.

»Beschissen«, gab Franka zur Antwort.

Ulrike hatte die junge Polizistin im letzten Jahr kennengelernt und sie als Junganwärterin für die Kriminalpolizeiinspektion in Regensburg empfohlen. Seither pendelte Franka zwischen ihrem Heimatdorf im Landkreis Neumarkt und der Dienststelle. Die etlichen Stunden im Berufsverkehr verfehlten ihre Wirkung nicht. Jeden Morgen tappte sie gereizt ins Gebäude, jeden Abend verschlechterte sich ihre Laune schon eine halbe Stunde vor Dienstende. Auch wenn ihr Neustart in Regensburg in dieser Hinsicht etwas holprig verlief, hatte sie sich in ihren neuen Arbeitsbereich vergleichsweise schnell eingearbeitet. Sie war ehrgeizig, wollte alles richtig machen, war dabei allerdings etwas verbissen.

»Gestern habe ich eine Wohnung in der Altstadt angeschaut, die wollten ein Motivationsschreiben von mir haben.«

Ulrike konnte sich ein Grinsen nicht verkneifen. »Das sind ja geradezu Münchner Verhältnisse.«

Franka seufzte. »Gehen wir noch was trinken?«, fragte sie dann unvermittelt.

Ulrike schaltete den Computer aus. »Unbedingt.«

»Ich habe gesehen, da ist heute so ein Poetry-Slam, wollen wir da mal hin?«

»Ich weiß nicht, ob das meine Welt ist«, antwortete Ulrike.

»Ach, komm schon, Ulrike. Ich will mal sehen, was die große Stadt so zu bieten hat«, feixte Franka. Widerstand schien zwecklos.

Etwa eine Stunde später standen beide in der vorletzten Reihe vor der erleuchteten Bühne. Die Alte Mälze war Regensburgs populärstes Kulturzentrum und überregional bekannt. In dem alten Braubetrieb fanden regelmäßig Konzerte, Kabaretts, Lesungen und Partys statt. Der Boden war klebrig von verschüttetem Bier, die Musik scheppte laut, das Publikum war vollständig durchmischt. Auch wenn Ulrike keineswegs die Älteste war, fühlte sie sich mit dem Plastikbecher in der Hand zwischen all den Menschen plötzlich fehl am Platz.

Es wurde still, die Show begann. Zahlreiche Lichtkegel richteten sich auf die Bühne, im nächsten Moment sprang ein untersetzter junger Mann beeindruckend leichtfüßig über die zwei Stufen ins Scheinwerferlicht und sprach mit der Stimme eines Radiomoderators ein paar Grußworte. Bald darauf stand die erste Teilnehmerin auf der Bühne. Sie trug hautenge schwarze Jeans, ein bauchfreies Oberteil und eine weite Jeansjacke. Die brünetten Haare hatte sie zu einem hohen Pferdeschwanz zusammengebunden. Ulrike, der es mittlerweile gelungen war, sich bis zum Tresen vorzuarbeiten, kämpfte sich mit zwei vollen Plastikbechern zu Franka zurück. Der Applaus verstummte.

»Hallo, allerseits, danke«, begann die junge Frau, wobei sie sich so nah an das Mikrofon gestellt hatte, dass man ihren Atem hören könnte. »Ich habe euch heute einen Text mitgebracht. Der heißt ›Gedankenblasen‹, und es geht da um eine ganz besondere Phase in meinem Leben, die sich vor nicht allzu langer Zeit abgespielt hat.« Während sie sprach, nestelte sie ununterbrochen an dem Mikrofon herum, dann ließ sie die Arme locker neben ihren Hüften baumeln und stellte sich breit auf, als müsse sie sich auf eine Sporteinheit vorbereiten.» Und der Text geht so.«

Kurz darauf begann sie zu reden, wechselte von laut zu leise, von betonter zu unbetonter Aussprache, nur unterbrochen von lang gezogenen Sprechpausen und untermalt von wilder Gestik.

Ulrike musterte die Gesichter der umliegenden Gäste und war sich irgendwann sicher, dass sie wohl einfach selbst nicht aufgeschlossen genug war, um diese besondere Form der Darbietung wirklich wertschätzen zu können. Sie beobachtete Franka aus dem Augenwinkel, deren Gesichtsausdruck keinerlei Aufschluss über ihre Stimmungslage lieferte.

Plötzlich erinnerte sich Ulrike an eine Unterhaltung, die sie vor etwa fünfzehn Jahren mit Harry geführt hatte, ihrem zweiten Mann. Sie war damals noch eine junge Polizistin gewesen, frisch geschieden und hoffnungslos dem älteren Mann ergeben, der ihr Mentor beim LKA in München gewesen war und später ihr Ehemann. Sie hatte damals mit ihm gemeinsam eine Schicht im Kriminalnotdienst übernommen und neben ihm im Auto gesessen, noch lange bevor aus dem Arbeitsverhältnis eine Freundschaft, bevor daraus Liebe geworden war. Im Radio war irgendein Chartmix gelaufen, sie konnte sich nicht mal mehr daran erinnern, was genau, sie hatte bloß die Augen verdreht.» Was die Teens für einen Scheiß hören.« Sie hatte es einfach so gesagt, ohne darüber nachzudenken, und doch war ihr das, was Harry darauf erwidert hatte, immer im Kopf geblieben.

»Wenn du so mit dreißig schon denkst, dann wünsch ich dir viel Spaß beim Älterwerden.«

Harry war heute Mitte sechzig und seit einigen Jahren wegen seiner schweren Alzheimererkrankung im Pflegeheim, aber Ulrike war sich sicher, dass er selbst in seinem jetzigen Zustand keine Miene über das verziehen würde, was sich vor ihm bot, auch wenn er es in der Tiefe seines Herzens für gnadenlos aberwitzig hielt.

Ulrike nippte an ihrem Bier, fuhr sich durch ihr rotes kurzes Haar und nahm sich vor, aufgeschlossener zu sein.

»Gedankenblasen sind Blasen aus Gedanken, die nicht wanken, sondern immer weiter sanken, bis auch ich versank in Gestank«, fuhr die Brünette fort.

Ulrike blickte ein weiteres Mal zu Franka, die sich ein Augenrollen nicht verkneifen konnte.

Wenige Auftritte später stand plötzlich Bianca Trost auf der Bühne. Ulrike tippte ihre Kollegin an, die genauso ihren verwunderten Blick auf die junge Frau geheftet hatte.

Linkisch zupfte Bianca am Saum ihres grün karierten Kleides herum. Sie trug einen dunklen Haarreif, an ihren Ohren hingen lange goldene Kreolen, ihre Lippen waren rot geschminkt. Sie sah gut aus im grellen Scheinwerferlicht, die Haut schneeweiß wie die einer Porzellanpuppe, doch ihre Augen wirkten verwässert, die Bewegungen langsam und verzögert. Mit zitternden Fingern faltete sie das abgegriffene Papier in ihrer Hand auseinander.

»Hallo«, begrüßte sie die solidarisch johlende Menge. »Mein Text heißt: ›Scheiße, warum bin ich so?‹«

Irgendjemand lachte. Dann war alles still.

Als Bianca lallend begann, ihre Worte abzulesen, und dabei immer wieder ins Publikum blickte, verspürte Ulrike einen Kloß im Hals. Bianca war betrunken, und je länger sie im grellen Scheinwerferlicht stand, je nervöser sie wurde, desto schwerer fiel es ihr, die Balance zu halten, die Worte deutlich auszusprechen.

Beklommenes Schweigen hatte sich eingestellt, und zwischen einige erzwungene Lacher und Räusperer mischte sich irgendwann Gemurmel. Bianca hielt sich am Mikrofonständer fest. Sie war kaum in der Lage, die Worte deutlich abzulesen, irgendwann hatte sie begonnen zu improvisieren. »Warum ist alles so gnadenlos scheiße und dann wieder ganz okay? Kann es nicht auch einmal eine Sache sein von beiden, damit ich weiß, wie ich mich fühlen soll? Warum bin ich überhaupt hier? Ich habe überhaupt keine Ahnung, wo das alles hinführen soll. Macht doch sowieso keinen Sinn.«

»Kruzifix«, wisperte Franka, die das Debakel auf der Bühne fassungslos beobachtete. »Warum macht denn keiner was?«

Kurz entschlossen drückte sie Ulrike ihr Bier in die Hand und kämpfte sich durch die Masse nach vorn. Bianca entdeckte sie, ihr Gesicht wurde aschfahl.

»Bianca, kommen Sie mal mit, wir gehen mal raus«, sagte Franka und bemühte sich dabei unnötigerweise zu flüstern. Alle hörten sie.

Endlich schien der feiste Moderator den Ernst der Lage begriffen zu haben und brüllte ins Mikrofon: »Alles klar, ein kräftiger Applaus für Bianca, und es geht weiter mit unserem nächsten Slammer!«

Ulrike beobachtete, wie Bianca vor Franka aus der Tür stürmte. Sie stellte die halb vollen Becher auf dem Tresen ab, bestellte bei der Bedienung ein Wasser und folgte ihnen nach draußen, wo sie gerade noch mitbekam, wie sich Bianca auf den Bürgersteig erbrach. Dann lehnte sich die junge Frau mit der Stirn an die Hauswand und fing leise an zu weinen.

»Hey«, sagte Franka und legte ihr beruhigend die Hand auf die Schulter. »Das kann mal passieren, halb so wild.«

Bianca reagierte kaum.

Ulrike stellte sich ebenfalls neben sie. »Wollen Sie was trinken?« Sie reichte ihr das Wasser und ein Taschentuch, das sie aus ihrer Handtasche zog.

Bianca wischte sich den Mund ab und nippte am Wasser. Dann drehte sie sich zu den beiden Frauen um. Ihre Schminke war verwischt, ihr Lippenstift nur noch in Resten vorhanden. Sie wankte zu einer nahe gelegenen Bank und ließ sich darauf fallen.

Franka und Ulrike nahmen links und rechts neben ihr Platz. Ein paar Leute standen draußen herum, sahen immer wieder neugierig zu ihnen. Es hatte aufgehört zu regnen, das rote Licht der Ampel, die direkt gegenüber der Eingangstür stand, reflektierte auf dem Asphalt der nassen Straße. Es war kalt geworden.

Bianca zog ein braunes Tabakbeutelchen aus ihrer Kleidtasche. Sie friemelte ein Paper heraus und versuchte, dies mit klammen Fingern mit Tabak zu füllen.

»Soll ich?«, fragte Ulrike irgendwann und nahm das Päckchen entgegen.

»Sie rauchen?«

»Früher. Aber das ist wie Fahrradfahren, das verlernt man nicht«, antwortete sie, drehte der verzweifelten Frau fachmännisch eine Zigarette und reichte sie ihr.

Nachdem Bianca sich die Kippe angesteckt hatte, blickte sie zwischen Franka und Ulrike hin und her. »Was wollen Sie überhaupt hier?«

»Ob Sie es glauben oder nicht, wir sind zufällig hier«, antwortete Franka.

»Ich entscheide mich für: nicht.«

»Bianca, jetzt, wo wir ohnehin da sind, könnten Sie uns vielleicht doch noch einmal helfen.«

Bianca blickte sie skeptisch an.

»Wissen Sie, wo Annabelle war in der Nacht von Dienstag auf Mittwoch?«

Bianca schüttelte heftig den Kopf.

»Wir wissen, dass Annabelle ein Verhältnis hatte, können Sie uns etwas darüber sagen?«

Biancas Gesicht war erneut aschfahl geworden. Dann warf sie die Kippe von sich und erbrach sich ein zweites Mal auf den nassen Asphalt.

8

Kurz nachdem es hell geworden war, hatte Ulrike sich aus der Bettdecke geschält, ihre Sportklamotten angezogen und war nach draußen gegangen. Die Straßen waren an diesem Samstagmorgen völlig verwaist, fast niemand war unterwegs, als sie gemächlich am Herzogpark entlang zur Donau hinunterlief. Über dem Wasser, das in einer dunklen Bahn rauschend an ihr vorbeizog, lag dunstiger Nebel, der die Stadt beinah den gesamten Herbst und Winter lang unter sich zu vergraben schien. Ulrike hörte ihren eigenen Atem schnell und unkontrolliert. Sie hatte keine Kondition an diesem Morgen, als würden zwei Zahnräder nicht ineinandergreifen, als sei etwas blockiert. Sie blieb stehen, stemmte die Hände in die Hüfte und lief dann weiter. In Gedanken kehrte sie zum gestrigen Abend zurück. Noch immer lag die Identität von Annabelles geheimnisvoller Liebschaft im Schatten, noch immer schien dieses Teil des Puzzles unauffindbar, und noch immer konnte Ulrike ihr Gefühl nicht abschütteln, dass Bianca etwas zu wissen schien.

Die junge Frau hatte sich, kurz nachdem sie sich das zweite Mal übergeben hatte, auf den Heimweg gemacht, hatte auf Ulrikes Angebot, ihr ein Taxi zu rufen, ablehnend reagiert und kaum verständlich gemurmelt, dass sie den nächtlichen Spaziergang bräuchte, um wieder klar denken zu können. Es hatte sich nicht gut angefühlt, Bianca in ihrem stark angetrunkenen und seelisch labilen Zustand allein zu lassen, aber sie war erwachsen und durch ihr zweimaliges Erbrechen halbwegs ernüchtert. Es gab keinen Grund, sie festzuhalten, keinen Grund, sie weiter zu befragen, es hätte in ihrer Verfassung ohnehin keinen Sinn gehabt.

Ulrike dachte wieder an Annabelle, stellte sich vor, dass sie auch irgendwo im Publikum gesessen hätte an Biancas Abend auf der Poetry-Slam-Bühne, dass sie ihr ermutigend zugejohlt hätte. Hätte Bianca denselben Text vorgelesen? Hätte sie sich anders präsentiert mit der besten Freundin an ihrer Seite? Wer war sie mit Annabelle gewesen? Und wer war sie jetzt, ohne sie?

Ulrike lief weiter und sah bald schon das gigantische Kraftwerk, durch das der Fluss geleitet wurde und einem Wasserfall gleich über die riesige Staustufe nach unten brauste. Sie erinnerte sich zurück an ihre eigene Jugend, dachte daran, wie es gewesen war in ihrer Mädchenclique, in der jede ihre Position innehatte, ihr eigenes Merkmal. Die Laute, die Schlaue, die Lustige, die Stille. Festgelegte Attribute, unabänderliche Persönlichkeiten. Noch heute fielen sie, wann immer sie in Recklinghausen zusammenkamen, wie automatisch in diese alte Dynamik zurück, auch wenn sie außerhalb dieser Konstellation andere Menschen waren. Wenn sie Hanna, Maike und Marita traf, dann redete sie plötzlich mehr, dann sprach sie lauter, dann gestikulierte sie wild.

»So ist sie, unsere Ulli, Riesenklappe, nichts dahinter.«

Ulrike lachte, wenn so etwas gesagt wurde, denn es berührte sie nicht mehr. Vielleicht auch deswegen, weil sie mittlerweile genau wusste, dass sie bloß eine Rolle spielte und dass es nur so funktionierte, wollten sie sich weiterhin treffen und diese Scharade aufrechterhalten.

Jugendfreunde, sinnierte sie, sind das diejenigen, die alles über dich wissen oder nichts?

Annabelle und Bianca waren zwar noch nicht lange befreundet gewesen, trotzdem schien der Tod ihrer Freundin bei Bianca eine Identitätskrise ausgelöst zu haben.

Ulrike war oben auf der Brücke des Kraftwerks angekommen, lehnte sich schnaufend über das Geländer und beobachtete, wie sich die Wassermassen tosend über die Staustufe ergossen. Der Nebel hatte sich verdichtet, die Stadt war nicht zu sehen, nur die Domspitzen ragten trübe aus den weißgrauen Schwaden hervor.

Der Regen tropfte in Bindfäden vor ihrem Fenster auf die Erde. Schon den ganzen Nachmittag bestimmte das monotone

Prasseln die Geräuschkulisse im Inneren. Ulrike bevorzugte dieses Geräusch anstelle der Stille, die sonst unnachgiebig jeden Winkel der riesigen Wohnung auszufüllen schien. Drei Zimmer bewohnte sie, den großzügigen Wohn- und Essbereich, das Schlafzimmer und ein kleines Büro, in dem ein Schreibtisch, ein Bücherregal und eine Musikanlage standen und wo sie sich seit ihrem Einzug nie länger als eine Viertelstunde aufgehalten hatte.

Schon häufiger hatte sie den Gedanken ins Auge gefasst, sich nach einer kleineren Bleibe umzusehen, aber allein die Vorstellung, wieder neu anzufangen, wieder Entscheidungen darüber zu treffen, wo welches Bild hängen könnte, bereitete ihr Kopfschmerzen. Die Wohnung war zu groß, um sich allein wirklich wohlzufühlen. Am schwersten waren die Wochenenden auszuhalten, und meist versuchte sie, diese von langer Hand im Voraus zu planen. In letzter Zeit gelang ihr das mehr schlecht als recht. Zum Jahresbeginn hatte sie gemeinsam mit einer ehemaligen Kollegin aus München eine Schneewanderung in den Bergen unternommen. Doch jetzt war Februar, jetzt war alles grau, die Feiertage vorbei. Gähnend und träge streckte sich der lange Winter dem Frühjahr entgegen, gönnte nun keinen Schnee mehr, keine Lichterketten, keine klirrende Kälte. So wie allen anderen fehlte auch ihr selbst der Wille, sich zu motivieren, auch wenn das bedeutete, dass sie allein hierblieb.

Thorsten, ihr Ex-Mann, war nie mit eingezogen, dabei hatten sie die Wohnung gemeinsam gesucht, gemeinsam geplant, hier neu zu beginnen und ihrer Wochenendehe ein Ende zu setzen. Im letzten März hatten sie sich getrennt, die Scheidung war im späten Herbst sang- und klanglos über die Bühne gegangen. Ulrike hatte bereits nach ihrer ersten den Mehrwert eines Ehevertrags erkannt gehabt, dessen Abschluss ihr zumindest die Logistik der zweiten und dritten erheblich vereinfacht hatte. Noch dazu hatten sie und Thorsten nur kurz zusammengelebt und keine gemeinsamen Güter besessen. Eine Unterschrift war nötig gewesen, mehr nicht, und die hatte nicht mal wehgetan – vielmehr die nüchterne Routine, mit der sie sie geleistet hatte.

Seitdem war der Kontakt zu Thorsten vollständig abgebrochen. Das Einzige, was von ihm geblieben war, was Ulrike ständig an ihn erinnerte, war die Idee dieser Wohnung, ihr Potenzial, ihre Größe und ihre Stille. Und die war an grauen, ruhigen Tagen wie heute nur durch ebendiesen Regen, durch das gemächliche Prasseln und Plätschern zu ertragen.

Ulrike saß am Küchentisch, vor sich eine dampfende Tasse Kaffee. Wie zu erwarten gewesen war, hatte Timo Stöckl bislang keine nennenswerten Ergebnisse liefern können. Es waren Spuren gefunden worden, viele. Aber was halfen die? Wie konnten sie wissen, wann die Person den Schriftzug auf dem Türblatt der viel frequentierten Toilette verewigt hatte? Auch wenn es nahelag, dass es sich bei ihr um eine Frau handelte, schließlich war die Drohung auf einer Damentoilette niedergekritzelt worden, war es kaum denkbar, über die Toilettentür selbst weitere Hinweise auf die Verfasserin zu finden.

Allerdings fragte sich Ulrike, wieso der Schriftzug nicht früher aufgefallen war. Wie viele Frauen gingen täglich auf ebenjene Toilette? Es mussten Dutzende sein. Und auch wenn Annabelles Identität noch immer nicht an die Presse herausgegeben worden war, musste Ulrike davon ausgehen, dass sich auch diese Information an der Universität wie ein Lauffeuer verbreitet hatte. War der Schriftzug also nichts weiter als eine hohle Drohung, schon seit Monaten vorhanden und geflissentlich übersehen worden? Oder war sie unmittelbar vor Annabelles Ermordung aufgetaucht?

Annabelle schien sich kaum ehrliche Freunde gemacht zu haben. Franka hatte mit der Hilfe von Elias Badenburg und den Eltern nur wenige Namen ausfindig gemacht und bei den Betreffenden keine nennenswerten neuen Informationen einholen können. Oberflächliche Freundschaften, die eher Bekanntschaften glichen. Annabelle war beliebt gewesen, das hatten mehrere der Befragten ausgesagt, und das spiegelte sich auch in ihrem Instagram-Profil. Aber was sagte das aus?

Wer hatte sie wirklich gekannt? Wen hatte sie tatsächlich an sich herangelassen? Ulrike hatte das Gefühl, dass nicht einmal Elias Badenburg eine tiefere Verbindung zu Annabelle gepflegt hatte. Eine Zweckgemeinschaft, schön von außen, sinnvoll auf dem Papier.

Die Einzige, die aus der Reihe fiel, war Bianca. Immer wieder kehrte Ulrike zu ihr zurück, immer wieder führte sie sich die junge Frau vor Augen, ihre Reaktion am gestrigen Abend auf die Frage nach Annabelles Verhältnis. Diese Großspurigkeit, mit der sie ihre Freundin beschrieb, und der gleichzeitige Unwille, wirklich etwas preiszugeben, wirklich etwas zu sagen über diesen Menschen, der ihr so viel bedeutet hatte, frappierten Ulrike am meisten. Vielleicht gab es aber nicht mehr. Es war unverkennbar, dass Bianca Annabelle idealisierte. Es war möglich, dass es sie verletzte, auch nichts zu wissen, nicht hereingelassen worden zu sein.

Ulrike verlor sich in Gedanken und Spekulationen und überhörte fast ihr Handy, das in der Küche scheppernd vibrierte.

Sie sprang auf und griff nach dem Gerät. »Kork?«, meldete sie sich.

»Hallo, ähm, hier ist Toni.«

»Toni wer?«

»Toni Freitag. Der Mitbewohner von Elias Badenburg.«

»Toni, natürlich. Was kann ich für Sie tun?«

»Ich wollte mit Ihnen reden, Ihnen was erzählen.«

»Ich höre?«, sagte Ulrike angespannt und fixierte währenddessen eine kleine Motte, die um die gelbliche Birne der Küchenlampe flatterte.

»Ich war am Mittwoch früh in Stadtamhof unterwegs. Bin über die Steinerne und dann hinten in die Badstraße. Da habe ich Annabelle gesehen.«

»Wo genau?«

»Sorat Insel-Hotel, kennen Sie das? Das ist gleich an der Donau.«

Ulrike sah das imposante Hotel vor sich, das zwischen den

beiden Donauarmen thronte und von der Altstadtseite aus das Stadtbild dominierte. Zwei Häuser, dazwischen wurde ein Teil des Flusses geleitet, ein verglaster Anbau verband die beiden Gebäude. »Ja, das kenne ich.«

»Die ist da rausgegangen. Ich habe sie kurz gegrüßt, bin dann weiter.«

»War sie allein?«

»Ich glaub schon ... wobei ... Hinter ihr war ein Typ. Kann aber auch sein, dass der gar nicht zu ihr gehörte.«

»Haben Sie mit ihr gesprochen?«

»Wie gesagt, nein. Ich bin gleich weiter.«

»Und wieso erzählen Sie uns das erst jetzt?«

»Ehrlich gesagt habe ich in dem Moment nicht weiter drüber nachgedacht. Und dann wollt ich erst mal mit Elias drüber reden, was er dazu sagt.«

Ulrike schluckte den aufkommenden Ärger widerwillig herunter. »Gut, wann war das? Welche Uhrzeit?«

»So um acht oder neun Uhr morgens. Ich weiß es nicht mehr genau.«

»Der Mann, der bei ihr war, wie sah der aus?«

»Der war groß, hatte 'ne blaue Jacke an, eine Kappe auf dem Kopf. Vielleicht so Mitte dreißig oder Anfang dreißig, irgendwie so.«

»Könnten Sie ihn wiedererkennen?«

»Vielleicht, bin mir nicht sicher. Oh Mann, tut mir leid, ich kann Ihnen gar nicht so richtig viel sagen. Außer das.«

»Danke, das hilft uns trotzdem. Ich melde mich wieder bei Ihnen.«

9

Man war beeindruckend kooperativ gewesen, als Ulrike im Sorat Insel-Hotel ihr Anliegen vorgebracht hatte. Die charismatische Rezeptionistin hatte augenblicklich den Geschäftsführer hergebeten, der Ulrike diskret in sein Büro geführt hatte. Bald darauf hatte man ihr das Video der Überwachungskamera zur Verfügung gestellt, die im Eingangsbereich bei der opulenten Rezeption angebracht war. Nun saß sie in dem kleinen, stickigen Raum vor dem großen Bildschirm und ließ die Szene immer und immer wieder vor sich abspielen.

Die Zeitangabe in der rechten oberen Ecke bestätigte den entsprechenden Zeitpunkt und klärte endgültig die Frage, wo sich Annabelle in der Nacht vor ihrem Tod aufgehalten hatte. Mittwoch, 3. Februar, acht Uhr vierundzwanzig. Auch Tonis Vermutung bewahrheitete sich: Sie war nicht allein gewesen. Der Mann, den er beschrieben hatte, war neben ihr zu sehen, hatte einen Arm um sie gelegt, als sie gemeinsam ins Blickfeld der Kamera schritten. Sie hatte bar bezahlt, das Zimmer lief auf ihren Namen, und der Mann war kaum erkennbar. Nur einen Augenblick lang hob er den Kopf, doch man sah bloß das kantige Kinn, den Ansatz eines Barts, der Rest lag im Schatten seiner Kappe. Ulrike stoppte die Aufnahme an ebenjener Stelle, als er hinausschritt und den Kopf nur für einen Moment in die Höhe hob. Sie seufzte.

Der Hoteldirektor betrat das Zimmer und räusperte sich. »Hilft Ihnen das?«

Seine akkurate Kleidung, die geränderte Brille und die dunklen Haare erinnerten sie an die makellos adrette Erscheinung eines Stewards auf einem Kreuzfahrtdampfer.

»Können Sie mir bitte eine Liste all derer geben, die an diesem Morgen gearbeitet haben? Wer hat die Zimmer aufgeräumt, wer war an der Rezeption?«

»Was Ersteres angeht, müsste ich den Dienstplan konsultieren, aber im zweiten Fall haben Sie Glück. Dominika war die ganze Woche morgens an der Rezeption. Sie wird Ihnen weiterhelfen können.«

Wenige Augenblicke später stand ihr die Rezeptionistin in dem kleinen Raum gegenüber. Die schwarze Weste über der gebügelten Bluse saß wie angegossen, ein goldenes Namensschild war an ihrem Revers befestigt, die rötlichen Haare waren zu einem hohen Pferdeschwanz zusammengebunden. Sie lächelte, ein kleiner Stein blitzte auf ihrem rechten Schneidezahn, das Einzige, das nicht so recht zu ihrer Erscheinung passen wollte. Ihr Namensschild verriet Ulrike, dass sie es mit Frau Steiner zu tun hatte. Mit dem nervösen Lächeln wirkte sie in diesem Augenblick ein bisschen wie ein Schulkind, das ein Referat halten sollte.

»Ihr Vorgesetzter hat gesagt, Sie waren am Mittwoch früh an der Rezeption?«

»Das stimmt, ja.«

»Annabelle Dorsten, sie hatte ein Zimmer hier, hat an diesem Morgen wieder ausgecheckt.« Zur Erläuterung ließ Ulrike ein weiteres Mal die Szene auf dem Bildschirm abspielen, dann sah sie die junge Frau erwartungsvoll an.

»Ja, ich erinnere mich, sehr hübsch. Sie war hier mit einem Mann. Am Abend hat sie allein eingecheckt, er kam erst später dazu.«

»Ist Ihnen etwas aufgefallen, irgendetwas, das seltsam war?«

»Nein, nichts, sie war sehr freundlich. Ihr Begleiter etwas schweigsam. Aber mir ist nichts Ungewöhnliches aufgefallen.«

»Würden Sie den Mann wiedererkennen?«

»Ich denke schon, ja.« Sie kratzte sich am Ohrläppchen. »Worum geht es denn genau bei den beiden, wenn ich fragen darf?«

»Annabelle Dorsten, die junge Frau, ist Opfer eines Verbrechens geworden. Und wir suchen diesen Mann.«

Dominika Steiner wurde ganz bleich. Ihr geduldiges Lächeln, das sie sich antrainiert zu haben schien, verflüchtigte sich von einem Moment auf den nächsten. »Das gibt es ja gar nicht, ach du meine Güte.«

»Deswegen verstehen Sie bestimmt auch, dass jede kleinste Auffälligkeit für uns von Bedeutung sein kann.«

»Ja sicher. Natürlich.« Sie presste die Hände aufeinander. »Ich überlege, aber da war gar nichts. Eine ganz normale Begegnung.«

»Wie wirkten die beiden auf Sie?«

»Sehr verliebt. Sehr, ja. Irgendwie vielleicht ein bisschen traurig, ich weiß es nicht. Das ist jetzt nur so ein Gedanke, der mir plötzlich gekommen ist.«

Ulrike nickte, sie kramte einen USB-Stick aus ihrer Handtasche. »Die Aufnahmen muss ich mir kopieren. Wir müssen außerdem mit den anderen Mitarbeitern reden, die in der Zeit, in der Annabelle Dorsten hier war, im Hotel gearbeitet haben. Ich habe das Ihrem Chef schon gesagt.«

»Ja, klar.«

Ulrike zückte ihre Karte und hielt sie Dominika Steiner hin, die verunsichert die Füße verschränkt hatte. »Rufen Sie an, wenn Ihnen noch etwas einfällt. Egal wann, okay?«

Ulrike stand auf der Steinernen Brücke und blickte auf das Hotel, auf den Fluss und auf die Altstadt, die sich zu ihrer Linken befand. Es hatte viel geregnet in den letzten Tagen, die Donau führte braune, schlammige Massen, die sich schäumend und brausend um die Torbögen schlängelten. Es wurde gerade dunkel, einfach so, als hätte man einen Dimmer betätigt, die Sonne war den ganzen Tag nicht zu sehen gewesen. Auf die Brücke hatten sich nur einige andere Spaziergänger verirrt, sonst schien die Stadt beinah leer zu sein. Ulrike beobachtete, wie die kantigen Häuserfassaden langsam in der Dämmerung verschwanden und die Fenster nach und nach gelblich aufleuchteten wie kleine aufgehende Sterne zwischen den Steinen, mitten in der Stadt. Auch im Sorat Hotel brannte Licht.

Ulrike dachte an Dominika Steiners Beobachtung, Annabelle habe traurig gewirkt. Sie hatte auf einmal die seltsame

Überlegung, dass Annabelle geahnt haben könnte, was geschehen würde, dass ihr letzter Tag angebrochen war, doch diesen Gedanken verwarf sie schnell. Kein Raum für Melodramatik, rügte sie sich selbst. Und doch fühlte sie sich ganz unvermittelt von jenem Gefühl überrollt, das sie immer dann überkam, wenn sie meinte, eine Situation nicht mehr überblicken zu können. Seit Monaten bestritt sie ihren Alltag in einem routinierten Rhythmus, systematisch, beinah maschinell. Nun hatte sie den Eindruck, als würde all das nicht mehr reichen, als wäre es nicht genug, als entgleite ihr etwas.

Kurz entschlossen griff sie nach ihrem Handy und wählte die private Handynummer ihres Vorgesetzten. Polizeidirektor Xaver Wittlig, Leiter der Kriminalpolizeiinspektion, stand unmittelbar vor seiner Pensionierung. Dass Ulrike auch am Wochenende arbeitete, imponierte ihm ebenso, wie es ihm aufstieß. Und obwohl es ihn störte, wenn sie anrief, nahm er jedes Mal ab, vielleicht weil er Mitleid mit ihr hatte oder weil er nicht vor ihr zurückstecken wollte.

Mittlerweile war offenkundig, dass die personellen Ressourcen, die ihr zur Verfügung gestellt worden waren, kaum noch ausreichen würden. Der Fall hatte mit dem geheimnisvollen Unbekannten, der Morddrohung auf der Toilette und den unkontrollierbaren Ausfällen Bianca Trosts eine Komplexität angenommen, über die sie so schnell wie möglich Klarheit erlangen musste.

Es klingelte. Xaver Wittlig ließ sie warten. Ulrike sah ihn fast vor sich, wie er seiner Frau das Handy hinhielt und die Augen verdrehte.

»Du rufst vermutlich nicht an, weil du mit mir zum Kegeln gehen willst«, leitete Xaver Wittlig schließlich schroff das Gespräch ein.

»Nicht, wenn es sich vermeiden lässt«, konterte Ulrike. »Es geht um den Fall Annabelle Dorsten.«

»Ja?«

»Franka und ich, wir brauchen dringend mehr Unterstützung.«

»In welchem Umfang?«

»Mindestens zwei weitere Beamte, die vollständig hinzugezogen werden. In der Sache gibt es ziemlich viele Spuren. Diese alle effizient und zügig nachzuvollziehen, ist zu zweit kaum machbar.«

»Gut, ich denk drüber nach. Wir reden Montag«, antwortete Xaver Wittlig kurz angebunden und beendete dann das Gespräch.

Ulrike ließ das Handy wieder in ihre Jackentasche gleiten und blickte noch einmal lange auf die vor ihr liegende Stadt. Die Außenbeleuchtung des Doms war eingeschaltet worden, in der Dunkelheit verlor sich die graue Schwere des Tags. Alles erstrahlte in goldenem Licht. Sie stützte sich vom Geländer ab, ging unter dem orangefarbenen Torbogen hindurch und nahm dann den Weg entlang des Wassers in Richtung Innenstadt. Nach einem etwa zehnminütigen Fußmarsch hatte sie den Bismarckplatz erreicht.

Das asphaltierte Gelände zwischen den zwei einander gegenüberliegenden, herrschaftlichen Theatergebäuden war bei gutem Wetter ein beliebter Treffpunkt und meist von Scharen überlaufen, die sich auf den Stufen und dem Kopfsteinpflaster tummelten. Im Sommer schmeckte und duftete hier am Tag alles nach Eiscreme und bei Nacht nach Bier. Immer hörte man das Rauschen der Fontänen, die aus den beiden kreisförmigen Springbrunnen sprudelten, und die vieltönigen Stimmen Hunderter Menschen. An diesem Samstagabend im Februar war der Platz fast völlig verwaist, nur unter den Vordächern benachbarter Kneipen drängten sich einige unerschütterliche Raucher.

Es hatte wieder begonnen zu regnen. Ulrike lief in die Ludwigstraße, die vom Bismarckplatz direkt ins Stadtzentrum führte, und schützte sich dann vor dem stärker werdenden Regen in der überdachten Pustetpassage. Hier vor dem Paletti war der Andrang schon größer. Völlig unbeeindruckt standen die Leute vor dem Eingang der Bar und betrachteten die Wassermassen, die auf die Markise herunterbrausten.

In unmittelbarer Nähe zu Ulrike stand ein etwa Fünfzig-
jähriger mit einem rotbraunen Jackett, einem weißen, etwas
zerknitterten Hemd, zerzausten grauen, längeren Haaren und
einer roten Brille, der gedankenverloren auf seinem Zigarillo
herumkaute. Ulrike dachte darüber nach, selbst noch etwas
zu trinken zu bestellen, die Leute zu beobachten oder in der
benachbarten Cafébar vorbeizuschauen, als ihr Blick eine Gestalt fixierte, die an ihr vorbeigegangen war und sich nun an
den Menschenmengen vor den dunklen Fenstern einer Bar und
dem Nachtclub Scala entlang weiter durch die Pustetpassage
bewegte.

Fast automatisch setzte Ulrike sich in Bewegung und folgte
dem Mann, der die Hände in den Taschen verborgen hatte,
in sicherer Entfernung. Auf der anderen Seite der Passage
angekommen, drehte er sich nach links, ging an den beiden
musikaffinen Bars Vinyl und mono vorbei, vor denen sich
junge Leute an die Hauswand pressten, und steuerte auf den
Haidplatz zu. Hier war fast niemand. Nur er schlenderte über
das nasse Pflaster, als würde der Regen ihn nicht stören.

Ulrike ging weiter, bis der Mann stehen blieb und sich umdrehte. Er stand jetzt mitten auf dem Platz, direkt vor dem
Justitiabrunnen, und starrte sie an. Ulrike war sich plötzlich
fast sicher – die dunkle Baseballkappe, die blaue Jacke, das
breite Kinn, das man auf den Überwachungskameras erkannt
hatte.

»Entschuldigung«, rief sie ihm freundlich zu und ging ihm
entgegen. Der Regen prasselte dröhnend auf das Kopfsteinpflaster. »Entschuldigen Sie bitte«, sagte sie weiter, als sie fast
vor ihm stand. »Ich wollte Sie nicht erschrecken, ich habe Sie
gerufen, haben Sie mich nicht gehört?«

Sie improvisierte. Ihr Gegenüber reagierte kaum. Auch
wenn sie direkt vor ihm stand, meinte sie nicht viel mehr als auf
dem Video erkennen zu können. Der Mann unter der Kappe
blieb völlig stumm. »Es kann auch sein, dass ich Sie verwechsle.
Aber sind Sie zufällig ein Bekannter von Annabelle? Annabelle
Dorsten?«

Noch immer reagierte der Mann nicht.

»Bitte verstehen Sie mich nicht falsch, ich will nicht aufdringlich sein.« Ulrike versuchte eine Regung in seinem Gesicht zu erkennen, überhaupt irgendwas.

Er schob seine Kappe nach hinten. »Keine Ahnung, wovon Sie reden.«

Ulrike nickte, als sie sein Gesicht sah. Sie wusste, sie hatte sich getäuscht. Sie beobachtete noch, wie er sich umdrehte, schnellen Schrittes durch den Regen lief und schon bald in einer der dunklen Gassen verschwand.

Nicht nur zwischen den Betonpfeilern der Universität, auch hinter den schiefen Häusern der Altstadt schien sie Gespenster zu sehen, fast so, als würde sie etwas Unsichtbarem hinterherjagen, einem Schatten, einer vagen Ahnung, einem diffusen Gefühl. Irgendetwas blieb verborgen, und sie konnte es nicht greifen. Sie schüttelte über sich selbst den Kopf. Es war Zeit, nach Hause zu gehen.

Der riesige Platz war jetzt leer, es war ganz dunkel geworden, nur die umstehenden Straßenlaternen tauchten die Gebäude und das Pflaster in weißes Licht. Irgendwo in der Roten-Hahnen-Gasse hinter ihr, berühmt für ihre Kneipen und kleinen Clubs, die an den Wochenenden aus allen Nähten platzten, brach jemand in schallendes Gelächter aus, doch das schien hier weit weg zu sein.

✳✳✳

Heut früh wollte ich mit Lex reden. Wollte ihm sagen, was für Gedanken ich habe, dass ich das mit Bela klären will, wegen des Mädchens an der Uni, dass ja alles so schnell vorbei sein kann. Die Worte hatte ich mir schon zurechtgelegt, habe im Schlafzimmer geübt, wie ich es sagen will, dann bin ich runter.

Er saß am Küchentisch und hat Zeitung gelesen, hat mich angelächelt, da kam kaum was aus mir raus. Habe bloß über die Lippen gebracht, dass ich das mit Bela in Ordnung bringen will. Lex ist ganz traurig geworden. Ob ich das vergessen hätte, was er für die Kinder getan hat, wie sehr er sich bemüht hat, dass er sie großgezogen hat, als wären es seine eigenen. Ob ich vergessen hätte, wie Bela es ihm gedankt hat. Nein, natürlich nicht. Nichts davon habe ich vergessen. Dann war er nicht mehr traurig, dann war er wütend, seine Augen waren ganz klein, und dann hat er ganz leise gezischt. Ich kenn Lex gut, das macht er nur, wenn er wirklich sauer ist.

Warum er so reagiert, habe ich ihn gefragt, und erst dann hatte er sich wieder gefangen, hat meine Hand genommen und war wieder ganz lieb. »Weil Bela das auch dir angetan hat und du trotzdem nicht loslassen kannst und dich rumschubsen lässt. Er wollte es so, wir müssen ihn lassen.« So oder so ähnlich hat er es mir gesagt, und ich konnte ihn auch ein bisschen verstehen. Aber loslassen, wie soll ich denn loslassen? Ich habe das Gefühl, ich lass ihn allein, und das ist das Schlimmste.

Also habe ich ihm geschrieben, jetzt eben. Ganz graderaus habe ich ihn gefragt, ob wir reden wollen, ob es da eine Möglichkeit gibt zusammenzukommen. Ich habe sicher geschlagene zehn Minuten aufs Handy gestarrt, bis seine Antwort kam. »Du weißt genau, was damals mit Lex passiert ist. Du tust so, als hättest du das vergessen, aber das kauf ich dir nicht ab. Du warst auf seiner Seite. Das bist du immer.« Nur das, nicht mehr.

Ich sitze jetzt hier auf dem Sofa, der Fernseher läuft. Lex sitzt neben mir auf seinem Sessel, er ist eingeschlafen. Ich erinnere mich an den Tag nur leise, nur verschwommen. Es hatte Streit gegeben. Wegen Rita, wegen dem, was damals war. Bela hatte Lex danach gefragt, hatte nicht verstanden, dass es schwer ist für Lex. Dass die Erinnerung wehtut. Aber irgendetwas anderes schwingt jetzt mit. Ich kann es nicht greifen. Zum ersten Mal habe ich das Gefühl, dass ich eigentlich überhaupt nichts weiß. Nicht das Geringste.

6. Februar A.D.

10

Ulrike schaltete den Motor aus und blickte durch die Windschutzscheibe in den Himmel. Am Morgen war er noch strahlend blau gewesen, nun hatte sich die unerbittliche Wolkendecke wieder vor die Sonne geschoben. Sie kramte in der Mittelkonsole nach einem Päckchen Kaugummis und lehnte sich noch einmal in dem dunkelblauen Fahrersitz zurück, um ein letztes Mal ihre Gedanken zu sortieren und sich auf die neue Woche vorzubereiten.

Das vertraute Knautschen und Quietschen der abgetragenen Lederoberfläche erinnerte sie immer an ihre Kindheit, an ihren Vater, der als junger Mann genau dasselbe Auto besessen hatte. Einige Jahre nach seinem Tod hatte Ulrike die Annonce zum Verkauf des beinah schrottreifen Oldtimers in der Zeitung gelesen und den Wagen kurz darauf gekauft. Seitdem kämpfte sie beinah jedes Mal dafür, den marineblauen Mercedes durch den TÜV zu bekommen, seitdem bugsierte sie das rostende Gefährt von Werkstatt zu Werkstatt, übersah geflissentlich die hochgezogenen Augenbrauen von Mechanikern, die ihr immer und immer wieder dazu rieten, den Wagen zu verkaufen. Ulrike strich über das Lenkrad. Thorsten hatte schon vor zwei Jahren großspurig deklariert, das Auto nur noch über seine Leiche betreten zu wollen, nachdem der Motor einmal auf der Autobahn heiß gelaufen war. Ulrike atmete tief durch, dann griff sie nach ihrer Tasche, die sie im Fußraum des Beifahrersitzes verstaut hatte.

Ein lautes Klopfen am Fenster der Fahrertür ließ sie aufschrecken. Sie fuhr zur Seite und blickte direkt in Xaver Wittligs Gesicht.

Auch wenn Ulrike ihn erst seit etwa anderthalb Jahren kannte, war sie sich fast sicher, dass er einer dieser Menschen war, deren Aussehen sich in dreißig Jahren kaum änderte. Er hatte eine Halbglatze und einen dunkelbraunen ordentlich ausrasierten Oberlippenbart. Unter seinem beigefarbenen langen Parka trug er Hemd und einen grauen Pullover. Davon musste er Dutzende haben. Ulrike nickte ihm kurz zu und öffnete dann die Fahrertür.

»Guten Morgen, Xaver«, begrüßte sie ihn, schlug die Tür hinter sich zu und zückte den Schlüssel, um die Zentralverriegelung zu aktivieren.

»Morgen«, erwiderte er, und beide gingen gemeinsam auf den verglasten, überdachten Eingang der Kripo zu. »Wegen deiner Bitte«, begann Xaver Wittlig, »ich teil dir Breitmayr und Stöckl zu. Ich spreche gleich mit ihnen, dann kannst du heute Mittag deinen Lageplan machen.«

Ulrike nickte ihm dankbar zu. Mit Timo Stöckl hatte sie bislang noch nicht zusammengearbeitet, aber Ingo Breitmayr kannte sie gut und schätzte seine strukturierte, bedachte Herangehensweise. »Das erleichtert mich sehr, danke, Xaver«, sagte sie.

Kurz bevor sie über die Schleuse das Gebäude betraten, hielt Xaver sie zurück. Er räusperte sich. »Ulrike, Roland Dorsten ist ein alter Freund. Bringt das sorgfältig und schnell über die Bühne.«

»So was musst du mir nicht sagen«, erwiderte sie.

Er zögerte einen Augenblick. »Ich will dich nicht daran erinnern, was letztes Jahr los war.«

»Dann tu's nicht«, brachte sie zischend hervor und ging schnellen Schrittes an ihm vorbei auf die Eingangstür zu.

Erst als eine dampfende Tasse Kaffee vor ihr auf dem Schreibtisch stand, spürte Ulrike, dass sich ihr Herzschlag wieder normalisiert hatte. Ihr Wechsel vom LKA in München zur Regensburger Kriminalpolizeiinspektion lag anderthalb Jahre zurück, ihre erste große Mordermittlung auf dem neuen Posten etwa ein Jahr. Sie erinnerte sich nicht gern an ihre Fehltritte während der Ermittlung, daran, wie sie die Geduld verloren hatte, wie sie deswegen haarscharf einer internen Untersuchung entgangen war. Sie hatte damals ihren Schneid verloren und versuchte seitdem, ihn wiederzufinden. Sie raufte sich die

Haare, legte dann die Schultern zurück und schaltete ihren Computer an.

»Sorry, der Verkehr«, entschuldigte sich Franka, die wenige Augenblicke später schnaufend das Büro betrat. »Na, schönes Wochenende gehabt?«

»Erzähl ich gleich, habe ein paar Neuigkeiten. Wittlig hat uns Stöckl und Breitmayr zugeteilt, um zwölf habe ich eine Besprechung angesetzt, dann planen wir das weitere Vorgehen.«

»Super.« Franka hängte ihre Jacke an der Garderobe auf. »Und warum guckst du dann so?«, fragte sie irritiert und lehnte sich an ihren Schreibtisch.

Ulrike dachte für einen Augenblick darüber nach, Franka von ihrer kurzen Auseinandersetzung mit Wittlig zu erzählen, entschied sich jedoch schließlich dagegen. Jedes Gespräch darüber würde die Sache größer machen, als sie tatsächlich war. Sie konnte es sich nicht leisten, dem Gedanken, der Erinnerung daran, wo ihre Grenzen lagen, so viel Raum zu geben.

Sie lächelte Franka an. »Nur so«, sagte sie.

Ingo Breitmayr saß bereits im Besprechungszimmer, als Ulrike den karg eingerichteten Raum kurz nach ihrer Mittagspause betrat. Sein graues mittellanges Haar fiel ihm locker in die Stirn, die schwarze Lederjacke hing über seinem Stuhl, und um den Hals hatte er einen karierten Schal geschlungen. Die Beine übergeschlagen tippte er auf seinem Smartphone herum.

»Servus, Ulrike«, sagte er und blickte erst auf, nachdem er das Handy in der Jackeninnentasche verstaut hatte.

»Na, Ingo. Wie geht's?«

»Ganz okay. Geht nichts weiter bei der Brandstiftung in Cham, ich bin ja fast froh, dass Xaver mich auf euren Fall gesetzt hat.«

Ulrike schob ihm einen Ausdruck zu, auf der sie die bisherigen Ermittlungsergebnisse zusammengefasst hatte. »Hast du dich schon mal eingelesen?«

»Nur grob«, antwortete er und überflog die erste Seite.

»Dorsten? Tochter von –«

»Roland Dorsten, richtig. Dem Strafverteidiger.«

Er nickte nachdenklich.

»Mahlzeit«, tönte Franka hinter ihnen.

Einige Augenblicke später betrat auch Timo Stöckl den Raum und schloss die Tür hinter sich. Wieder trug er seine eng anliegende schwarze Jeans, die seine Beine noch länger wirken und ihn aussehen ließ wie einen Balletttänzer. Er setzte sich neben Franka, Ulrike nahm am Kopfende Platz.

»Die gröbsten Details kennt ihr beiden wahrscheinlich schon. Du, Timo, auf jeden Fall«, begann sie nach einer kurzen Begrüßung, »aber ich wiederhole noch mal kurz. Annabelle Dorsten, geboren achtundneunzig, wurde am Donnerstag früh in der Universität gefunden. Sie wurde erwürgt, die Todeszeit liegt zwischen zehn Uhr abends und zwei Uhr nachts. Für eine genauere Schätzung reichen die Hinweise nicht. Vermutlich ist der Tatort nicht identisch mit der Stelle, an der sie gefunden wurde. Aber auch das können wir nicht sicher sagen. Auch wenn wir einen Überfall noch immer nicht ganz ausschließen wollen, vor allem weil ihre Tasche fehlt, gehen wir zum jetzigen Zeitpunkt eher davon aus, dass sie den Täter kannte, dass es ein persönliches Motiv war.«

Ulrike berichtete weiter, sprach von dem Handy, Annabelles geheimer Liebschaft, dem unbedarften Mitbewohner ihres trauernden Freunds und von Bianca, von deren regelmäßigen Ausbrüchen, ihrer Unberechenbarkeit. Dann erzählte sie von der Inschrift auf der Damentoilette, berichtete weiter von Toni Freitags Aussagen und ihrem vorgestrigen Besuch im Hotel.

»›Dorstenschlampe, ich kill dich!‹«, wiederholte Breitmayr nachdenklich. »Das klingt schon ziemlich heftig.«

Ulrikes Handy, das vor ihr auf dem Tisch lag, vibrierte. Der kurze Blick auf den Namen des Anrufers reichte aus, um sie für einen Augenblick aus der Fassung zu bringen. Sie lehnte das Gespräch ab und drehte das Gerät um.

Lutz hatte angerufen, ihr erster Ehemann und Vater ihrer gemeinsamen Tochter. Ihr war schlecht. Wieder kam ihr Xaver Wittlig in den Sinn. Sie durfte nicht erneut zulassen, dass ihr Privatleben die Ermittlung torpedierte. Sie griff nach dem Telefon und ließ es in ihrer Jackentasche verschwinden.

»Wir sollten uns so schnell wie möglich einen Überblick verschaffen über die Leute, mit denen Annabelle zu tun hatte.« Sie räusperte sich.

»Habt ihr schon ihren RZ-Account gescannt?«, fragte Stöckl.

»Das E-Mail-Postfach von der Uni?«, fragte Ulrike.

Er nickte.

»Wir haben die Daten angefragt, bislang ist da noch nicht viel passiert. Am besten, du nimmst das in die Hand. Du bist da sowieso fitter als wir, denke ich.«

Stöckl notierte etwas auf dem vor ihm liegenden Blatt. Ulrike fuhr fort, die wichtigsten Aufgaben zu verteilen, instruierte Franka, weitere Freunde und Bekannte von Annabelle zu befragen und das Video herumzureichen, während Breitmayr die Eltern unter die Lupe nehmen sollte. Sie selbst beschloss, Bianca einen weiteren Besuch abzustatten.

»Auf jeden Fall müssen wir den Geliebten finden. Und natürlich rauskriegen, in welchem Zusammenhang das Ganze mit der Kritzelei auf dem Klo steht.«

»Vertrackte Sache«, begann Breitmayr und runzelte die Stirn. »Es könnte ja praktisch jeder gewesen sein, der Freund, der Geliebte, ja sogar diese Bianca. Die klingt jedenfalls ganz schön speziell.«

Franka nickte zustimmend.

»Also«, schloss Ulrike die Besprechung. »Gibt es irgendwelche Fragen?«

Niemand antwortete. Eine angespannte, fast vibrierende Atmosphäre erfüllte den Raum, alle vier schienen von einem unnachgiebigen Tatendrang erfasst.

Ulrike legte die Handinnenflächen auf die Tischkante und stand auf. »Dann lasst uns loslegen.«

Erst als alle den Raum verlassen hatten, griff Ulrike nach dem Handy in ihrer Tasche, das sich in ihrer Hand fast wie ein heißes Eisen anfühlte. Mit pochendem Herzen betätigte sie die Wahlwiederholung und lauschte auf das Freizeichen. Nach zweimaligem Klingeln nahm Lutz ab, mit dem sie das letzte Mal vor Jahren gesprochen hatte.

»Ulli«, sagte er.

»Lutz, was gibt's?« Sie sah ihn fast vor sich, die dunkelblonden Haare, die braunen Augen, ihre erste große Liebe.

»Ist Emma bei dir? Hat sie sich bei dir gemeldet?« Seine Stimme klang gleichzeitig so vertraut und doch fremd, wie ein Lied, das sie vor Jahren gehört und dann vergessen hatte.

»Nein, wieso?«

Es war für einen langen Augenblick still am anderen Ende der Leitung. Dann seufzte Lutz. »Wir hatten einen Riesenstreit, sie hat ihre Sachen gepackt und ist abgehauen. Seitdem geht sie nicht mehr ans Handy, ich dachte, sie hätte sich bei dir gemeldet.«

Ulrike blickte auf den Boden, eine tiefe Traurigkeit überkam sie plötzlich. Er musste sich wirklich Sorgen machen, wenn er sie anrief, wenn er die Möglichkeit ins Auge fasste, Emma hätte sich bei ihr gemeldet, wäre zu ihr gekommen. Beide wussten, wie unwahrscheinlich das war.

»Nein, tut mir leid, Lutz. Sie ist nicht bei mir. Und sie hat sich auch nicht bei mir gemeldet.«

»Das dachte ich mir sowieso.« Er räusperte sich umständlich, Ulrike hielt die Luft an. Als hätte er seine Faust in ihre Magengrube geschlagen. »Entschuldige, so war das nicht gemeint.«

»Vergiss es, Lutz. Wir wissen beide ganz genau, wie es gemeint war.«

Lutz schwieg. »Nichts für ungut, Ulli. Ich melde mich, wenn ich was höre«, sagte er dann und legte auf.

Ulrike presste das Telefon noch immer ans Ohr, als das Gespräch schon beendet war, dann ließ sie den Arm sinken. Sie atmete tief durch, schloss für einen Moment die Augen und schob mit kühler Routine den Gedanken an ihre Tochter zur Seite, dahin, wo er seit Jahren war, wie etwas außerhalb ihres direkten Sichtfelds, wie etwas, das sie nur aus dem Augenwinkel und doch permanent wahrnahm.

11

»Schwer zu sagen, was dazu geführt hat, dass unsere Ulli diese Frau geworden ist, die jetzt vor uns sitzt. Denn sie ist heute eine Frau, die ihren Müll rausbringt, bevor er anfängt zu stinken. Entweder war das ihre Ausbildung zur Polizistin, oder – und das halte ich für sehr viel wahrscheinlicher – es war Lutz.«

Ulrike hörte die Rede ihres Vaters, die er bei ihrer ersten Hochzeit gehalten hatte, immer noch in sich widerhallen. Dorfhaus Essel, fünfundachtzig geladene Gäste, sie hatte ein weißes Kleid getragen, sogar einen Blumenkranz, den ihr Silke aufgeschwatzt hatte. Alle hatten damals laut gelacht und ihr vielsagende Blicke zugeworfen.

Bevor sie mit Lutz zusammengezogen war, hatte sie im Chaos gelebt, war manchmal neben ungewaschenem Geschirr aufgewacht und hatte ihre Bettwäsche nur dann gewechselt, wenn es absolut notwendig gewesen war. Daran musste Ulrike denken, als sie nun in Bianca Trosts Ein-Zimmer-Wohnung stand, an ihre erste Hochzeit, als sie vierundzwanzig Jahre alt gewesen war, daran, wie es sich angefühlt hatte, jung zu sein.

Biancas Wohnung in der modernen Studentenunterkunft lag in der Fort-Skelly-Straße unweit des Technischen Campus und war kaum zwanzig Quadratmeter groß. Eine Küchenzeile befand sich rechts neben der Tür, links davon ein kleines Bad. Unter der Fensterfront, von der ein kleiner Balkon abging, stand das Bett, gegenüber ein ramponierter Kleiderschrank, dessen Türen in den Angeln hingen. Aus den geöffneten Schubladen quollen ungefaltete Kleidungsstücke. Der Schreibtisch an der Wand neben dem Bett war übersät mit Papieren und Ordnern. Tassen, in denen angetrocknete Teebeutel lagen, reihten sich an fleckige Gläser. Im Spülbecken der Küche stapelte sich das Geschirr, und inmitten all dieser

Unordnung stand Bianca, mit hängenden Schultern und tiefen Ringen unter den Augen.

»Der Zustand deines Hauses spiegelt auch immer den Zustand deiner Seele«, pflegte Ulrikes Großmutter zu sagen, und auch wenn sie ihr früher gern und oft widersprochen hatte, konnte sie sich des Eindrucks nicht erwehren, dass das in diesem Fall, in diesen vier Wänden, zutraf.

Es war früher Nachmittag geworden, und Ulrike hatte sich direkt von der Bajuwarenstraße auf den Weg hierher gemacht. Der Gedanke an Bianca hatte sie nicht losgelassen, ihre Reaktion war ihr in Erinnerung geblieben, und als sie jetzt hier stand, hatte sie stärker denn je das Gefühl, dass da mehr war, dass Bianca etwas wusste, dass der Tod ihrer Freundin mehr in ihr ausgelöst hatte als ursprünglich angenommen.

»Ich habe nicht gewusst, dass Sie vorbeikommen, sonst hätte ich aufgeräumt.«

»Ist gar kein Problem, Bianca.«

Ganz plötzlich schien Bianca von einem Tatendrang erfasst, als habe sie erst jetzt den Gast in ihrer Wohnung bemerkt. Hektisch begann sie, die Tassen und Gläser auf dem Schreibtisch zu stapeln und neben die Spüle zu stellen. Dann griff sie geübt nach der Kleidung auf dem Schreibtischstuhl, blickte sich in ihrer Wohnung um, stopfte die Wäsche dann kurzerhand in den Schrank und schob den Stuhl vor, damit Ulrike sich setzen konnte. Sie legte die rot geblümte Decke auf ihrem Bett zurecht, schüttelte sogar das Kissen auf, ließ mit einem Fußtritt eine Schlafanzughose unter dem Bett verschwinden und setzte sich dann selbst auf die Bettkante.

Ulrike betrachtete sie währenddessen mit hochgezogenen Brauen, überrascht von dem plötzlichen Sinneswandel. Erst als Bianca zur Ruhe gekommen war und in einer Mischung aus Nervosität und Neugierde die Lippen aufeinanderpresste, begann Ulrike das Gespräch. »Wie geht es Ihnen denn?«

»Weiß nicht«, antwortete Bianca. »Es ist mir immer noch total peinlich, was da in der Mälze passiert ist«, sagte sie leise, ohne aufzublicken.

»Das ist nicht so schlimm. Das kann passieren.«

»Nicht mir. Ich trinke sonst nie, zumindest nicht so viel. Und ich habe auch noch nie von Alkohol gekotzt. Es war wirklich eine Ausnahmesituation.«

»Das ist kein Verbrechen, Bianca. Passiert den Besten«, gab Ulrike in ruhigem Tonfall zurück. »Mir auch, im Übrigen«, fügte sie schmunzelnd hinzu.

Der Anflug eines Lächelns huschte über Biancas Gesicht. »Ich muss noch mal mit Ihnen über Annabelle reden.«

»Ich bin auch nicht davon ausgegangen, dass Sie hier sind, um Rezepte auszutauschen«, antwortete Bianca trotzig.

Manchmal hatte Ulrike das Gefühl, dass Bianca selbst immer wieder von ihren Gefühlen und deren Heftigkeit überrascht wurde.

»Annabelle hatte ein Verhältnis, da sind wir letztes Mal stehen geblieben. Wussten Sie davon?«

Bianca zögerte lang, das Ticken einer billigen Wanduhr über dem Kleiderschrank durchbrach die Stille. »Nein«, sagte sie dann, und diese Lüge stand ihr plötzlich wie ins Gesicht geschrieben. Sie zog die Brauen nach oben, rümpfte kurz die Nase, als wollten ihre Gesichtsmuskeln sich gegen die Unwahrheit auflehnen.

»Sie haben nichts davon gewusst? Das fällt mir schwer zu glauben.«

»Sie hat es mir nicht erzählt, das mein ich«, erwiderte Bianca hastig. »Ich habe es mir gedacht, auch wenn sie nichts davon gesagt hat.« Sie griff sich in den Nacken.

»Warum haben Sie uns nicht schon früher davon erzählt?«

»Weil ich nicht sicher war, will ihr ja nichts unterstellen«, keifte Bianca.

Ulrike seufzte, beugte sich vor und betrachtete ihre Schuhe auf dem fleckigen Laminat. »Wieso haben Sie es sich denn gedacht?«

»Ich habe es eben einfach geahnt.«

»Warum?«

»Einmal kam sie mit Wechselkleidung in die Schule, obwohl

sie nicht bei Elias war, hatte mal einen Knutschfleck am Hals und so weiter.«

»Und wieso haben Sie sie nicht darauf angesprochen? Ich dachte, sie war Ihre beste Freundin, redet man dann nicht über so was?«

Bianca fühlte sich sichtlich angegriffen, sie verschränkte die Arme vor der Brust, zog ihre Brauen nach unten. »Ich habe sie mal gefragt, und sie hat gesagt, da ist nix. Dann habe ich sie gelassen. Ich wollte ihr nichts unterstellen.«

»Wussten Sie, wer der Kerl war?«

»Nein. Keine Ahnung. Habe ich nichts von gewusst.«

Ulrike zog ihr Handy aus der Tasche. Den knapp einminütigen Ausschnitt der Überwachungskamera, in dem Annabelle und ihr Begleiter an die Rezeption gingen, auscheckten und dann das Hotel verließen, hatte sie sich von Timo Stöckl darauf übertragen lassen. Sie ließ die Datei abspielen und beobachtete Biancas Reaktion. Sie wurde weiß.

»Wer ist dieser Mann?«

»Ich weiß es nicht.«

»Annabelle war mit ihm in der Nacht vor ihrem Tod im Hotel.«

»In der Nacht davor?«

»Ja.«

Bianca starrte Ulrike an, dann blickte sie auf den Boden, sie presste die Finger in ihren Oberarm und verschränkte die Füße. Tränen traten ihr in die Augen.

»Bianca?«

»Ich weiß nichts«, brachte sie gepresst hervor, ohne Ulrike anzusehen.

»Bitte sagen Sie mir die Wahrheit.«

»Ich sag Ihnen die Wahrheit, verdammte Scheiße! Ich weiß nichts. Nichts. Nicht das Geringste!«

Ulrike atmete tief durch, steckte ihr Handy zurück in die Tasche. »Bianca, wo waren Sie in der Nacht von Mittwoch auf Donnerstag? Waren Sie hier in Ihrer Wohnung?«

Biancas Augen waren vor Angst geweitet, immer tiefer gruben sich ihre Fingernägel in ihren Oberarm. »Sie denken doch nicht etwa, dass ich das war?«

»Ich mach hier nur meine Arbeit.«

»Das habe ich Ihnen schon gesagt. Ich war nicht hier, ich war bei meinem Bruder. Er wohnt in Stadtamhof. Ich bin unter der Woche manchmal bei ihm. Er wohnt alleine.«

»Kann er das bestätigen?«, fragte Ulrike, ohne die junge Frau aus den Augen zu lassen.

»Ja«, antwortete sie und wischte sich wütend eine Träne von der Wange. »Ich war das nicht.«

»Ich will nur sichergehen. Alles ausschließen.«

»Das verstehe ich ja.« Jede Spannung in Biancas Körper war von ihr abgefallen. Sie schniefte und blickte sich beinah hilfesuchend in dem kleinen Zimmer um.

»Vielleicht sollten Sie zu Ihren Eltern in dieser schweren Zeit«, schlug Ulrike versöhnlich vor.

»Sie wissen gar nicht, wie das ist, ganz allein auf der Welt zu sein«, sagte sie kaum hörbar.

»Doch, das weiß ich sogar sehr gut.«

Bianca sah sie an, dann zuckte sie mit den Schultern. Ihre Fingernägel hatten weiße Kerben in ihrer Haut hinterlassen.

»Was war das für eine Freundschaft zwischen Ihnen beiden?«, fragte Ulrike in einem ruhigeren Tonfall, in der Hoffnung, doch noch zu ihrem Gegenüber durchzudringen.

Bianca starrte auf den Boden. »Wir haben einfach ständig Zeit miteinander verbracht, eigentlich fast jeden Tag. Sie war halt was Besonderes. Aber ich weiß schon, was Sie denken.«

»Was denke ich denn?«

»Dass es komisch ist, dass Annabelle mit jemandem wie mir befreundet war.«

»Wie meinen Sie das?«

»Hübsche Mädels haben keine hässlichen Freundinnen.« Bianca seufzte und lehnte sich in ihrem Stuhl zurück. Sie starrte Ulrike herausfordernd an. »Tun Sie nicht so. Jeder hat sich das gefragt. Ich hab das schon mitbekommen, was da geredet wurde. Dass Annabelle sich nur mit mir umgibt, damit sie noch besser dasteht.« Ihre Stimme war laut geworden. Sie zitterte.

»Sie sind sehr verschieden, Bianca. Damit treffe ich keine Aussage über Attraktivität oder Status. Sie beide sind einfach unterschiedliche Menschen.«

»Das ist es«, sagte Bianca und richtete ihren Zeigefinger auf Ulrike. »Das denken Sie. Weil Sie oberflächlich sind und nicht über den Tellerrand blicken können, weil Sie jeden in eine Schublade stecken. Aber Sie wissen nichts. Sie wissen nichts über mich oder Annabelle oder unsere Freundschaft.« Bianca war wie eine Pubertierende. Die Art, wie sie redete, wie sie argumentierte, alles daran war unreif, unsicher und triefte vor Selbstmitleid.

»Dann helfen Sie mir, es zu verstehen.«

Wieder sackte Bianca in sich zusammen. »Annabelle war alles, was ich hatte. Und sie war genauso allein wie ich. Ihre Eltern haben sich nicht für sie interessiert, Elias war auch nur mit ihr zusammen, weil es Eindruck gemacht hat. Ich war ihre einzige Freundin. Ich war die Einzige, die für sie da war.«

»Was war Annabelle für ein Mensch?«

»Sie war einfach …«, Bianca schien nach den richtigen Worten zu suchen. »Keiner hat sie zu schätzen gewusst. Nicht wirklich.« Sie zog die Nase hoch und strich sich die Haare aus dem Gesicht.

»Sagen Sie mir, was Sie wissen, Bianca«, versuchte es Ulrike ein weiteres Mal.

»Können Sie bitte gehen?«, erwiderte Bianca entschlossen.

Es war hoffnungslos. Ulrike stand auf und ging auf die Tür zu. Neben der Küchenzeile blieb sie noch einmal stehen. Aus dem Abflusssieb neben dem Spülbecken wuchs eine kleine Pflanze. »Sie können mich immer anrufen, wenn Sie reden wollen. Jederzeit.«

»Ich will aber nicht mit Ihnen reden. Ich muss auch nicht mit Ihnen reden, wenn ich das nicht möchte. Ich will einfach nur, dass Sie weggehen und mich in Ruhe lassen. Haben Sie das denn immer noch nicht kapiert?«

»Melden Sie sich, falls es Ihnen wieder einfällt oder falls Sie Hilfe brauchen.«

Bianca reagierte nicht.

Ulrike drehte sich wieder um. Im Vorbeigehen rupfte sie das Pflänzchen aus dem Abflusssieb.

12

Ulrike saß wieder an ihrem Schreibtisch. Zweimal hatte sie mit klopfendem Herzen versucht, Emma zu erreichen, und etliche Nachrichten geschickt, die noch immer unbeantwortet blieben. Sie starrte an ihrem Computerbildschirm vorbei ins Leere. Lutz, den sie ein zweites Mal angerufen hatte, hatte ihr erneut versprochen, sich zu melden, sobald er etwas von Emma hörte. Worum es bei dem Streit gegangen sei, hatte sie ihn gefragt, und er hatte zögerlich geantwortet, dass sie das nichts angehe, und jetzt plötzlich fragte Ulrike sich, warum sie nicht entschieden widersprochen hatte.

Emma hatte im vorletzten Jahr eine Schneiderlehre begonnen, nachdem sie ihr Studium abgebrochen hatte. Seither lebte sie wieder bei ihrem Vater in dem kleinen Reihenhaus in Recklinghausen, das sie damals vor über zwanzig Jahren gemeinsam gekauft hatten. Zweimal im Jahr meldete sich Emma bei ihr, einmal zu Weihnachten und einmal zum Geburtstag, und an guten Tagen beantwortete sie die Frage danach, wie es ihr gehe, sogar ausführlicher. Ulrike scrollte durch den Nachrichtenverlauf mit ihrer Tochter. Das war schon länger nicht mehr passiert. Sie schloss die Lider.

»Ulrike?«, hörte sie Franka sagen.

Ulrike schreckte hoch und riss die Augen auf. Das Gesicht ihrer Kollegin drängte sich in ihr Blickfeld. »Entschuldige, was hast du gesagt?«

Franka, die gerade das Zimmer betreten zu haben schien, zog verwundert die Brauen nach oben. »Ist alles in Ordnung?«

»Ja klar, entschuldige.«

Franka legte ihre Tasche ab und hängte den dunkelgrünen Mantel an dem Haken neben der Tür auf. Dann ließ sie sich in ihren Schreibtischstuhl fallen. »Ich habe gerade ein paar Mädels aus Annabelles Lerngruppe abgeklappert.« Sie seufzte und schaltete ihren Bildschirm an.

»Und? Ist was herausgekommen?«

»Nicht das Geringste. Eine blasierter als die andere und allesamt absolut ahnungslos.«

»Also kann man nicht davon reden, dass diese Mädels ihre Freundinnen gewesen sind?«

»Nein, absolut nicht. Die haben sich zum Lernen getroffen, mehr nicht. Annabelle war wohl sehr ehrgeizig, ständig in der Bibliothek, hat sehr viel Wert auf die Ausbildung gelegt und andere wohl nicht näher an sich herangelassen. Sie haben häufig gemeinsam gegessen, aber sonst nicht viel miteinander unternommen. Was den Fremden betrifft, davon haben auch die nichts mitbekommen. Ich hatte nicht mal das Gefühl, dass sie Annabelle besonders mochten.«

»Wie meinst du das?«

»Als hätten sie über einen Prominenten gesprochen, der gestorben ist. Es war eher eine Sensation für sie als ein Trauerfall. Das war jedenfalls mein Eindruck. Es wirkte unauthentisch.«

»Und die Klotür? Haben sie auch davon gewusst? Konnten sie sich vorstellen, wer das gewesen ist?«

Franka band ihre Haare zu einem Pferdeschwanz zusammen und richtete die Kapuze ihres dunkelgrauen Pullovers.

»Sie haben davon gehört, konnten sich aber nicht vorstellen, wer etwas damit zu tun haben könnte. Andererseits hatten sie aber auch kein Problem damit zuzugeben, dass Annabelle sich mit ihrem Ehrgeiz nicht viele Freunde gemacht hat. Sie war verschlossen, muss wohl den Eindruck gemacht haben, als hielte sie sich für etwas Besseres. Wie war es bei Bianca?«

Ulrike berichtete in kurzen Worten von ihrem Besuch. »Ich bin mir eigentlich sicher, dass sie etwas weiß. Ihre Reaktion war ziemlich eindeutig. Ich habe vorhin kurz mit ihrem Bruder gesprochen, er war sehr kurz angebunden, hat ihr Alibi aber bestätigt. Vielleicht statten wir ihm noch einmal einen persönlichen Besuch ab.«

»Und sie kann man nicht zum Reden bringen?«

Ulrike schüttelte den Kopf. »Nein, keine Chance. Jedenfalls nicht, ohne Druck auszuüben, und ich weiß nicht, wie schnell sie dann in die Offensive geht. Man darf sie nicht unterschätzen, so viel ist sicher.«

»Glaubst du, dass sie es war?«

Ulrike sah nach draußen und beobachtete die wogenden Äste der Bäume vor dem Fenster. »Nein, ich glaube nicht. Aber das ist nur ein Gefühl.«

»Ich glaube es auch nicht. Annabelle war ihr Lebensmittelpunkt, sie hat ja regelrecht zu ihr aufgeschaut«, fügte Franka hinzu. Sie fischte eine Papiertüte aus ihrer Tasche und zog einen belegten Bagel hervor. »Möchtest du auch einen? Ich habe dir was mitgebracht.«

Dankbar nahm Ulrike das Gebäck entgegen. Erst jetzt bemerkte sie, wie ausgehungert sie war. Den ganzen Tag über hatte sie noch nichts gegessen, und es war schon nach zwei. Doch nach dem Gespräch mit Xaver Wittlig an diesem Morgen und dem Anruf von Lutz war ihr der Appetit vergangen.

Während sie ein Stück von dem Bagel abriss, nahm sie Frankas Gedanken erneut auf. Es stimmte, dass Bianca zu Annabelle aufgesehen, sie geradezu idealisiert hatte. Und doch hatte sie nie etwas Konkretes über sie erzählen können. Die immer gleichen Worte hallten in ihr wider. »Sie war etwas Besonderes.« Mehr hatte Bianca nie gesagt. Nicht wirklich. Hatte auch diese Freundschaft nur an der Oberfläche gekratzt? Oder waren da stärkere Gefühle im Spiel gewesen, die Bianca nicht hatte zulassen wollen? Waren diese starken Gefühle womöglich nicht erwidert worden? Wäre es denkbar, dass hinter der vermeintlichen Freundschaft noch viel mehr steckte, dass Bianca mehr darin gesehen hatte? Wäre es denkbar, dass die Enttäuschung über diese Nichterwiderung sie dazu getrieben hatte, Annabelle wehzutun? Wäre sie dazu körperlich in der Lage gewesen?

Ulrike rieb sich die Schläfen, es fiel ihr zunehmend schwer, Annabelle und Bianca mit einem ungetrübten, objektiven Blick zu betrachten. Ständig mischte sich der Gedanke an Emma zwischen ihre Überlegungen. Sie fragte sich, wo sie wohl steckte, was sie tat, was sie dachte. Es schmerzte in diesem

Augenblick ganz besonders, dass sie es nicht wissen konnte, weil sie nicht Teil ihres Lebens war, weil sie nicht wusste, mit wem sie befreundet, wer ihr wichtig war. Es war ihr Job, Menschen ausfindig zu machen, ihre Beweggründe zu verstehen, ihre familiären Hintergründe nachzuvollziehen. Doch was Emma betraf, hatte sie das Gefühl, vor einer Mauer zu stehen. Sie entsperrte ihr Telefon, drehte es dann wieder um und schob es von sich. Sie würde zerbrechen, wenn sie der Frage weiter auf den Grund ging, wer diese Mauer errichtet hatte.

»Ist wirklich alles in Ordnung?«, fragte Franka mit vollem Mund und gerunzelter Stirn. »Du stehst schon den ganzen Tag neben dir.«

Ulrike schüttelte den Kopf. »Das erzähl ich dir wann anders.« Sie räusperte sich umständlich. »Das hat hier keinen Platz«, fügte sie dann fast an sich selbst gerichtet hinzu, schob ihren Schreibtischstuhl näher an den Tisch und trommelte mit den Fingern unruhig auf der Tischplatte herum. »Ist Ingo schon zurück?«, fragte sie.

Franka steckte sich den letzten Bissen ihres Bagels in den Mund. »Der ist noch bei den Dorstens. Wobei ich mir irgendwie auch nicht vorstellen kann, dass da etwas herauskommt. Eltern wissen doch eigentlich als Letztes, was bei den Kindern los ist, oder?«

Wohl wahr, dachte Ulrike bitter. »Vorhin kam der Bericht von der KTU. Es gibt kaum auswertbare Spuren am Tatort, wobei einiges dafürspricht, dass sie nicht an der Stelle getötet wurde, an der sie auch gefunden wurde. Unter ihren Fingernägeln wurde DNA sichergestellt, sie hat sich also gewehrt. Es gab aber keinen Treffer bisher. Das Handy konnte nicht geortet werden, ihr Laptop auch nicht. Beides ist ausgeschaltet. Die ganze Sache bleibt also ein Mysterium, und wir können noch immer nicht zweifelsfrei ausschließen, dass sie ein zufälliges Opfer war.« Sie reichte Franka den Bericht.

»Wir konzentrieren uns weiter auf den Unbekannten und den Klopoeten?«

»Ja. Trotzdem habe ich mal bei einer befreundeten Kriminalpsychologin angeklopft, vielleicht kann sie uns noch ein paar Denkanstöße geben.«

Ulrike hatte länger nicht mehr mit Bettina Schreiber gesprochen. Während ihrer Zeit in München hatte sie die versierte Psychologin häufiger konsultiert. Es war immer hilfreich, die Perspektive zu wechseln und Einblicke in psychologische Profile von Schwerverbrechern, Mördern und Vergewaltigern zu erhalten.

Schwer begreiflich, dass viele hochkriminelle Straftäter trotz ihrer Taten über einen moralischen Kompass verfügten, dass sie innerhalb ihres Wertesystems in der Lage waren, zwischen Gut und Böse zu unterscheiden, dass sie es teilweise sogar erfolgreich fertigbrachten, ihre eigenen Taten vor sich selbst zu rechtfertigen. Im Fall von Annabelle gab es viele Spuren und doch dieses eine Element, das Ulrike weder benennen noch eindeutig identifizieren konnte. Es gab immer diesen Moment der Unsicherheit, der es ihr schwer machte, die Tat mit den vermeintlichen Motiven in Verbindung zu bringen.

Es klopfte am Türrahmen. Ulrike blickte auf und sah in das ebenmäßige Gesicht ihres jungen Kollegen Timo Stöckl, der in den langen Fingern einige Papiere hielt und diese aufgebracht hin und her wedelte.

»Schönen Nachmittag, die Damen, ich habe hier was gefunden«, begann er und reichte Ulrike die Zettel.

»Was ist das?«, fragte sie und begutachtete die beiden ausgedruckten Seiten.

»Ein paar E-Mails, die auf Annabelles RZ-Account eingegangen sind. Jeder Student bekommt eine universitäre E-Mail-Adresse mit dem eigenen Namen. Das meiste davon ist ziemlich belanglos, Nachrichten an Professoren wegen Abgaben oder Fragen, Nachrichten an Kommilitonen wegen Referaten et cetera. Aber ich habe zwei E-Mails gefunden, beide von demselben Absender, einer externen Adresse, beide unbeantwortet.« Er tippte auf den Zettel. »Das hier ist die erste, eingegangen vor zwei Monaten, die hier vorletzte Woche.«

Ulrike überflog die wenigen Zeilen. »»Du weißt ganz genau,

was stimmt und was nicht stimmt, also hör auf zu lügen und sag die Wahrheit. Stell dich auf die richtige Seite. Das ist deine beschissene Pflicht‹‹, las sie vor.

Frankas Augenbrauen schossen nach oben. »Und die zweite?« Sie war selbst aufgestanden, hatte sich genau wie Timo Stöckl hinter Ulrikes Stuhl gestellt und beugte sich über ihre Schulter.

»›Dorstenschlampe, ich krieg dich schon‹«, las Ulrike weiter.

Franka pustete die Luft aus. »Scheiße!«

Ulrike stützte die Hände auf. »Was ist das für eine Adresse?«

Timo Stöckl ließ sich auf einen Stuhl neben der Tür fallen. »Das ist das Problem. Der Absender ist anonym. Es gibt immer mehr Anbieter im Netz, die verschlüsselte Adressen anbieten, ohne Tracking und ohne Speicherung von IP-Adressen. Ich meine, es ist nicht unmöglich, die- oder denjenigen zu finden, aber es dauert ein bisschen.«

»Dann los.« Sie nickte ihm zu. »Gute Arbeit, Stöckl«, rief sie ihm hinterher, als er gerade den Raum verlassen hatte.

13

In den letzten Tagen hat sich was verändert, ich kann aber nicht genau benennen, was es ist. Ich weiß bloß, dass ich mich plötzlich so allein fühle, so allein wie nie zuvor. In der Nacht lag ich wach. Ich habe die ganze Zeit Lex angeschaut. Er sieht noch genauso aus wie damals. Aber ich fühl mich so, als wäre er weit weg.

Als wären alle weit weg. Bela war hier. Daria hat es mir erzählt. Er hat sie besucht, hatte die Kinder dabei. Gestern Nachmittag war ich bei ihr, um ihr ihre Post vorbeizubringen. Sie wollte es mir nicht mal sagen, aber ich habe ein Spielzeug auf ihrem Küchentisch gesehen. Ein kleines rotes Auto. Ich habe sie gefragt, wo es herkommt, und erst dann hat sie es mir verraten. Er war da, hatte Janosch und Margarita dabei. Janosch hat das Spielzeug vergessen. Sie konnte mich nicht ansehen, hat dauernd in die Ecke geschaut, als sei ich gar nicht da.

Mir hat das Herz in der Brust geschmerzt, so sehr. Er war hier, er wollte mich nicht sehen. Was er gesagt hat, wie es ihm geht, habe ich sie gefragt, aber sie hat nur herumgedruckst. Ich habe sie gefragt, ob sie mal wieder nach Hause kommen will, und sie hat versprochen, uns bald mal wieder zu besuchen, aber irgendetwas war anders. Ich bin plötzlich so traurig geworden, mein Kind vor mir und auch so weit weg. Als würde auch sie mir entgleiten. Irgendwann habe ich sie gefragt, ob Bela über uns redet, ob er sagt, warum er nicht zu uns kommen will. Dass er mir fehlt.

Sie wollte mir nicht antworten, wieder hat sie weggesehen. Sie ist rot geworden, hat auf ihrer Unterlippe herumgebissen. Ich weiß, dass sie das macht, wenn sie sich schämt, wenn sie nicht die Wahrheit sagt. Einmal hat sie in Kroatien im Urlaub Geld aus meinem Portemonnaie genommen, um sich ein Eis zu kaufen. Ich habe sie gefragt, warum sie das gemacht hat, dass sie mich ja hätte fragen können, anstatt zu stehlen. Da hat sie genauso ausgesehen.

Dann hat sie gesagt, dass es wegen Lex ist, dass Bela ihn nicht mehr sehen will. Dass er eine andere Seite hat. Und dass ich das endlich verstehen muss.

Da ist was in mir passiert. Ich bin raus. Sofort gegangen. Ich war plötzlich so wütend. Sie hat wohl vergessen, was er alles für sie tut? Wie er sich immer schon krumm gearbeitet hat, um uns dieses Leben zu ermöglichen, um ihr dieses Studium zu ermöglichen? Wir hatten nichts, bevor er in unser Leben getreten ist. Gar nichts. Bela ein kleiner Junge, Daria ein Säugling. Kein Geld, kein richtiges Zuhause. Er hat uns gerettet. Das hat er wirklich. Das hat er.

Ich kann das alles nicht verstehen. Wie könnte ich ihn nicht in Schutz nehmen? Wie könnte ich ihn hinterfragen? Ich bin allein. Ganz allein mit diesen Gefühlen und Gedanken. Ich stehe zwischen den Kindern und ihm. Und ich verstehe nicht mal, warum es so gekommen ist, weil mir niemand die Wahrheit sagt. Ich weiß nicht mehr, was ich tun soll. Alles entgleitet mir, und ich bin allein.

8. Februar A.D.

***

Es hatte wieder angefangen zu regnen, als Ulrike am Abend vom überdachten Eingang zurück zu ihrem Auto rannte. Noch bevor es ihr gelang, den Schlüssel ins Schloss zu stecken und die Tür zu öffnen, war sie beinah vollständig durchnässt. Sie ließ sich auf den Fahrersitz fallen und lauschte dem lauten Trommeln der Tropfen auf dem Autodach, beobachtete die Lichter am Eingang, die hinter den hinunterlaufenden Wassermassen auf der Windschutzscheibe verschwammen. Dann schaltete sie den Motor an und machte sich auf den Weg in die Innenstadt.

Ein langer Tag lag hinter ihr. Der Fund der E-Mails hatte die Ermittlungen erneut beflügelt. Schon jetzt hatten sie mehrere

Spuren, mehrere Anhaltspunkte, die sie verfolgen mussten. Annabelle, das Leben, das sie geführt hatte, zeichnete sich immer stärker ab. Sie schien stets darauf bedacht gewesen zu sein, den Schein zu wahren, die perfekte Fassade aufrechtzuerhalten. Doch hinter dieser Fassade schlummerten Geheimnisse. Es lag nahe, dass sie sich deswegen von allen ferngehalten hatte, dass sie niemanden an sich herangelassen hatte, um dieses Doppelleben zu verheimlichen, das Gleichgewicht intakt zu halten. Noch immer war jedoch unklar, wie Bianca in dieses Bild passte. War sie nur ihre engste Vertraute gewesen, eine ehrliche und authentische Freundschaft inmitten all dieser oberflächlichen Zweckgemeinschaften? Oder steckte etwas anderes dahinter?

Die Scheibenwischer schnellten hektisch hin und her und wirbelten die Wassermassen von der einen auf die andere Seite, ohne dass sich Ulrikes Sicht wirklich verbesserte. Ihr Handy klingelte. Sie schaltete den Lautsprecher ein und legte das Gerät in die Aussparung der Mittelkonsole, in der sich früher einmal der Kassettenrekorder befunden hatte.

»Kork?«, meldete sie sich laut, um gegen das Prasseln des Regens anzukommen.

»Ingo hier, ich war noch unterwegs, bist du noch in der Inspektion?«

»Nein, gerade raus. Was gibt's?«

»Ich wollte noch mit dir über Dorsten reden. Hast du Lust, dich mit mir zu treffen?«

Ingo Breitmayr saß vor einem halb gefüllten Weißbierglas in einer hinteren Ecke des dunklen Raums. Leise Musik waberte im Einklang mit dem Gemurmel der anderen Gäste durch das Lokal. Am Marple und Stringer am Bismarckplatz war Ulrike schon häufig vorbeigekommen, aber sie hatte es noch nie von innen gesehen. Alte Kinosessel standen neben schrulligen Sofas, kleine Holztischchen auf rötlich gemusterten Perserteppichen, das Licht war gedämpft, die Flammen der Kerzen auf den Tischen flackerten unruhig hin und her.

Ulrike fuhr sich durch die nassen Haare und ließ sich gegenüber von Ingo auf den Stuhl sinken. Schon in der ersten Woche, in der sie ihren Dienst in der Kripo Regensburg aufgenommen hatte, hatte ihr der breitschultrige Kollege mit den grauen Haaren imponiert, der sich weder von Kollegen noch von Xaver Wittlig etwas sagen ließ. Er ermittelte am liebsten allein, hatte einen klaren Verstand und eine beeindruckende Kombinationsfähigkeit. Doch auch sein schonungslos direktes Gemüt war ihr gleich zu Beginn aufgefallen. Eine Offenheit, die sie gleichermaßen schätzte wie verunsicherte. Das lag wohl hauptsächlich daran, dass sie trotz aller Direktheit nicht wusste, wie ihr Kollege zu ihr stand. Als Privatmensch.

»Na«, sagte sie, legte ihr Handy vor sich auf den Tisch und faltete die Hände. »Wie war es?«

Ingo blickte sie irritiert an. »Willst du was trinken?«

»Nein, danke. Ich muss dann eh los.«

»Ich treffe mich nicht mit dir, um dich anzugraben, falls das deine Sorge ist.«

Ulrike ärgerte sich darüber, dass ihr für einen Moment die Schamesröte ins Gesicht stieg, und hoffte darauf, dass die schummrige Beleuchtung ihren Anflug der Verunsicherung verschleiern würde. Ingo hatte sie ertappt, hatte ihre Sorge erkannt und sie auflaufen lassen. »Tut mir leid, ich bin einfach vorsichtig.«

»Im Hinblick auf was? Dich mit Kollegen auf ein Bier zu treffen?«

»Mach kein großes Ding draus, Ingo.«

Sie winkte der jungen Kellnerin mit dem braunen Pferdeschwanz zu und bestellte eine große Weinschorle. Dann beobachtete sie Ingo, der einen Bierdeckel zwischen seinen Fingern hin und her gleiten ließ und sich ein Grinsen kaum verkneifen konnte.

»Also, Dorsten. Ich höre«, forderte sie ihn auf.

»Dorsten, genau. Ich habe ihn in der Kanzlei getroffen, seine Frau zu Hause. Beiden das Video der Überwachungskamera gezeigt, beide waren schockiert. Sie hat behauptet, dass da ein

Fehler vorliegen muss, dass ihre Annabelle so eine nicht ist. Ich habe gefragt: ›Was für eine?‹, und sie hat geschrien: ›Eine Fremdgeherin!‹, was eine ziemlich heftige Reaktion war, aber auch verständlich, will man den Gerüchten um ihren Mann Glauben schenken.«

»Welche Gerüchte?«

»Wir kennen uns schon, hatten mal vor ein paar Jahren in einem Fall miteinander zu tun. Der Typ lässt nichts anbrennen, so viel ist sicher«, feixte er. »Sie ist ziemlich durch den Wind, hat, glaube ich, kaum geschlafen, jedenfalls hatte sie richtig dunkle Ringe unter den Augen, hat gezittert wie Espenlaub«, berichtete er weiter.

»Und wie geht es ihm?«

»Er hat sich nur ein paar Tage Urlaub genommen, hat gesagt, er wird wahnsinnig, wenn er zu Hause ist. Dass er es nicht aushält.« Die Kellnerin kehrte mit der Weinschorle an den Tisch zurück. »Prost«, sagte Ingo, stieß mit ihr an und nahm einen großen Schluck von seinem Weißbier, bevor er weitererzählte. »Ich habe ein paar Fragen gestellt zu Annabelle, wie sie so war. Ich habe gesagt, dass wir davon ausgehen, dass es kein Überfall war, also nicht zufällig. Ob sie sich erklären können, was dahintersteckt, ob Annabelle Feinde hatte, in Konflikte verstrickt war und so weiter.«

»Und?«

»Sie war völlig fertig, hat angefangen zu weinen, dass sie nicht glauben könne, dass jemand ihr Kind so hasst, dass Annabelle niemandem etwas zuleide getan hat. Dass sie eine treue und ehrliche Seele war, ehrgeizig und pflichtbewusst. Ich habe sie dann auch allein gelassen, sie war nicht mehr vernehmungsfähig.«

»Und was hat er gesagt?«

»Fast nichts. Er war extrem kurz angebunden, musste dann auch los, hat er zumindest behauptet. Das fand ich seltsam.«

Beide schwiegen für einen Moment.

»Und du?«, fragte er dann.

In wenigen Worten erzählte Ulrike von Bianca, von ihrer Vermutung und schließlich von Stöckls Fund.

»Also haben wir eine durchgeknallte Freundin. Den schweigsamen Vater. Die drohende Person vom Damenklo und die geheimnisvolle Liebschaft«, fasste Ingo zusammen. »Das ist ja fast wie bei Cluedo. So einen Fall hatten wir auch schon lang nicht mehr. Was ist mit dem Prof von der Uni?«

»Wasserfestes Alibi. Franka hat im Orphée angerufen, sie waren am Abend dort, sind erst nach zwölf nach Hause.«

»Schade, dem hätte ich es irgendwie auch zugetraut.«

»Tja«, Ulrike zuckte mit den Schultern und trank von ihrer Weinschorle.

»Und was machen wir beiden Hübschen jetzt mit dem angefangenen Abend?«, fragte Ingo irgendwann und zwinkerte ihr zu.

»Schnauze, Breitmayr«, erwiderte sie lachend.

Es war schon nach elf, als Ulrike von der Innenstadt nach Hause zurückkehrte. Sie hatte den Jackenkragen hochgeschlagen und versuchte, sich gegen den wieder stärker werdenden Regen zu schützen, doch es war hoffnungslos. Die Jeans klebte bereits an ihren Beinen, das Wasser tropfte von ihren Jackenärmeln. Sie sah die braune Haustür schon von Weitem und lief in freudiger Erwartung einer warmen Dusche noch etwas schneller, da erstarrte sie. Direkt im Türbogen, neben einer roten Reisetasche, saß sie zusammengekauert im Schein der Straßenlaternen. Ulrike ließ die Arme sinken und näherte sich mit wackligen Beinen ihrer Tochter, die auf dem Treppenabsatz eingeschlafen war.

14

Ulrike starrte auf die geschlossene Tür ihres kleinen Büros, drückte das Ohr ans Türblatt und lauschte angestrengt auf das leise Schnarchen. Dann ging sie wieder in die Küche. Den kleinen Tisch hatte sie mit allem Essbaren bedeckt, das sie in der Wohnung gefunden hatte. Sie war sogar beim Bäcker und im Supermarkt gewesen, hatte Käse und Wurst eingekauft und unterschiedliches Gebäck.

Emma war am gestrigen Abend wortkarg gewesen, hatte sie nur kurz begrüßt und ihre Umarmung kaum erwidert. Ebenso wortlos hatte Ulrike die Gästematratze aus dem Keller in das kleine Büro gewuchtet und mit frischer Bettwäsche bezogen.

»Brauchst du noch irgendwas? Was zu trinken, was zu essen? Ich könnte dir etwas kochen, ich glaube, es ist noch –«

Emma war ganz dünn geworden, sah müde aus. Die blonden kurzen Locken, die ihr Kindergesicht umrahmt hatten, waren lang geworden, aber Ulrike meinte noch immer etwas von dem kindlichen Blinzeln in ihren Augen wahrzunehmen.

»Ich will einfach nur schlafen, Ulrike«, hatte Emma erwidert und dann die Tür hinter sich geschlossen.

Anfangs hatte es wehgetan, von ihrer Tochter nur noch beim Vornamen genannt zu werden, aber Ulrike hatte sich daran gewöhnt. Die Treffen mit Emma waren in den letzten Jahren seltener geworden. Emma wollte es nicht, und Ulrike hatte aufgehört zu fragen. Je seltener sie sich sahen, desto seltener kam Emma das Wort »Mama« über die Lippen, das sie als Kind mit einer solchen Inbrunst gekräht hatte.

Emma war vier Jahre alt gewesen, als Ulrike den Job in München angenommen hatte. Damals waren Lutz und sie bereits seit einem Jahr geschieden gewesen, das Kind beim Vater geblieben. Als selbstständiger Übersetzer arbeitete er von zu Hause und konnte der gemeinsamen Tochter ein sichereres, beständigeres Umfeld bieten als Ulrike. Der Moment, in dem ihre Karriere begonnen hatte, war derselbe gewesen, in dem Emma allmählich begonnen hatte, sie bei ihrem Vornamen zu nennen.

Endlich öffnete sich die Tür. Emma, nur mit Shorts und einem T-Shirt bekleidet, ging wortlos an ihr vorbei in die Küche.

»Möchtest du Kaffee oder Tee? Ich habe auch Saft gekauft.«

»Kaffee, gerne. Danke«, gab Emma verschlafen zurück.

Ulrike nahm die Kanne aus der Filterkaffeemaschine und schenkte ihr großzügig ein. »Milch, Zucker?«

»Schwarz.«

»So wie ich.«

Emma erwiderte nichts, band sich die verstrubbelten Haare zum Pferdeschwanz und begutachtete dann den Tisch.

»Ich wusste nicht, was du magst«, meinte Ulrike verlegen.

»Ich bin vegan.«

»Oh, das war mir nicht klar.«

»Ich weiß.« Emma runzelte die Stirn und griff nach dem Teller mit dem aufgeschnittenen Obst.

Ulrike fehlten die Worte, unmerklich biss sie sich auf die Zunge. Hastig begann sie, den Käse und die Wurst vom Tisch zu nehmen, und stellte die Teller in den Kühlschrank. »Was möchtest du heute machen?«

»Keine Ahnung. Was machst du?«

»Ich muss gleich in die Arbeit. Aber ich habe dir den Ersatzschlüssel auf den Schuhschrank in der Garderobe gelegt, fühl dich wie zu Hause. Du könntest die Altstadt erkunden, und später treffen wir uns und gehen essen, was hältst du davon?«

»Ja, klar. Okay.«

»Geht es dir gut? Wo warst du in den letzten Tagen? Dein Vater hat mich angerufen, hat sich Sorgen gemacht.«

Emmas Augenbrauen schossen nach oben. »Dann muss ja viel passieren, wenn er sogar dich anruft.«

Ulrike erwiderte nichts.

Emma lehnte sich zurück und trank von ihrem Kaffee. »Er

hat eine Neue. Zieht bei uns ein. Kann mir echt gestohlen bleiben.«

»Aber dein Vater hat ein Recht auf eine neue Partnerin, das musst du –«

»Meine Fresse, Ulrike, das war klar, dass das von dir kommt.« Schwungvoll stellte Emma die Tasse ab. »Wo ist eigentlich Thorsten?«

Ulrike erwiderte nichts, sie verschränkte die Arme vor der Brust und blickte auf den Boden.

»Tut mir leid, das war unnötig.«

»Kein Problem.«

Beide schwiegen für einen langen Moment.

»Ich muss dann los, ich komm zu spät. Ich habe dir Handtücher rausgelegt, und der Schlüssel –«

»Liegt auf dem Schuhschrank in der Garderobe, ich weiß.«

Ulrike nickte, lächelte ihrer Tochter unbeholfen zu, griff nach ihrer Tasche im Flur und winkte noch einmal, bevor die Wohnungstür hinter ihr ins Schloss fiel. Dann atmete sie tief durch und schüttelte den Kopf. Sie kramte ihr Handy aus der Tasche und wählte Lutz' Nummer. Nach dem zweiten Klingeln nahm er ab.

»Ja?«

»Sie ist bei mir.«

»Sie ist *was*?«

»Bei mir, Lutz. Ist das so schwer zu glauben, dass ein Kind bei seiner Mutter ist?«

»Mein Gott, Ulli, bitte nimm das doch alles nicht so persönlich.«

»Und wie soll das genau funktionieren?« Sie war laut geworden, ihre Stimme hallte im Treppenhaus wider. »Ich wollte dir bloß Bescheid geben«, sagte sie in einem versöhnlicheren Tonfall.

»Danke«, gab Lutz zurück. »Ich bin einfach froh, dass sie in Sicherheit ist.«

Ulrike stimmte zu und beendete dann das Gespräch. Unten auf der Straße angekommen, blickte sie nach oben. Der Himmel war wolkenverhangen, doch an einer Stelle blitzte die Morgensonne hervor und reflektierte in den Pfützen am Bordstein.

Es war halb zehn, als Ulrike die Bürotür hinter sich zuschlug. »Es tut mir leid, heute bin ich zu spät.« Sie legte ihre Jacke ab, raufte sich die Haare und ließ sich auf ihren Bürostuhl fallen.

»Ist alles in Ordnung?«, fragte Franka.

»Ja. Nein. Ich weiß es nicht.« Ulrike schaltete ihren Computer an. »Meine Tochter ist hier.«

»Oh, wie schön.« Franka musterte sie. »Ich habe ehrlich gesagt —«

»Du wusstest nicht, dass ich eine Tochter habe.«

»Nein, nicht wirklich.« Sie lächelte entschuldigend.

»Ich rede nicht drüber, es ist keine einfache Geschichte. Unser Kontakt ist sporadisch. Aber jetzt ist sie hier.«

Franka klappte den Mund auf, um etwas zu sagen.

»Wir müssen nicht drüber reden«, stoppte Ulrike sie. »Ehrlich gesagt bin ich froh, wenn wir es nicht tun. Nicht hier. Hier ist Arbeit.« Der schneidende Unterton ihrer Stimme erschreckte sie selbst. »Ich will mir einfach nicht wieder von Wittlig anhören müssen, dass ich unprofessionell bin, weil ich mein Privatleben nicht unter Kontrolle hab.«

»Das versteh ich.«

Ulrike blickte auf ihre Uhr. Sie hatten eine Besprechung für zehn Uhr angesetzt, um alle neuen Erkenntnisse zusammenzutragen. Das gab ihr noch etwas Zeit, sich zu sammeln und ihren Fokus wieder auf Annabelle zu richten.

Auch wenn sie noch immer nicht den geheimnisvollen Liebhaber gefunden hatten, so hatten sie dennoch in den letzten Tagen entscheidende Fortschritte gemacht. Es war offensichtlich, dass ein Zusammenhang zwischen den E-Mails und der Toiletteninschrift bestand. Annabelle war als Lügnerin bezichtigt und aufgefordert worden, endlich die Wahrheit zu sagen. Und man hatte ihr gedroht. Der Verfasser der Mails hatte die eigene Wut auch öffentlich zur Schau gestellt. Offenbar, um Annabelle zu demütigen, um sie bloßzustellen.

Ulrike dachte außerdem an die Beobachtung, die Breitmayr im Gespräch mit Roland Dorsten gemacht hatte. Sie mussten herausfinden, ob hier ein Zusammenhang bestand. Ob Annabelle in etwas hineingezogen worden war, mit dem sie selbst eigentlich nicht so viel zu tun gehabt hatte.

Ebenso unklar war bislang, welche Rolle Bianca spielte. Auf die Frage, ob ihr der Mann auf dem Foto bekannt oder unbekannt gewesen war, hatte sie nicht antworten wollen. Das war ihr gutes Recht, doch es fiel Ulrike schwer, diese Weigerung nicht zu bewerten. Sie blätterte durch den finalen Abschlussbericht der KTU, machte sich einige Notizen, checkte ihre E-Mails, als ihr Handy laut neben ihr klingelte.

»Kork?«

»Hallo, Ulrike, hier ist Bettina, Bettina Schreiber.«

»Hi, danke für deinen Anruf«, sagte Ulrike und führte sich das kantige, schmale Gesicht der Kriminalpsychologin vor Augen.

Die beiden Frauen hatten sich nur selten gesehen, trotz der gegenseitigen Sympathien und des Respekts, den sie füreinander hegten, was auch daran lag, dass Bettina Schreiber in Köln lebte und arbeitete.

»Hast du dir die Fotos angeschaut?«, fragte Ulrike. Sie hatte Bettina bereits vor ein paar Tagen Bilder vom Tatort und ein paar grobe Informationen zum Opfer wie zum derzeitigen Ermittlungsstand zugesandt.

»Ja, das habe ich.«

»Und, was fällt dir ein?«

»Na ja, bisher noch nicht allzu viel, muss ich sagen. Zumal ich natürlich auch gar nicht richtig drin bin in dem Fall. Die Fundstelle ist nicht dieselbe wie der Tatort, richtig?«

»Wir können das nicht sicher sagen, aber wir gehen davon aus.«

»Das dachte ich mir auch. Sie sieht aus, als hätte man sie drapiert, wirkt ja auch wie eine recht besondere Stelle. Macht fast den Eindruck eines Altars.«

»Sie wurde zur Schau gestellt.«

»Ja. So sehe ich das auch.«

»Und warum macht der Täter das?«

»Um sie herzuzeigen, um seine Tat darzustellen, damit jeder sie sieht und das, was er getan hat. Vielleicht ist er stolz drauf, es hat ihn mit Genugtuung erfüllt.«

Ulrike sah aus dem Fenster, während sie Bettinas Worten lauschte. All diese Gedanken waren ihr auch schon gekommen, doch eher im Hintergrund geblieben. Zu sehr hatte sie sich auf die offenkundigen Indizien und Beweise konzentriert.

»Ihr habt ihren Bekanntenkreis unter die Lupe genommen, richtig?«

»Ja, da gibt es ziemlich viel. Sie hat eine Art Doppelleben geführt.«

»Interessant. Habt ihr Verdächtige?«

»Ja. Noch keine Namen, und es gibt viel, was wir nicht wissen und noch nicht in Zusammenhang bringen konnten, aber wir haben eine Spur.«

»Es kommt mir so vor, als würdet ihr nach jemandem suchen, der eher übersehen wird.«

»Wie kommst du darauf?«

»Es ist nur so ein Gedanke, letztlich kann man niemanden einschätzen, dafür wissen wir zu wenig, dafür ist das Ganze zu kompliziert. Aber warum diese öffentliche Darstellung? Warum so? Wenn es eine persönliche Geschichte ist, eine persönliche Angelegenheit, wenn der Mord durch ein plötzliches persönliches Gefühl motiviert ist, würde man dann so handeln? Würde man dann nicht eher die Leiche verschwinden lassen?«

Ulrike dachte lange nach, bevor sie antwortete. »Das ist schwer zu sagen.«

»Es geht ja dabei weniger um das Motiv als um die Person, die so handelt. Platt ausgedrückt, Ulrike: Derjenige hat sie genommen, hat sie dort abgelegt, an diese exponierte Stelle. Es ist, als wollte er sagen: Hier bin ich. Das habe ich getan. Seht mich an.«

Das Fenster in dem kleinen Konferenzraum stand offen, kalte Luft strömte ins Innere, die Lamellen des weißen Vorhangs zitterten im Wind, genau wie die leicht bräunlich verfärbten Blätter eines halb vertrockneten Drachenbaums in der Ecke des Raums. Ulrike schloss das Fenster, nachdem sie eingetreten war, und begrüßte Timo Stöckl und Ingo Breitmayr, die bereits an dem runden Tisch Platz genommen hatten.

Das Gespräch mit Bettina Schreiber hing ihr noch nach. Es bereitete ihr Schwierigkeiten, diese Einschätzung auf den Fall, auf das, was sie wussten, zu übertragen. Jemand, der im Hintergrund war, jemand, der gesehen werden wollte. Wieder kam ihr Bianca in den Sinn.

Genau wie Franka hatte Timo Stöckl keine großen Neuigkeiten zu berichten. Es war ihm bislang noch nicht gelungen, die Identität des unbekannten Absenders zu entschlüsseln. In wenigen Worten erzählte Ulrike von ihrem Treffen mit Bianca und dem Gespräch mit Bettina Schreiber und wiederholte ihre eigenen Überlegungen.

»Bianca stand in Annabelles Schatten, so viel ist sicher. Sie hat zu ihr aufgeblickt, vielleicht war sie neidisch, vielleicht wütend darüber«, überlegte Franka.

»Könnte sie diejenige sein, die die Drohungen geschrieben hat?«, fragte Timo Stöckl, der sich die langen Haare heute zu einem Dutt zusammengebunden hatte, was seine kantigen Wangenknochen und die breiten Koteletten noch betonte.

»Unterdrückte Wut auf die Freundin, die alles hat? Vielleicht war sie von Neid zerfressen und wollte das irgendwie kanalisieren, das ist möglich, ja. Aber warum steht in der E-Mail dann, sie soll ›die Wahrheit sagen‹? Da muss es ja um irgendetwas Konkretes gehen«, antwortete Ulrike.

»Wäre auch denkbar, dass die Person vom Klo und Annabelles Affäre miteinander zusammenhängen. Vielleicht eine betrogene Ehefrau oder Freundin?«

»Darüber habe ich auch bereits nachgedacht«, räumte Ulrike ein. »Bislang haben wir auch keinerlei Hinweise, auf was sich die Drohung beziehen könnte.«

Breitmayr räusperte sich. »Ich glaub, es gibt noch was anderes.«

»Was meinst du?« Ulrike richtete sich auf.

»Ich habe heute früh mal ein bisschen recherchiert und bin da auf was gestoßen.«

»Ingo«, unterbrach Ulrike seine künstlich in die Länge gezogene Erzählung. »Komm zum Punkt.«

Er nickte ergeben. »Na schön. Gestern war ich bei Roland Dorsten, und irgendwie hat dieses ganze Gespräch ein komisches Gefühl bei mir hinterlassen.« Er lehnte sich vor und stützte die Ellbogen auf dem Tisch ab. »Das hat mich nicht richtig losgelassen, seine kurz angebundene Reaktion, seine ganze Fassade. Also bin ich dem nachgegangen und hab das Folgende gefunden.« Er tippte auf ein Papier, das vor ihm lag. »Vor ein paar Monaten wurde eine Ermittlung aufgenommen, nachdem eine junge Frau Anzeige gegen Dorsten erstattet hatte.«

»Weswegen?«, fragte Franka, beinah ungehalten.

»Nötigung«, erzählte Ingo weiter. »Sie hat ein Praktikum in Dorstens Kanzlei abgeleistet. Da haben sie sich kennengelernt. Anscheinend hat er ihr versprochen, ihr Zugang zu Klausuren für das Staatsexamen zu verschaffen. Dafür hat er gewisse Gegenleistungen gefordert.«

Ulrikes Augenbrauen schossen nach oben. »Wie bitte?«

»Das war 'ne Sache von einer Woche, vielleicht zwei. Alles vollkommen unter Ausschluss der Öffentlichkeit. Es wurde eingestellt, die Frau hat ihre Anzeige zurückgezogen.«

»Warum weiß ich davon nichts? Wer hat das Ermittlungsverfahren geführt, wer war verantwortlich?«

»Wittlig. Hat den Abschlussbericht höchstpersönlich unterschrieben.« Ingo schob ihr eine Kopie zu.

Ulrike überflog den zweiseitigen Bericht. Sie spürte die Wut in sich aufkochen. »Was für ein Arschloch!«, zischte sie und schüttelte den Kopf.

15

Selbst jetzt noch, als Ingo Breitmayr und sie bereits auf dem Weg zu Roland Dorstens Kanzlei in der Innenstadt waren, bebte Ulrike vor Zorn. Mit hochrotem Kopf war sie in Xaver Wittligs Büro gestürmt, hatte ihm den Bericht auf den Schreibtisch geknallt und eine Erklärung verlangt. Mit stoischer Ruhe, die Ulrike als Provokation empfand, hatte Wittlig ihr geschildert, dass er es nicht für nötig befunden habe, Ulrike über das eingestellte Verfahren zu informieren.

»Es ist nichts dabei herausgekommen, sie hatte keinerlei Beweise, es stand Aussage gegen Aussage, und dann hat sie ihre Anzeige zurückgezogen. Es war eine Sache von ein paar Tagen, Ulrike, was spielt das für eine Rolle?«

»Ich muss dir nicht ernsthaft erklären, was für eine Rolle das spielt, oder?«

»Wir können uns gerne darüber unterhalten, wenn du dich beruhigt hast, aber jetzt raus aus meinem Büro.«

Ulrike hatte den Finger gegen ihn erhoben und nichts gesagt, bloß die Lippen aufeinandergepresst und die Tür hinter sich zugeschlagen.

»Du kommst nicht an ihn ran, wenn du ihn so anbrüllst, Ulrike. Darauf reagiert er allergisch«, sagte Ingo neben ihr.

»Ich kann dir gar nicht sagen, wie scheißegal mir das ist.«

»Dorsten ist einer seiner ältesten Freunde.«

Ulrike warf ihm einen Seitenblick zu.

»Ich sage nicht, dass es das rechtfertigt«, fügte Ingo beschwichtigend hinzu und hob die Arme, wie um sich zu verteidigen. »Wittlig ist 'ne dumme Sau, das weiß ich selbst. Sitzt auf der rechten Arschbacke seine letzten Monate ab, dem ist doch alles gerade egal.«

»Eben das ist der Punkt. Ihm ist der Fall *nicht* egal. Gestern hat er mich zurechtgewiesen, dass ich mich anstrengen soll, dass ich sauber arbeiten soll, wegen dem, was letztes Jahr passiert ist. Dabei müsste man *ihm* den Untersuchungsausschuss auf den Hals setzen, nicht mir.«

»Ich stimme dir zu, ich sage nur, dass du so bei ihm nicht weiterkommst.«

Ulrike erwiderte nichts. Sie hupte den blauen Fiat vor sich an, der es nur im Schneckentempo um die Kurve schaffte. Gemeinsam hatten sie beschlossen, zunächst Roland Dorsten ein zweites Mal zu befragen, bevor sie seine ehemalige Praktikantin aufsuchten.

Als sie über die Galgenbergbrücke fuhren, atmete sie tief durch. »Ich bin eben einfach ausgetickt.«

»Versteh ich.«

»Trotzdem hast du einen guten Riecher bewiesen, Ingo«, fügte sie in versöhnlichem Tonfall hinzu.

Er nickte wortlos.

Roland Dorstens Kanzlei lag im zweiten Stock des imposanten Barockpalais Löschenkohl direkt am Neupfarrplatz. Sein Büro bot einen weiten Blick auf das begehbare Bodenrelief der ehemaligen Synagoge, die lutherische Kirche und die bunten Häuserfassaden auf der anderen Seite des Platzes. Es hatte wieder begonnen zu regnen, und die Straßen waren leer. Nur wenige Fußgänger, die sich unter ihren bunten Regenschirmen verbargen, und in Regenjacken gehüllte Fahrradfahrer überquerten den Platz. Die Asphaltplatten waren nass geworden, die Bauwerke spiegelten sich auf der dunklen Erde, von hier oben sah es beinah so aus, als stünde alles unter Wasser.

Ingo und Ulrike saßen noch allein in dem geschmackvoll eingerichteten Büro vor dem riesigen Eichenschreibtisch des Strafverteidigers, auf dem sich Papiere und Akten türmten. Irgendwann öffnete sich die doppelte Flügeltür, und Roland Dorsten betrat den Raum. Trotz des eleganten dunkelblauen Anzugs, der grünen Krawatte und der Hornbrille machte er auf Ulrike in diesem Moment einen heruntergekommenen Eindruck, und sie konnte nicht einmal genau festmachen, woran das lag.

»So«, sagte er leise und setzte sich vor sie in seinen schwarzen Schreibtischstuhl. Hinter ihm hing ein riesiges Gemälde. Grüne und blaue Farbschlieren verliefen ineinander, schienen beinah von der Leinwand zu tropfen. Es machte den Eindruck, als würde der Mann vor ihnen, der sich perfekt in den Rahmen einfügte, mit dem Gemälde verschwimmen. Er wirkte unscharf, als sei er nicht wirklich da. Seine Augen lagen in dunklen Höhlen, waren eingefallen, sein Gesicht hatte eine gräuliche Farbe. »Was kann ich für Sie tun?«, fragte er, und Ulrike konnte ihn fast nicht verstehen, so leise sprach er. Der Mann vor ihr hatte nichts mit dem zu tun, den sie vor einem Jahr kennengelernt hatte.

Sie räusperte sich. »Ich will gar nicht lange um den heißen Brei herumreden, Dr. Dorsten, aber wir haben von der Ermittlung gehört, die vor einiger Zeit gegen Sie geführt wurde.«

Dorsten sackte beinah in sich zusammen. »Es war ja bloß eine Frage der Zeit.«

»Warum haben Sie uns nicht gleich davon erzählt?«

»Ich bin davon ausgegangen, dass Sie davon wissen.«

»Erzählen Sie uns doch bitte aus Ihrer Perspektive, was passiert ist«, erwiderte Ulrike bloß. Dorsten hatte recht, sie hätten davon wissen müssen.

Er seufzte, legte die Hände auf dem Schreibtisch ab und blickte nach unten. »Meine Frau weiß nichts hiervon«, begann er müde, beinah flüsternd. »Es wäre katastrophal für sie, für uns, würde sie davon erfahren. Verstehen Sie das?«

Ulrike nickte. Dann begann er zu erzählen.

»Marina Lengenfeld hat ein Praktikum bei uns gemacht. Das war im letzten Herbst. Sie war für insgesamt drei Monate hier. Von Anfang an war da eine natürliche Anziehung.« Jedes Wort, das er sprach, schien ihm nur unter äußerster Anstrengung über die Lippen zu gehen. Er fuhr sich durchs Haar, machte sich kaum die Mühe, sich aufzurichten. Mit hängenden Schultern lehnte er sich auf den Schreibtisch. »Ich will mich nicht rechtfertigen, nicht im Geringsten. Aber da war diese Leichtigkeit –«

»Sie müssen sich nicht erklären. Erzählen Sie einfach, was passiert ist«, unterbrach Ingo ihn.

Dorsten blickte nur für einen Augenblick auf und nickte erschöpft. »Wir haben uns ineinander verguckt. Verliebt vielleicht sogar. Ich weiß es nicht mehr. Sie steht jedenfalls kurz vor ihrem Examen, und es gab da ein Missverständnis.«

Er fasste sich an die Stirn, dann lehnte er sich in seinem Schreibtischstuhl zurück und fixierte einen Punkt an der Decke. Für einen langen Moment schwieg er. Vom Gang drangen gedämpfte Stimmen, ein leises Lachen.

»Ich habe Zugriff auf Prüfungen, bin in der Kommission. Ich habe ihr gesagt, ich kann ihr Klausuren beschaffen.« Er seufzte. »Ich habe nicht darüber nachgedacht, nicht im Geringsten. Wir waren essen an dem Abend, betrunken, im Rausch. Ach, ich kann es nicht erklären. Ich habe es einfach gesagt, ich war … dumm … naiv. Marina ist Ende zwanzig, das Studium finanziert sie sich selbst. Sie hat ein kleines Kind, kommt gerade so über die Runden. Ich hatte vielleicht Mitleid, ich wollte ihr helfen.«

Dorsten griff nach einem Füller, der vor ihm lag, öffnete die Kappe, schloss sie wieder, legte den Stift wieder beiseite. »Wir haben etwas miteinander angefangen, eine Affäre. Das ging ein paar Wochen. Nach ihrem Praktikum hat sie nach den Klausuren gefragt, und ich habe gesagt, ich kann das nicht tun. Dass es Betrug wäre. Dass ich ihr zwar helfen will, aber dass ich das nicht tun kann.« Er schüttelte den Kopf.

»Und dann hat sie Anzeige erstattet?«, fragte Ulrike.

»Sie hat immer wieder gefragt, kam immer wieder an. Ich habe ihr gesagt, dass es nicht geht. Dass ich wirklich drüber nachgedacht habe, aber dass meine Karriere auf dem Spiel steht, mein Einkommen. Dann habe ich es beendet.« Er holte tief Luft. »Und dann kam die Anzeige, ja.«

»Was hat dazu geführt, dass sie die Anzeige zurückgezogen hat?«

»Sie hatte nichts in der Hand. Keine Beweise. Ich habe ihr gesagt, dass sie damit nicht durchkommen wird. Ich habe ihr …« Er presste die Lippen aufeinander. »Ich habe ihr vielleicht gedroht.«

»Sie haben ihr ›vielleicht gedroht‹? Was meinen Sie damit? Mit ›vielleicht‹?« Breitmayr hatte sich vorgebeugt und starrte sein Gegenüber entschlossen an.

»Ich habe ihr gesagt, und das bereue ich zutiefst, dass sie keine Chance gegen mich hat. Dass ich ihrer Karriere ein Ende bereite, bevor sie beginnt. Dass ich Möglichkeiten habe.« Er brach ab. »Ich bin nicht stolz darauf, aber sie hat gelogen, hat bei mir zu Hause angerufen, hat mir aufgelauert. Immer und immer wieder. Ich dachte, ich habe keine Wahl mehr.«

»Was ist dann passiert?«, fragte Ulrike.

»Nichts mehr. Nichts. Es war vorbei. Sie hat die Anzeige zurückgezogen, die Ermittlung wurde eingestellt. Glauben Sie, dass sie etwas mit dem Tod von …« Er brach ab und schlug sich die Hand vor den Mund. Dann legte er seine Brille neben sich auf den Tisch, rieb sich die Augen und atmete tief durch. »Entschuldigen Sie.«

»Wir wissen nichts Genaues.«

Ulrike beobachtete, wie er ein Taschentuch aus der Innentasche seines Jacketts zog und sich die Nase putzte.

»Was für ein Durcheinander. Diese Geschichte bringt uns alle noch ins Grab«, sagte er dann.

»Es ist uns wichtig, dass Sie uns die Wahrheit sagen«, gab Ulrike zurück.

Roland Dorsten setzte seine Brille wieder auf, faltete die Hände vor sich und erwiderte ihren Blick. Der Moment der Fassungslosigkeit schien verflogen, jetzt war er wieder ganz ruhig. »Die Wahrheit, Frau Kork, ist eine höchst individuelle Wahrnehmung. Die eine Wahrheit gibt es nicht, die gab es nie. Das macht meinen Job, das macht Ihren Job schwierig. Denn alles, was Sie tun können, ist, sich für eine Wahrheit zu entscheiden.«

Draußen auf dem Platz regnete es noch immer, doch genau wie am Morgen bahnte sich zwischen zwei dreckigen grauen

Wolken die Sonne ihren Weg und strahlte die Gebäude am Platz an. Ulrike streckte, nachdem sie ins Freie getreten waren, für einen Augenblick das Gesicht in die warmen Strahlen und versuchte, ihre Gedanken zu ordnen.

»Stöckl hat angerufen«, bemerkte Breitmayr, der neben ihr stand und sich eine Zigarette angezündet hatte. Ulrike öffnete die Augen und beobachtete, wie er die Wahlwiederholung auf seinem Handy drückte und sich das Gerät ans Ohr hielt. Stumm lauschte er den Worten am anderen Ende der Leitung. »Alles klar. Danke. Wir machen uns auf den Weg.« Er legte auf, steckte das Handy zurück in seine Jackentasche. »Er hat herausgefunden, wer hinter den E-Mails steckt.«

»Marina Lengenfeld?«

Ingo nickte, drückte die Zigarette in einem Aschenbecher am Hauseingang aus. Beide überquerten den Platz. Direkt an der Kreuzung zur Wahlenstraße hatte Ulrike den Wagen vor einem Brillengeschäft abgestellt. Bevor sie einstieg, sah sie noch einmal zurück, doch hinter Roland Dorstens Bürofenster konnte sie nichts erkennen.

16

Der kleine Junge hinter dem eisernen Eingangstor streckte die Zunge raus. Seine blonden Haare hingen ihm ins Gesicht, die gelbe Regenhose war über und über mit nassem Sand beklebt. Ulrike bückte sich und lächelte ihn freundlich an. »Kannst du mal die Mama holen?«, fragte sie, doch das Kind reagierte nicht, rümpfte die Nase und streckte die Zunge noch weiter aus dem Mund.

Der Sandkasten stand auf dem Rasen vor dem Haus, ein Zaun trennte den Garten von der Eingangstür. Überall lagen quietschbunte Plastikschäufelchen und -schälchen herum. Das Kind, schätzungsweise drei Jahre alt, schien seinen Einsatzbereich auf den gesamten Garten ausgeweitet zu haben und war gerade eifrig damit beschäftigt gewesen, den Rasen umzugraben, als Ulrike und Ingo Breitmayr vor dem kleinen Törchen in der Siedlung die Klingel gedrückt hatten. Die dunklen Regenwolken hatten sich verzogen, zurück blieb ein undurchdringbarer grauweißer Schleier, der die untergehende Sonne hinter sich verbarg.

Nur eine kurze Autofahrt von der Regensburger Innenstadt entfernt lag der Markt Nittendorf und unweit des Ortskerns das Häuschen von Marina Lengenfeld. Von dem eingeschossigen Bauwerk bröckelte an einigen Stellen der weiße Putz, und trotz des etwas heruntergekommenen Eindrucks wirkte es gepflegt und liebevoll hergerichtet. Hinter den Fenstern standen bunte Blumen, eine Efeuranke klammerte sich an die Fassade.

»Henry!«, brüllte plötzlich eine Frau, die die Haustür geöffnet hatte. Sie trug eine helle Jeans und einen schwarzen Pullover, beides war mit Mehl bestäubt. Ihre kurzen schwarzen Haare waren ordentlich frisiert, die großen Augen stark geschminkt. Sie stürmte nach draußen, packte den Kleinen am Unterarm und hob den Zeigefinger. »Man streckt nicht die Zunge raus.«

Der Junge riss sich los und wendete sich trotzig wieder seiner Beschäftigung zu. Mit einer kleinen Plastikharke pflügte er fachmännisch den Rasen, rammte mit beeindruckender Kraft eine Schaufel in den aufgeweichten Boden und füllte die Löcher mit Sand wieder auf. Für einen Augenblick schien sie zu überlegen, ihn erneut zu ermahnen, ließ dann jedoch seufzend die Schultern hängen und lächelte die beiden Polizisten unbeholfen an. »Entschuldigen Sie. Wie kann ich Ihnen helfen?«

»Marina Lengenfeld?«, begann Ulrike.

Die Frau nickte, plötzlich wirkte sie verunsichert. Sie verschränkte die Arme vor der Brust.

»Ich bin Ulrike Kork von der Kripo Regensburg, das ist mein Kollege Ingo Breitmayr. Können wir kurz reinkommen?«

Marina Lengenfeld war aschfahl geworden, ihre Augen weiteten sich, sie presste die Lippen aufeinander. »Worum geht es denn?«, fragte sie mit dünner Stimme.

Ulrike bemerkte aus dem Augenwinkel eine ältere Dame, die sich hinter ihnen am Bordstein mit ihrem Hund an der Leine vorbeizwängte. »Können wir das drinnen besprechen?«

Noch immer hielt Marina Lengenfeld die Arme vor der Brust verschränkt. Irgendwann nickte sie vage, öffnete das knarzende Gartentor und betrat vor ihnen das Haus.

Ein kleiner dunkler Flur lag vor ihnen, an den Wänden hingen Bilder, in der Garderobe türmten sich Schuhe und Jacken. Die junge Frau führte sie in die rechts angrenzende Küche. Wortlos wies sie auf zwei Stühle am Küchentisch, auf dem ein mehlbestäubter Teigklumpen lag. Sie blickte aus dem Küchenfenster, um nach ihrem Sohn zu sehen, und lehnte sich dann an die holzverkleidete Küchenzeile, noch immer sprach sie nicht.

Ulrike räusperte sich, für einen Augenblick wusste sie nicht recht, wo sie anfangen sollte. »Was backen Sie?« Sie wies mit dem Kinn auf den Klumpen.

»Brot«, antwortete Marina Lengenfeld streng. Wieder folgte betretene Stille.

»Wir möchten gerne mit Ihnen über Annabelle Dorsten reden.«

Die Frau blickte wieder aus dem Fenster.

»Kannten Sie Annabelle Dorsten?«, fragte Breitmayr ungeduldig, als keine Antwort gekommen war.

»Flüchtig.«

»Frau Dorsten ist ermordet worden, davon wissen Sie?«, übernahm Ulrike nun wieder das Wort.

»Ja. Ich habe davon gehört.«

»Sie hatten Kontakt zu ihr, stimmt das?«

»Was wollen Sie von mir?«

»Wir haben E-Mails von Ihnen in Annabelles universitärem Posteingang gefunden. Wir konnten den Absender Ihnen zuordnen. Was hat es mit diesen E-Mails auf sich?«

»Darauf antworte ich nicht.«

»Wir haben außerdem einen Schriftzug auf einer Toilette in der Rechtswissenschaftlichen Fakultät gefunden. ›Dorstenschlampe, ich kill dich!‹ Ähnlich haben Sie sich auch in den E-Mails geäußert. Was ist zwischen Ihnen beiden vorgefallen?«

»Auch darauf antworte ich nicht.«

»Frau Lengenfeld«, warf Breitmayr streng ein, »Sie stecken hier knietief im Mist, entweder Sie reden freiwillig mit uns, oder wir lassen Sie vorladen.«

Ulrike blickte auf den Tisch, auf der obersten Schicht des Teigklumpens hatte sich eine trockene Kruste gebildet. »Sie hatten ein Verhältnis mit Annabelles Vater. Sie haben ihn daraufhin angezeigt und dann die Anzeige zurückgezogen. Möchten Sie uns vielleicht die Situation aus Ihrer Perspektive schildern?«, fragte Ulrike betont friedlich.

Marina Lengenfeld blickte beide an, sie war den Tränen nahe. »Ich … ich hab …« Sie brach ab, schlug sich die Hand vor den Mund.

»Was haben Sie am Mittwochabend gemacht?«

»Ich war hier, mit meinem Sohn.«

»Die ganze Nacht?«

»Ja.« Sie beobachtete den spielenden Jungen, schüttelte

kaum merklich den Kopf, die Hand noch immer vor dem Mund. Inzwischen hatten sich ihre Augen mit Tränen gefüllt.

»Ich sage nichts mehr ohne meinen Anwalt.«

»Haben Sie etwas mit dem Tod von Annabelle Dorsten zu tun?«

»Nein, verflucht!«, brauste Marina Lengenfeld auf und schlug mit der Hand auf den Küchentresen hinter ihr. »Ich habe nichts damit zu tun.«

»Warum erzählen Sie uns dann nicht, was passiert ist zwischen Ihnen?«

Marina Lengenfeld ließ den Kopf hängen, dann schob sie den Stuhl ihnen gegenüber von der Tischkante und ließ sich darauf fallen. »Nicht ohne meinen Anwalt«, wiederholte sie kraftlos.

»Sie haben Roland Dorsten nicht drangekriegt und sind deswegen auf die Tochter los?«, fragte Ingo Breitmayr. Zu provozieren gehörte für ihn zum Handwerk.

»Sie haben doch überhaupt gar keine Ahnung, wovon Sie reden«, zischte Marina Lengenfeld.

»Dann helfen Sie uns, das Ganze zu verstehen.«

»Wann begreifen Sie das denn endlich? Ich rede nicht mit Ihnen ohne meinen Anwalt.« Sie hatte begonnen zu weinen. Urplötzlich erhob sie sich und riss das Küchenfenster auf. »Henry!«, brüllte sie. »Nicht bei den Nachbarn!«

Henry, der gerade im Begriff gewesen war, mit einer Schaufel Sand auf die benachbarte Wiese zu schippen, erwiderte ihren Blick unbeeindruckt, warf die Schaufel von sich und tappte in der riesigen ballonartigen Hose zurück zum Sandkasten.

Ulrike erhob sich. »Frau Lengenfeld, wir sehen uns wieder. Ob mit oder ohne Anwalt, aber ganz sicher in der Inspektion. Wir melden uns bei Ihnen. Bitte bleiben Sie in der Stadt, bleiben Sie erreichbar.«

Die Frau vor ihnen wischte sich hastig eine Träne von der Wange. Sie starrte aus dem Fenster, ohne noch ein einziges Wort zu erwidern.

Hinter Ingo verließ Ulrike die Küche und trat durch die angelehnte Haustür wieder ins Freie. »Tschüss, Henry«, sagte sie.

Der Junge würdigte sie kaum eines Blickes, stattdessen schleuderte er ihnen wortlos eine kleine pinke Sandkuchenform hinterher.

»Was denkst du?«, fragte Breitmayr und sah sie von der Seite an, als sie zurück zum Wagen gingen.

Ulrike kamen wieder die Worte von Bettina Schreiber in den Sinn. »Schwer zu sagen«, überlegte sie. Es fiel ihr nach dieser kurzen Begegnung nicht leicht, ein Urteil zu fällen, eine Aussage darüber zu treffen, was Marina Lengenfeld für ein Mensch war, was hinter ihren Anschuldigungen steckte und welche Agenda sie womöglich verfolgte. Ulrike ließ den Anschnallgurt einschnappen. »Bettina Schreiber sagt, wir suchen nach jemandem, der gesehen werden wollte, der vielleicht stolz war auf seine Tat. Marina ist in der Ermittlung unter Druck gesetzt worden, ihre Belange sind auch übersehen worden, ignoriert.«

»Das könnte passen, ja.« Breitmayr seufzte. »Diese ganze Sache ist ein einziges Durcheinander«, sagte er dann. »Und es ist kaum zu verstehen, was überhaupt bei Annabelle los war. So eine junge Frau und so viele Baustellen.«

Ulrike dachte für einen Augenblick nach, rief sich das Gespräch mit Elias Badenburg in Erinnerung, die Begegnungen mit Bianca. »Ich denke, dass sie irgendwie einsam gewesen sein muss«, antwortete Ulrike irgendwann. Sie schaltete den Motor ein. »Einsame Menschen sind sehr schwer durchschaubar.«

Es war dunkel geworden, als Ulrike ihren Wagen in der Dechbettener Straße abstellte. Sie blickte nach oben zu den erleuchteten Fenstern ihrer Wohnung und griff nach der Tüte neben sich. Wenige Augenblicke später stand sie vor ihrer doppelflügeligen Wohnungstür und atmete tief durch. Ihr Herz klopfte. Es war ein seltsames, ein ungewohntes Gefühl, nach Hause zu kommen und erwartet zu werden. Mit klammen Fingern steckte sie den Schlüssel ins Schloss und öffnete die Tür. Von irgendwoher kam leise Musik, im Wohnzimmer brannte Licht.

»Emma?« Sie entdeckte ihre Tochter auf dem Sofa sitzend.

»Hi«, sagte Emma bloß und nahm die Füße vom Tisch. Die blonden Haare hatte sie sich zum Pferdeschwanz gebunden, sie trug eine dunkle Jeans und einen riesigen grünen Kapuzenpullover mit gelber Aufschrift.

Ulrike starrte sie für einen Augenblick einfach nur an. Dieses Gefühl, jemandem so vertraut und gleichzeitig so fremd zu sein, überwältigte sie.

»Was?«, fragte Emma und legte ihr Handy beiseite.

»Nichts«, antwortete Ulrike. Sie hob die Tüte. »Ich habe uns was zu essen besorgt. Ich wusste nicht genau, ob dir so was schmeckt, von einer Salatbar in der Innenstadt. Das sind diese Poké-Bowls, auf jeden Fall vegan. Ich habe nachgefragt.«

Emma nahm die Tüte entgegen und schnüffelte am Inhalt. »Lecker, danke.« Sie ging vor Ulrike in die Küche, zog wie selbstverständlich zwei Teller aus dem Schrank und deckte den Tisch.

Ulrike beobachtete sie am Türrahmen stehend und lächelte. »Wie war dein Tag? Was hast du gemacht?«

»Ich bin ein bisschen durch die Stadt spaziert, war in diesem Kunsthaus da ...«

»Ostdeutsche Galerie.«

»Ja, genau, das war ganz cool. Sonst nichts Besonderes. Und bei dir?«

Ulrike seufzte. Sie ging zum Kühlschrank und griff nach der halb vollen Weißweinflasche im Getränkehalter. »Wir haben einen ziemlich komplizierten Fall gerade, eine ermordete Studentin an der Uni. Möchtest du auch?«, fragte sie und wies auf die Flasche.

Emma nickte. Ulrike befüllte zwei Weingläser und stellte sie ebenfalls auf den Tisch. In wenigen Worten erzählte sie ihrer Tochter von dem Fall und ihrem Besuch bei Marina Lengenfeld.

»Und glaubst du, dass sie es war?«

»Ich weiß es nicht. In solchen Dingen sollte man sich nicht allein auf ein Gefühl verlassen.«

Emma nickte gedankenverloren und stocherte in ihrem Salat herum. Wieder schwiegen beide.

Ulrike räusperte sich. »Erzähl doch mal, was bei dir los ist. Wie läuft die Lehre? Wie ist alles? Hast du einen Freund?« Sie biss sich auf die Zunge.

»Es läuft alles gut«, begann Emma. »Die Lehre läuft gut. Sehr gut.«

»Und für die ist es in Ordnung, wenn du gerade bei mir bist?«

»Hm«, antwortete Emma bloß, ohne sie anzusehen.

Für einige Minuten sprachen sie über alles Mögliche, über Ulrikes Arbeit, Emmas Projekte, ihre Freunde daheim, und für diesen Augenblick war es fast so, als wäre ihre Beziehung normal und unbeschwert.

»Hast du mit deinem Vater gesprochen?«, fragte Ulrike irgendwann.

Emma antwortete nicht.

»Möchtest du mir nicht erzählen, was genau passiert ist?«

Emma legte die Gabel weg und trank einen Schluck Wein.

»Die Tussi ist sechsundzwanzig. Muss ich mehr sagen?«

Ulrike verschluckte sich an einem Salatblatt, sie hustete. Plötzlich musste sie lachen. Sie hielt sich die Hand vor den Mund und nippte grinsend an ihrem Wein. »Entschuldigung. Tut mir leid.«

Emma runzelte die Stirn. Dann schüttelte sie den Kopf. Zunächst hatte sie sich ein Schmunzeln kaum verkneifen können, jetzt schien etwas ihren Blick zu verdunkeln.

»Ich wollte nicht … Emma, es tut mir leid. Die Reaktion war jetzt irgendwie unpassend, oder?«

»Ich kann mit dir über so was nicht reden, Ulrike«, sagte Emma plötzlich entschlossen. »Ich dachte, ich kann es, aber es geht nicht.« Sie stand auf, stellte das Glas auf den Tisch. »Ich bin müde, ich geh schlafen.«

Ulrike blickte ihr hinterher. »Emma, komm schon.«

Emma drehte sich noch einmal um. »Papa hat angerufen. Hat mich richtig angebrüllt. Hat gesagt, dass ich so bin wie du. Einfach weglaufen, wenn es schwierig wird.«

Ulrike wusste nicht, was sie erwidern sollte. Sie hatte wieder dieses Gefühl, vor einer Mauer zu stehen. »Und deshalb bist du hier?«

Emma zuckte mit den Schultern und ließ die Arme dann neben den Körper fallen. »Ich kenn dich doch gar nicht. Ich kenn mich selbst überhaupt nicht.«

Als die Bürotür zufiel, war es ganz ruhig in der Wohnung. Ulrike lauschte auf irgendein Geräusch aus dem Zimmer, aber da war nichts. Emma war hier und gleichzeitig weit entfernt.

***

Heut beim Abendessen habe ich ihn lang angeschaut. Alles an ihm ist plötzlich anders und vielleicht genauso, wie es immer war. Die Art, wie er sich seine Brote schmiert, wie er die Zeitung liest. Alles ist mir bekannt und irgendwie doch fremd. Als er ferngesehen hat, bin ich aufgestanden und hab mir alte Fotos angesehen von früher, habe unser Hochzeitsalbum hervorgekramt. Dachte, ich kann dann besser verstehen, dachte, ich kann etwas zurückholen, von dem ich gar nicht wusste, dass es weg ist.

Da war dieses Bild. Er hat es eingeklebt in eines der Alben, weil wir beide drauf sind. Die alte Belegschaft von der Schule in Landshut. Da, wo wir uns kennengelernt haben, vor so vielen Jahren. Ich blicke in all die Gesichter von damals und kann die Stimmen fast hören. Ich sitz ganz vorn, war so jung damals und noch mit Tom zusammen. Bela war gerade geboren. Habe da noch in der Nachmittagsbetreuung gearbeitet, habe gekocht. Da dachte ich noch, dass alles gut ist. Lex steht ganz außen, so als würde er gar nicht richtig dazugehören. Schiefes Lächeln. So kenn ich ihn. Zu der Zeit habe ich ihn noch gar nicht richtig wahrgenommen. Aber wie das mit Tom vorbei war, wie er abgehauen ist, einfach weg, da hat er sich so lieb gekümmert, hat manchmal auf Bela aufgepasst, wenn ich ihn mit zur Arbeit nehmen musste.

Und dann ist da Rita. Rita steht in der Reihe über mir. Sie war so wunderschön. So oft habe ich in letzter Zeit an sie denken müssen. Irgendwie kam es mir immer irreal vor, wie etwas, was mir jemand erzählt hat. Aber jetzt, wo das Bild vor mir liegt, wo ich sie wieder gesehen habe, ist mir plötzlich ganz anders geworden. Deutlich und klar sehe ich sie vor mir. Es fühlt sich nicht an, als sei sie tot, sondern so, als sei sie eingefroren, wenn ich das Bild anschaue. Das ist alles ewig her. Und jetzt kocht es wieder hoch. Ihr Tod. Rita ist ermordet worden. Lag auf dem Schulhof, Lex hat's mir erzählt, er hatte sie damals gefunden. Wie sehr er sie mochte, das habe ich genau gewusst. Und ich habe auch gewusst, wie traurig er war, als sie gestorben ist. Es hat so lang gedauert, so viele Monate, bis ich ihn wieder lachen gesehen habe.

Blass und verschwommen kommt wieder der Streit mit Bela zu mir zurück, und ich versuch mich zu erinnern, wirklich zu erinnern, was er gesagt hat damals. Es ging um Rita. Bela hatte Lex nach ihr gefragt, und Lex hat's nicht ausgehalten, ist wütend geworden. Ist das Grund genug zu gehen? Reicht das aus? Ich weiß es nicht.

Ich will mit Lex reden, über Bela, das Mädchen an der Uni, über Rita, aber ich weiß nicht, wie, und plötzlich frage ich mich, ob wir jemals miteinander geredet haben. Ob wir wirklich geredet haben. Heut, wie ich ihn angestarrt hab, hat er gefragt, was los ist. Was soll ich sagen auf die Frage, was ist? Mir fällt nichts ein. Bloß eine einzige Antwort, ganz tief in mir drin. Was ich eigentlich sagen will, vielleicht schon immer sagen wollte und nie wusste, wie: Wer bist du, Lex? Wer bist du überhaupt?

9. Februar A.D.

17

Xaver Wittlig warf mit hochrotem Kopf Ulrikes Bürotür hinter sich zu. Ulrike hatte schon am Morgen, nachdem sie das Gebäude betreten hatte, eine dunkle Vorahnung verspürt, dass irgendetwas anders war, dass etwas nicht stimmte. Jetzt bestätigte sich diese Ahnung. Wittlig baute sich vor ihr auf, seine Brauen hatte er tief nach unten gezogen, seine Augen blitzten.

»Guten Morgen, Xaver«, begrüßte Ulrike ihn.

Statt einer Antwort knallte er ihr die aktuelle Ausgabe der Mittelbayerischen Zeitung auf den Tisch. Ein Bild von Annabelle Dorsten mit ihrem Vater prangte auf der ersten Seite.

Ulrike blickte in das tiefrote Gesicht ihres Vorgesetzten. Erst vor fünf Minuten war sie ins Büro gekommen, hatte sich gerade erst eine Tasse Kaffee eingeschenkt. »Was ist das?«, fragte sie und zog die Zeitung näher zu sich heran.

»Erklär du mir, was das ist!«

Ulrike überflog die ersten Zeilen der Titelstory. Die Presse hatte Wind von der Geschichte mit Roland Dorsten und Marina Lengenfeld bekommen, stellte sie in direkten Zusammenhang mit Annabelle Dorstens Ermordung an der Universität. Nahezu alle Ermittlungsergebnisse der letzten Woche lagen ausgebreitet vor ihr.

»Wie ist das an die Presse gelangt?«, fragte Xaver Wittlig. Er beugte sich zu ihr, tippte mit dem Zeigefinger auf eine Stelle im Text und las das Geschriebene laut vor. »Die Ermittlung wurde eingestellt, die Zeugin diskreditiert. Die Tragweite dieser katastrophalen Vorgehensweise ist nur das Symptom eines maroden Systems –‹«

»Ich kann selbst lesen«, unterbrach Ulrike ihn unwirsch und überflog mit einem flauen Gefühl die nächsten Zeilen. »Ich habe nicht mit der Presse gesprochen«, sagte sie dann. »Ich weiß nicht, wie die davon Wind bekommen haben.«

»Das Ganze torpediert die Ermittlung. Ich veranlasse eine

Pressekonferenz, bring du diesen Mist in Ordnung.« Im nächsten Moment brauste er wieder davon.

»Was willst du überhaupt von mir, Xaver?«, rief sie ihm durch die geöffnete Tür hinterher, doch er war bereits außer Hörweite. »Verdammte Scheiße«, murmelte sie und ließ den Kopf auf die Handinnenflächen sinken.

»Was zur Hölle ist mit Wittlig los?«, fragte Franka, die mit einer Kaffeetasse in der Hand eben das Büro betreten hatte.

»Was ist mit *dir* los?«, warf sie hinterher, als sie Ulrike zusammengesunken hinter dem Schreibtisch sitzen sah.

»Das ist los«, gab Ulrike zurück und reichte ihr die Zeitung. »Irgendwie ist das Ganze mit Marina Lengenfeld, Roland Dorsten und seiner Tochter an die Presse gelangt. Frag mich nicht, wie.«

Franka überflog den Artikel und schüttelte währenddessen den Kopf. »Das ist doch einfach nur heftig«, murmelte sie. »Weißt du was? Das kommt von der Lengenfeld, ich wette, die hat mit der Presse gesprochen«, überlegte sie dann laut.

»Inwiefern sollte ihr das helfen? Sie ist Hauptverdächtige in einer Mordermittlung! Warum lenkt sie dann auch noch so die Aufmerksamkeit auf sich?«

»Angriff ist bekanntlich die beste Verteidigung. Sie weiß, wie beschissen es um sie steht, deswegen stellt sie sich als Opfer dar. Sie hat die Anzeige zurückgezogen, wegen des Drucks von oben, weil sie drangsaliert wurde, und jetzt geht die Polizei auf sie los, weil Dorstens Tochter tot ist. Als würden wir sie jetzt gern drankriegen wollen, wo sie schon dreisterweise versucht hat, Rufmord an einem mächtigen männlichen Strafverteidiger zu begehen. So wird es hier geschildert. Das ist ihre Sicht der Dinge.«

Ulrike runzelte die Stirn. »Verdammt, du hast recht.« Sie lehnte sich in ihrem Schreibtischstuhl zurück und starrte an die Decke. »Alles klar«, sagte sie, nachdem sie kurz nachgedacht hatte. »Wir sitzen trotzdem am längeren Hebel. Wir lassen sie vorladen, jetzt sofort.«

Franka nickte vage. »Und was ist mit Wittlig?«

»Wittlig kann mir gestohlen bleiben«, gab Ulrike entnervt zurück. »Mal sehen, wie sie reagiert. Sie hat die Nachrichten geschrieben und wahrscheinlich auch die Kritzelei auf dem Klo. Das können wir nachweisen. Zumindest Ersteres. Und bis wir sie drankriegen, möchte ich noch einmal mit Biancas Bruder reden. Wir dürfen jetzt keine Zeit mehr verlieren.«

Ein grauer Nebel hatte sich über Regensburg gelegt, als Ulrike und Franka sich der Innenstadt näherten. Ulrike klammerte sich an das Lenkrad und kehrte in Gedanken zu Emmas Worten zurück, die sie am gestrigen Abend an sie gerichtet hatte. Am Morgen hatte sie sie nicht mehr gesehen, die Tür war verschlossen geblieben. Sie hatte davorgestanden, wieder auf ein Geräusch gelauscht, hatte die Hand gehoben und an das weiße Holz gelegt, um anzuklopfen. Dann hatte sie sich abgewandt, nach ihrer Tasche gegriffen und beinah fluchtartig das Haus verlassen.

Es war ihr seltsamerweise nicht schwergefallen, all die Gedanken, die Emmas Vorwurf in ihr ausgelöst hatte, von sich zu schieben. Doch in dem Moment der Ruhe, der kurzen Reflexion kehrten sie zurück, überschlugen sich. Sie hatte sich zurückerinnert an das letzte Mal, als sie Emma gesehen hatte, im Sommer vor zwei Jahren. Sie hatten gemeinsam im Garten ihrer Schwester gesessen und die Konfirmation ihres Neffen Milo gefeiert. Gleichzeitig versuchte sie sich an den Tag zurückzuerinnern, an dem sie nach München gegangen war, aber die Erinnerung war verschwommen, unklar. Was hatte sie empfunden, wie hatte Emma ausgesehen? Sie konnte sich diese Gefühle, dieses Bild nicht mehr vor Augen führen.

Ulrike atmete tief durch und fixierte die rot leuchtende Ampel vor sich. Sie hatten gerade die Nibelungenbrücke überquert und hielten vor dem Donaueinkaufszentrum. Eine ältere Dame mit einem grünen Hut überquerte vor ihnen die Straße, ein junger Mann rannte auf den Linienbus zu, der wenige Meter vor ihnen an der Haltestelle stand.

Die Ampel schaltete auf Grün. Ulrike fuhr an, im Rückspiegel sah sie, wie der Mann verärgert die Arme über dem Kopf zusammenschlug. Dumpf nahm sie leise Musik im Radio wahr, ein Moderator berichtete von einer Verlosung für Karten zu einem Faschingsball. In zwei Wochen war es wieder so weit. Trotz all der Jahre, die vergangen waren, waren die Erinnerungen, die sie an den Karneval hatte, immer noch lebendig. Sie meinte den Geschmack der in Fett gebackenen Quarkkrapfen wahrzunehmen, erinnerte sich daran, wie körniger Zucker sich im Mund mit weißer Theaterschminke vermischte, an den Geruch von Tütenpopcorn, von farbigem Haarspray, an die scharfkantigen Deckel kleiner Fläschchen auf der Nasenspitze, daran, wie die klebrige Säure von Berentzen und Kleinem Feigling die Kehle hinunterfloss. Beinah lief ihr ein Schauer über den Rücken, als sie an die Funkemariechen dachte, die in den frischen Wintertemperaturen in absurd kurzen Röcken und den dicken, glänzenden Strumpfhosen durch die bunt geschmückten Straßen tanzten.

Ulrike blickte auf die Fahrbahn, hier war alles grau in grau, keine Feierwütigen in billigen Tieroveralls sprangen ihnen vors Auto, keine Schunkelmusik dröhnte ihnen aus Lautsprechern entgegen. Sie bogen nach links ab, folgten der Frankenstraße und überquerten den Regen.

Auf dem Dultplatz angekommen, stellte Ulrike ihren Wagen ab. Das orangefarbene Mehrparteienwohnhaus mit den dunkelbraunen Holzbalkonen, nur wenige Gehminuten vom Parkplatz entfernt, lag direkt zwischen zwei Donauarmen, die sich durch die Stadt schlängelten, von hier aus blickte man unmittelbar auf die Regensburger Altstadt am anderen Ufer. Das Postkartenmotiv war zwischen den Nebelschwaden an diesem Morgen jedoch fast nicht zu sehen.

Ulrike erinnerte sich an das, was man ihr damals über Regensburg gesagt hatte. Im Sommer ein Traum, im Herbst und Winter eine graunasse Suppe. Ein leichter, feiner Nieselregen benetzte jetzt ihr Gesicht. Auch Franka hatte ihren grünen Parka eng um den Körper gewickelt.

»Dennis Trost«, murmelte sie mit nach unten gezogenen

Augenbrauen, nachdem sie den Namen auf der Vielzahl der Schilder an der Tür gefunden hatte, und betätigte die Klingel. Nichts geschah.

Auf einem der Balkone im ersten Stock lehnte sich eine mittelalte Frau mit hochgesteckten Haaren und einer rot umränderten Brille an die Brüstung und rauchte eine Zigarette. Ulrike trat einen Schritt zurück und sah nach oben. »Entschuldigen Sie«, rief sie. Die Frau blickte sie an. »Wissen Sie, ob Dennis Trost im Haus ist?«

»Wenn er nicht hier ist, dann ist er in seiner Werkstatt«, gab sie zurück und wies mit ihren langen pinkfarbenen Gelnägeln auf das Gebäude gegenüber dem Wohnhaus.

Die staubigen Fenster des graubraun verputzten Gebäudes gaben kaum Einblick in das Innere. Schummriges Licht trat durch das hohe angelehnte Werkstatttor, schneidende Geräusche drangen nach draußen.

»Vielen Dank«, antwortete Ulrike und ging mit Franka auf die Werkstatt zu.

Sie öffneten die Tür, die in das Tor eingelassen war, und betraten den großen Raum. Es war fast dunkel, die vorsintflutliche Deckenlampe spendete nur etwas Licht. Überall standen Geräte und Maschinen herum. Eine riesige Bohrmaschine neben einer grünen Drehbank, daneben eine blaue Fräsmaschine. Der braune Steinboden war von Metallspänen übersät. An der Werkbank in der hinteren Ecke des Raums, die von einer strahlenden Lampe erhellt wurde, stand jemand. Der goldene Funkenflug war vom zuckenden Dröhnen eines Schweißgeräts begleitet, das in regelmäßigen Abständen die Stille durchschnitt.

»Herr Trost?«, begann Ulrike und näherte sich der Gestalt.

»Einen Moment bitte«, antwortete er. Wieder blitzte das Gerät, dann legte er es zur Seite, nahm seinen Schutzhelm ab und kam auf sie zu.

Er war groß und gut gebaut, trug eine schwarze Arbeitshose und ein dunkelblaues, ausgeleiertes T-Shirt, dessen bunter Aufdruck verwaschen und kaum noch erkennbar war. Seine mittellangen braunen Haare hatte er zurückgelegt, die braunen Augen blitzten freundlich.

Ulrike betrachtete ihn und hatte plötzlich ein seltsames Gefühl. Der gepflegte Dreitagebart, das breite Kinn, die gerade Statur, das alles kam ihr auf einmal so merkwürdig bekannt vor.

»Ulrike Kork von der Kripo Regensburg, meine Kollegin Franka Brandl«, erklärte sie.

Kaum hatte sie diese Worte ausgesprochen, versteifte sich Dennis Trost. Ulrike warf Franka einen Seitenblick zu, auch sie hatte den Kopf leicht in die Seite gelegt und die Stirn gerunzelt.

»Es geht um …« Ulrike unterbrach sich selbst, verwarf ihren ursprünglichen Plan, den Satz mit Biancas Namen zu vervollständigen. Sie war sich jetzt sicher. »Um Annabelle«, endete sie.

18

Alles schien sich gleichermaßen zu fügen und nebulöser zu werden. Sie hatten sowohl die Unbekannte von der Toilette als auch Annabelles geheimen Liebhaber innerhalb weniger Tage ausfindig gemacht. Auch wenn das Auffinden des Liebhabers einem Zufall geschuldet war, ergab es plötzlich Sinn. Biancas Reaktion auf das Video, ihre unbeholfene Art, auf Fragen zu antworten, Ulrikes Gefühl, dass etwas nicht stimmte. Ob Bianca selbst von dem Verhältnis gewusst oder ob sie ihren Bruder das erste Mal auf der Überwachungskamera erkannt hatte, blieb unklar.

Aber hier stand er nun. Ein attraktiver Mann Mitte dreißig, der es kaum fertigbrachte, Ulrike oder Franka in die Augen zu sehen. Genau wie Marina Lengenfeld lehnte auch er neben dem Fenster seiner Küche und sah geistesabwesend nach draußen. Währenddessen presste er die Lippen aufeinander, runzelte angestrengt die Stirn.

Die Küche wirkte wie aus dem Katalog. Die Edelstahlarmaturen blitzten, auf der marmorierten Arbeitsoberfläche war kein Staubkorn zu sehen. Grüne, hochgewachsene Kräuter schossen am Fenster empor. Der Wasserdampf hatte die glänzende Oberfläche der Siebträgermaschine beschlagen, es roch nach den feinen Kaffeearomen frisch gemahlener Bohnen.

Ulrike blickte von ihrem absurd kleinen Espresso, den Dennis Trost ihr unter Zuhilfenahme zahlreicher Maschinen zubereitet hatte, zurück auf den Mann, den sie seit Tagen suchten. Er sah ein bisschen so aus, als wäre er ein Fotomodell und würde in seiner Küche posieren, als gehörte er hier nicht hin, als stünde er in einem perfekten Bild, das nichts mit ihm zu tun hatte. Er räusperte sich.

»Sie sind Maschinenbauer?«, fragte Ulrike.

»Motoreninstandsetzung«, antwortete er.

»Und sie leben hier allein?«

»Ja, meine Freundin ist vor ein paar Jahren ausgezogen. Aber Bianca ist häufig bei mir.« Wieder räusperte er sich. »Ich weiß, ich hätte mich melden müssen, aber es war zu viel. Ich wusste nicht, wie oder was ich hätte sagen sollen. Ich habe ja selbst noch kaum begriffen, dass sie weg ist. Dass ihr das jemand angetan hat.« Er umklammerte die kleine Tasse in seiner Hand, rang für einen Moment um Fassung, trank sie dann in einem Zug aus und stellte sie in die Spüle. Ulrike musterte ihn und nippte an ihrem Espresso. Als das tiefschwarze, beinah dickflüssige Gebräu ihre Kehle hinunterfloss, bemühte sie sich, ihr Gesicht nicht zu verziehen. »Herr Trost, wir haben nach Ihnen gesucht.«

Er starrte auf seine Füße, einige Strähnen fielen ihm ins Gesicht. »Ich weiß nicht, wieso, aber irgendwie bin ich davon ausgegangen, dass man nicht mitbekommen würde, was zwischen uns war. Ich kann Ihnen ohnehin nichts sagen zu Annabelles Tod.«

»Sie waren in der Nacht vor ihrem Tod bei ihr, ich denke, Sie können sogar sehr viel sagen«, gab Ulrike zurück. »Wann ging das los mit Ihnen?«

»Im Sommer. Wir haben oben auf dem Dach eine Gemeinschaftsterrasse, Annabelle und Bianca wollten dort grillen. Bianca ging es nicht gut an dem Tag, und sie ist irgendwann ins Bett gegangen, und dann haben wir angefangen, uns zu unterhalten. Wir haben uns sofort gut verstanden.«

»Und warum haben Sie Ihre Beziehung geheim gehalten?«

Er seufzte. »Bianca hat nicht viele Freundinnen. Sie hängt sehr an mir. Sie ist ein bisschen … Sie ist etwas verloren, könnte man sagen.«

»Warum?«

»Unsere Eltern sind … Na ja, das gehört nicht hierher, aber sie sind nicht einfach. Meine Mutter hat Bianca sehr unter ihrer Kontrolle gehabt, nichts war gut genug für sie, und die Arme hat in ihren Augen alles falsch gemacht. Seit ein paar Jahren ist der Kontakt zu meinen Eltern sowohl bei mir als auch bei Bianca eingefroren. Deswegen habe ich ein bisschen die Verantwortung für sie übernommen, habe ein Auge auf sie. Aber sie leidet darunter, und Annabelle war alles für sie. Ich hätte ihr das nicht sagen können, das wäre wie Betrug gewesen. Das hätte ihr das Herz gebrochen.« Er schüttelte unaufhörlich den Kopf. »Das hätte ich nicht gekonnt, niemals.«

»Also haben Sie sich heimlich getroffen?«

»Ja, meistens hier. Sie ist mit dem Fahrrad hergekommen.« Er schien sich in einer Erinnerung verloren zu haben, in seinem Gesicht spiegelte sich eine Mischung aus Schmerz und Sehnsucht.

»In der Nacht vor ihrem Tod waren Sie aber im Hotel.«

»Bianca war bei mir. Annabelle und ich hatten das Ganze beendet, dann hat sie sich wie aus dem Nichts bei mir gemeldet, sie wollte mich sehen, hat mich vermisst. Ich habe Bianca gesagt, dass ich einen Freund besuche, und Annabelle und ich haben uns im Sorat Hotel getroffen, das ist nicht weit weg von hier.«

»Was war passiert? Warum haben Sie es beendet?«

»Es hatte ja keine Zukunft, die ganze Sache war völlig perspektivlos. Es war nicht gerecht, weder Bianca noch Annabelles Freund gegenüber. Es war dumm, überhaupt damit anzufangen.«

»Wie war sie, als Sie sich das letzte Mal gesehen haben? War sie über irgendetwas beunruhigt, traurig oder wütend?«

»Das ist … Ich weiß es nicht. Ja, sie war anders. Nicht so unbeschwert wie sonst. Aber wir haben nicht so viel geredet in der Nacht, wir haben uns gefreut, uns wiederzusehen.« Wieder blickte er aus dem Fenster. »Ich weiß, wie das für Sie aussieht, dass ich mich nicht bei Ihnen gemeldet habe, aber mir kommt das selbst vor wie ein Alptraum. Als wäre das nicht wirklich passiert.«

»Wo waren Sie in der darauffolgenden Nacht?«

Er sah auf, zog die Schultern nach oben, ließ sie dann wieder sinken. Plötzlich schien er sehr müde zu sein. »Ich war hier. Mit Bianca, sie war bei mir. Wir haben gemeinsam gegessen, dann etwas Fernsehen geschaut, gegen elf sind wir ins Bett.«

Ulrike nickte. »Würden Sie einer DNA-Probe zustimmen?«
Er überlegte für einen Moment. »Ja«, sagte er dann.

Wie aufs Wort zog Franka zwei Asservatentüten aus ihrer Tasche. Bereitwillig setzte sich Dennis Trost ihnen gegenüber und gab eine Haar- und eine Speichelprobe ab. Dann faltete er die Hände und beobachtete, wie Franka das kleine Haarbüschel und das benetzte Wattestäbchen in jeweils eine Tüte verschwinden ließ und beide in ihrer Tasche verstaute.

»Wurde sie ... vergewaltigt?« Er brachte es kaum zustande, die Worte auszusprechen, seine Augen flackerten.

»Wir können keine Informationen zu laufenden Ermittlungen abgeben«, antwortete Ulrike und wünschte sich gleichzeitig, ihm eine andere Antwort geben zu können. Dann zog sie sich ihre Jacke wieder über, stand auf und reichte ihm die Hand. »Danke für Ihre Zeit. Bitte halten Sie sich für weitere Befragungen bereit. Wir melden uns bei Ihnen.«

Franka stand ebenfalls auf und nickte ihm freundlich zu.

Als sie schon bei der Tür waren, drehte Ulrike sich noch einmal um. »Wie war Annabelle so?«, fragte sie.

Dennis Trost zuckte mit den Schultern. »Ich habe in der letzten Woche so viel darüber nachgedacht. Über genau diese Frage. Wie sie war. Wer sie war. Sie war verschlossen, sehr bemüht darum, etwas aufrechtzuerhalten und etwas darzustellen. Ich war vielleicht deswegen von ihr so ... na ja ... eingenommen, weil ich genau das herausfinden wollte. Sie war ein Buch mit sieben Siegeln.«

»Geben Sie acht auf Ihre Schwester«, sagte Ulrike nach einem Moment der Stille. »Reden Sie mit ihr, sie braucht Sie jetzt.«

Dennis Trost antwortete nicht, sondern legte bloß den Kopf in seine Hände.

»Hört das denn nie auf mit dem beschissenen Wetter?«, kommentierte Franka den stärker gewordenen Regen.

In schnellen Schritten marschierten beide zum Auto zurück, die Jackenkragen aufgeschlagen, die Köpfe zwischen die Schultern gezogen.

»Der leidige Februar«, antwortete Ulrike. Am Schotterparkplatz angekommen, ließ sie sich aufseufzend auf den Fahrersitz fallen.

Franka schlug die Beifahrertür hinter sich zu und fuhr sich durch die nassen Haare. »Ein schmucker Typ auf jeden Fall«, sagte sie.

»Allerdings«, stimmte Ulrike ihr zu. »Aber so, wie ich das sehe, ohne Motiv. Er hätte wohl kaum so bereitwillig seine Proben abgegeben, wenn er was zu befürchten hätte.«

»Ist es überhaupt aussagekräftig, wenn seine DNA mit der unter ihren Fingernägeln übereinstimmen würde? Was wissen wir, wie die es miteinander getrieben haben?«

Ulrike schüttelte den Kopf. »Sie wird sich dazwischen geduscht haben, wer weiß. Man hat ja sehr deutlich gesehen, wie viel Wert sie auf ihr Äußeres gelegt hat. Die Spuren waren schon in einer gewissen Menge vorhanden. Ich bin mir eigentlich sicher, dass sie vom Täter stammen.«

Franka legte den Kopf in die Seite. »Meinst du, Bianca hat von den beiden gewusst? Meinst du, sie hat es geahnt?«

»Ich bin mir fast sicher. Alles spricht dafür. Die Art, wie sie reagiert hat auf das Video, das war schon sehr verdächtig.«

»Aber bringt sie deswegen ihre beste und einzige Freundin um?«

»Leute sind schon für weniger gestorben«, antwortete Ulrike geistesabwesend.

»Aber wäre sie dazu überhaupt körperlich in der Lage gewesen? So klein und schmächtig, wie sie ist? Und dann auch noch hinzugehen und das Mädchen vermutlich mehrere Meter weit zu tragen? Das ist schon ein gewaltiger Kraftakt.«

»Kann schon sein, Wut befähigt zu vielem.« Ulrike erinnerte sich an das erste Mal, als sie Bianca gesehen hatten, wie sie an der Vordertür zusammengebrochen war, geweint und gezittert hatte. Sie runzelte angestrengt die Stirn. Jede von Biancas kleineren Unwahrheiten war wie ein Blitz über ihr Gesicht gezuckt. Hätte sie das spielen können?

Ulrike schaltete den Motor an. Als sie wieder auf der Brücke angekommen waren, blickte sie auf die Altstadt. Der Nebel war verflogen.

Kaum waren sie im Büro angekommen und hatten ihre feuchten Jacken über der Heizung ausgebreitet, da schlug Timo Stöckl die Tür auf.

»Mädels, Annabelle hatte eine Cloud. Ich habe sie endlich geknackt.« Er hatte seinen Laptop in der Hand und stellte ihn vor Ulrike. Dann scrollte er durch die zahlreichen Fotos, die Annabelle geschossen hatte und die in dem digitalen Speicher hinterlegt waren. »Das ist das letzte Foto, das sie aufgenommen hat. Am Tattag um zweiundzwanzig Uhr fünfzehn.«

Ulrike starrte auf das Bild. Das Handy schien auf dem Boden zu liegen, der oberste Abschnitt des Bildes war von ihrem Finger bedeckt, eine weiße Decke war zu sehen, eine Wand, der Ansatz einer Betonsäule. Beides wurde von einer strahlenden Rasterleuchte erhellt. Doch das, was sofort ihre Aufmerksamkeit weckte, war ein Teil der rechten Seite. Eine schwarze Silhouette, drohend, verschwommen. Ulrike lief ein Schauer über den Rücken.

Franka, die hinter ihr stand, wendete sich ab. »Ach du Scheiße.«

»Sie hat versucht, ihn zu fotografieren«, stellte Ulrike kraftlos fest. Sie hielt sich die Hand vor den Mund und blickte auf ihre Schreibtischunterlage. Es überwältigte sie, das Foto anzublicken. Es reihte sich wie ein letztes Fragment an all die anderen Aufnahmen, all die glücklichen Augenblicke aus Annabelles Leben, die Dinge, die sie gesehen und erlebt hatte. Auch diesen letzten intimen Moment hatte sie festgehalten, den Moment, in dem sie ihr Leben verloren hatte.

19

Ulrike hatte noch lange auf den Bildschirm gestarrt, hatte sich die zahlreichen Fotografien, die Annabelle geschossen hatte, immer und immer wieder wie eine Diashow vor sich abspielen lassen. Es waren Hunderte, wenn nicht Tausende. Sie gaben Einblick in ihr Leben, in ihre letzten Monate, gaben Einblick in ihr Innerstes und bestätigten doch nur das, was den Ermittlern ohnehin bereits bekannt gewesen war.

Wieder öffnete sie das letzte Foto in der Galerie. 3. Februar. Zweiundzwanzig Uhr fünfzehn. Obwohl sie geahnt haben musste, dass sie bald sterben würde, hatte Annabelle die Geistesgegenwart besessen und versucht, eine letzte Botschaft an ihre Nachwelt zu senden. Sie hatte versucht, ihren Mörder zu entlarven.

Es war ihr nicht gelungen. Dennoch hatte die Fotografie neue Erkenntnisse ans Tageslicht gebracht. Sie konnten den Todeszeitpunkt jetzt weiter eingrenzen, und der Verdacht, dass sie nicht an der Stelle getötet worden war, an der man sie gefunden hatte, erhärtete sich. Nachdem Annabelle die Universitätsbibliothek verlassen hatte, war ihr höchstens noch eine halbe Stunde geblieben, bevor der Täter sie in seiner Gewalt hatte. Was hatte sie in dieser Zeit gemacht? Wo war sie gewesen?

Der Hausmeister hatte zwischen zehn und elf die Türen abgesperrt, das hieß, der Täter musste Annabelle danach aus dem Raum getragen haben, erst dann war die Luft rein gewesen. Jetzt galt es, den Tatort zu finden, ohne zu wissen, nach was genau gesucht werden musste.

Es war später Nachmittag. Während die Stadt in der Dunkelheit verschwand, war der massive Betonbau in künstliches Licht getaucht. Im Inneren strahlten die grellen Leuchten, die braungrauen Pfeiler warfen düstere Schatten.

Ulrike blickte nach oben, während sie durch einen der

Gänge schritt, fixierte die schmalen Betonstreben unter den bläulich-gelben Leuchtröhren. Als sie die Augen zusammenkniff und weiterlief, sah es aus, als würde das Licht flackern. Dunkle Gänge führten zu grauen Treppen, Stimmen waren überall zu hören. Sie war an der Bibliothek angekommen, lief durch die Sicherheitsschleuse und stand nun mitten in dem riesigen zweigeschossigen Raum, der mit grauem Teppichboden ausgekleidet war. Überall weiße Tische, dahinter Studierende, die Köpfe auf den Händen abgestützt, über Bücher, Hefte und Bildschirme gebeugt. Ein langer Gang lag vor ihr, rechts davon zahllose Reihen an Büchern, nach unterschiedlichen Fachbereichen sortiert, links davon der Lesesaal. Husten, Rascheln, Tippen und Klicken erfüllte die Atmosphäre, eine eigentümliche Geräuschkulisse. Alle waren still, doch leise war es nicht. Eine Flasche wurde geöffnet, das Zischen überlagerte die vermeintliche Ruhe für einen Augenblick.

Ulrike ging weiter, betrachtete die Gesichter der Menschen an den Tischen, zwei Mädchen kicherten, jemand anders schaute einen Film, ein Dritter war eingeschlafen. Gerade herrschte Klausurenphase, auf seltsame Weise war das spürbar. Ein Vibrieren, ein Zittern schien in der Luft zu liegen, beinah roch es danach.

Ulrike hielt Ausschau und wusste nicht, wonach. Irgendwo hier war Annabelle gewesen. Irgendwo in diesem Raum hatte sie ihre letzten Stunden zugebracht. Ulrike ging zurück zur Schleuse, bedachte die Frau hinter der Scheibe an der Ausgabe mit einem kurzen Lächeln. Hier hatte Annabelle ihren Schlüssel abgegeben.

Sie ging weiter. Einige rote Türen zu ihrer Linken, vor ihr führte ein gläserner Durchgang zu einem Treppenhaus. Sie ging um die Kurve, die großen grauen Stufen hinunter ins Erdgeschoss. Die Cafeteria leuchtete verheißungsvoll. Auf zwei Etagen verteilten sich kleine runde weiße Tische, davor einige Hocker, die genauso in den Boden verschraubt waren. Die gläserne Balustrade gab den Blick nach unten frei, mächtige weiße Leuchten erhellten den offenen Raum.

Unten setzte sich Ulrike an eine der Sitzgruppen, beobachtete die wenigen Studierenden, die herumliefen, plappernd auf den Hockern saßen oder schweigend an ihren gekauften Sandwiches knabberten. Zwei junge Frauen hatten sich nicht weit entfernt von Ulrike niedergelassen.

Eine von ihnen hatte ihren ganzen Oberkörper auf dem kleinen Tisch abgelegt, den Kopf in der Handinnenfläche verborgen, sodass sich ihre Mundwinkel nach oben zogen. »Boah, ich bin übel am Ende, ohne Scheiß«, lamentierte sie.

Die andere, eine Pummelige mit dunklen Haaren, die sie zu einem zotteligen Dutt auf dem Kopf aufgetürmt hatte, nickte bestätigend und kaute geistesabwesend auf dem Strohhalm einer Capri-Sonne herum.

Einige Automaten brummten in der Ecke, der Verkaufsbereich war bereits geschlossen. Vielleicht war Annabelle noch hier gewesen, hatte etwas gegessen, hatte an einem der Tische gesessen.

Ulrike stand wieder auf, verließ den hellen Raum, ging durch einen dunklen Gang. Sie wusste, dass man von hier aus zur Albertus-Magnus-Straße kam, zu der Unterführung, den Tiefgaragen und zum Busbahnhof. Sie ging weiter, dann sah sie den Aufgang zum hallenartigen Treppenhaus zu ihrer Rechten. Sie war sich sicher, dass es hier in der Nähe passiert sein musste. Sie war ganz allein, hörte bloß weit entfernte Geräusche, durch dicke Wände und hohe Decken schaurig verzerrt. Wieder hatte sie dieses Gefühl, etwas zu übersehen, etwas nicht zu verstehen. Wieder hatte sie das Gefühl, beobachtet zu werden, sie schloss die Augen, alles wurde lauter, ihr war plötzlich kalt.

Ulrike hörte jemanden ihren Namen rufen. Sie fuhr herum.

Timo Stöckl stand am anderen Ende des Gangs und winkte, dann kam er mit langen Schritten auf sie zu. »Wir haben den Hausmeister erreicht. Er ist auf dem Weg.«

»Hier muss es gewesen sein, hier irgendwo. In einem der Räume«, sagte Ulrike nachdenklich, als er vor ihr stand.

»Wie kommst du drauf?«

»Die Bibliothek ist da oben. Sie wurde da vorne gefunden. Ich kann mir nicht vorstellen, dass der Tatort irgendwo anders war. Dafür hätte die Zeit gar nicht gereicht. Um Viertel vor zehn ist sie aus der Bibliothek gekommen, das Foto hat sie um Viertel nach zehn aufgenommen. Dazwischen liegt eine halbe Stunde. Selbst wenn sie nach der Aufnahme noch länger gelebt haben sollte, glaube ich kaum, dass der Täter sie noch woanders hingebracht hat.«

Ihre Worte hallten wie Gebete durch die Gänge, dann hörten sie Schritte. Franka kam aus der entgegengesetzten Richtung, der Hausmeister trottete hinter ihr.

»Ich habe ihm das Foto bereits gezeigt«, sagte Franka, als sie vor ihnen stand.

»Man kann ja nicht viel sehen«, fügte Dvalitsa schulterzuckend hinzu. Er sah müde aus, abwesend beinah, die graubraunen Haare klebten fettig an seinem Hinterkopf.

»Aber haben Sie eine Idee? Wir gehen davon aus, dass es hier war. Irgendwo hier in dieser Umgebung.«

»Die Räume hier in diesem Gang haben Backsteinwände. Vielleicht da vorne?« Der Hausmeister wies auf die Türen, die gegenüber dem Eingang zur Cafeteria lagen.

Ulrike nickte und gab ihm mit einer Handbewegung zu verstehen, dass er die Räume aufsperren sollte. Sie folgten ihm, sein Schlüsselring klapperte.

Der erste Raum, den sie betraten, war bereits offen. Sie schalteten das Licht ein, es roch muffig. Instinktiv riss Dvalitsa eines der Fenster auf, als sei das sein Heim, als wolle er einen guten Eindruck machen.

Ulrike blickte erneut auf das Foto, das sie auf ihr Handy geladen hatte. Sie neigte den Kopf, versuchte sich vorzustellen, aus welchem Winkel Annabelle das Foto geschossen hatte. Nur eine Stelle kam in Frage. Die Fenster waren nicht zu sehen gewesen, dafür ein Stück einer Säule. Sie schüttelte den Kopf, hielt Franka und Timo ihr Telefon hin, teilte ihre Überlegungen.

»Nicht hier, das kommt nicht hin«, sagte sie laut.

Dvalitsa nickte, schaltete das Licht wieder aus. Der zweite, danebenliegende Raum, der abgesperrt gewesen war, passte auch nicht mit dem Winkel überein. Dann öffnete Dvalitsa die dritte Tür. Ein junger Mann in grauem Jackett stand an einem Overheadprojektor.

Ulrike wandte sich an den Dozenten. »Kripo Regensburg. Ich muss Sie leider bitten, in einen anderen Raum umzuziehen.« Zu überrascht, um etwas zu erwidern, nickte er bloß ergeben. »Nebenan ist frei«, fügte Ulrike hinzu.

»Ja, natürlich«, sagte er endlich, schaltete den Projektor aus und griff nach seiner Tasche. Ein Flüstern und Murmeln ging durch die Menge, Bücher wurden zugeschlagen, Stifte eingepackt, Taschen geöffnet. Bebende Anspannung und Neugierde hatte von den Studierenden Besitz ergriffen, die sich mit weit aufgerissenen Augen in dem kargen Zimmer umsahen, in dem sie gerade noch unbeteiligt gesessen hatten.

Wenige Momente später hatten sie den Raum für sich. Ulrike sah sich um, in ihrem Magen rumorte es. Sie öffnete ein weiteres Mal die Fotografie auf ihrem Handy, stellte sich in eine der Ecken und entdeckte dann ein pinkes Herz, das mit Kreide an die Wand gemalt war. Sie vergrößerte den Bildausschnitt auf dem Foto und erkannte im äußersten Rand eine Hälfte derselben Zeichnung. Sie stellte sich ans Fenster, neigte den Kopf, betrachtete das Herz auf dem Foto, das Herz an der Wand. »Hier ist es passiert«, hörte sie sich selbst sagen.

Ein langer Tag neigte sich dem Ende zu. Der Raum war auf links gedreht worden, sie hatten nach kleinsten Spuren gesucht und doch gewusst, dass es aussichtslos war. Täglich gingen zahlreiche Menschen hier ein und aus. Annabelle war vor sieben Tagen getötet worden, was konnten sie noch finden? Man hatte einige Haarproben mitgenommen, zudem die wenigen klar erkennbaren Fingerabdrücke in der Nähe ebenjener Stelle, an der sie das Foto gemacht haben musste. Was davon verwertbar war, würde sich zeigen.

Ulrike dachte an die möglichen Verdächtigen, an all die

grundverschiedenen Charaktere, die sie im Laufe der Ermittlungen kennengelernt hatten. War es Bianca, die von dem Verhältnis ihrer Freundin mit dem Bruder erfahren hatte? War Annabelle zwischen die Fronten ihres Vaters und Marina Lengenfelds geraten? Hatte Elias die Tat verübt aus Rache für ihren Betrug? Oder steckte jemand ganz anderes dahinter?

Ulrike schleppte sich müde und ausgehungert die Stufen zu ihrer Wohnung hinauf. Es war schon nach acht Uhr, und der feine Knoblauchgeruch im Treppenhaus regte ihren Appetit an.

Wieder wusste sie nicht, was sie erwarten würde, wenn sie die Tür öffnete. Den ganzen Tag hatte sie nichts von Emma gehört, doch sie war zu Hause. Schon auf der Straße angekommen, hatte Ulrike nach oben zu den erleuchteten Fenstern geblickt.

Sie schloss die Tür auf und betrat die Wohnung. Kurz begutachtete sie sich in dem kleinen Spiegel in der Garderobe. Der lange Tag hatte seinen Tribut gefordert. Ihre Wimperntusche hatte kleine schwarze Flecken unter ihren Augen hinterlassen, ihre roten kurzen Haare standen ihr vom Kopf ab, ihr weißer Strickpullover hatte am Ärmel ein paar Kaffeespritzer abbekommen. Erfolglos versuchte sie ihre Haare mit den Händen am Kopf platt zu drücken, als Emma im Türrahmen der Küche erschien.

»Hi, Ulrike«, begrüßte sie ihre Mutter.

»Hallo, Liebes, wie war dein Tag?«

»Ganz gut. Ich habe eingekauft. Dachte, ich koch was für uns«, antwortete Emma, kratzte sich am Hinterkopf und tippte von einem Fuß auf den anderen.

»Was hast du denn?«

»Was ich gestern gesagt habe, das war irgendwie blöd, ich habe es nicht –«

»Das war dein gutes Recht, mir das zu sagen«, unterbrach Ulrike sie.

Sie lächelte Emma an und ging an ihr vorbei in die Küche. Ihr Kopf war voll, gleichzeitig hatte sie das Gefühl, dass sich in ihr ein Vakuum bildete. Sie dachte darüber nach, wie sie mit Emma reden, wie sie ihr begegnen sollte, öffnete den Kühlschrank, ohne zu wissen, warum, starrte auf den Inhalt und fixierte die grüne Verpackung eines Joghurts. Dann schlug sie die Tür wieder zu.

»Was gibt es denn Feines?«, fragte sie und begutachtete den Inhalt des brodelnden Topfes auf dem Herd.

»Ich habe uns ein Curry gemacht, Tikka Masala. Und selbst gemachtes Naan-Brot«, antwortete Emma und stellte sich wieder an den Herd, um die wohlduftende Masse umzurühren.

»Das ist toll, wirklich. Vielen Dank.«

Ulrike setzte sich an den Tisch und beobachtete ihre Tochter, die einen kleinen Teigklumpen geschickt in ihrer Hand auseinanderzog und dann in eine heiße Pfanne warf. Beinah augenblicklich warf der Teig Blasen, dehnte sich aus. Nach einer halben Minute wendete Emma den Fladen, nahm ihn nach einer weiteren Minute aus der Pfanne und legte ihn dann auf ein Handtuch.

»Was gibt es Neues von deinem Fall?«, fragte sie, während sie den nächsten Klumpen bearbeitete.

»Es gibt viel Neues und eigentlich auch gar nichts«, antwortete Ulrike und massierte ihren Nasenrücken. Erst jetzt merkte sie, wie sehr der Tag, die Unterhaltungen und Erkenntnisse sie mitgenommen hatten. »Es ist mir, glaub ich, selten so schwergefallen zu verstehen, mit wem wir es da eigentlich zu tun haben, wer das Opfer gewesen ist.«

»Kannst du mir ein bisschen von ihr erzählen?«

Ulrike dachte für einen Augenblick nach. »Sie hat Jura studiert, war sehr ehrgeizig. Eine vorbildliche Studentin aus der oberen Mittelschicht, würde ich sagen. Eine attraktive junge Frau, sehr gepflegt. Sie hatte einen Freund und außerdem ein Verhältnis mit dem Bruder ihrer besten Freundin. Dann ist da noch so eine Geschichte mit einer Praktikantin ihres Vaters, der wir auf den Grund gehen. Freunde hatte sie fast keine, außer der einen, mit der sie absolut nichts gemeinsam hatte. Jeder hatte eine Meinung zu ihr, aber irgendwie kommt es mir so vor, als hätte niemand wirklich eine Ahnung, wer sie war oder was sie wollte im Leben.«

Emma schaltete den Herd aus, stellte den Topf auf den Tisch, schenkte sich und Ulrike etwas Wein ein und reichte Ulrike einen der warmen Fladen.

»Tausend Dank«, sagte Ulrike und begann zu essen. Anerkennend streckte sie Emma einen Daumen entgegen. »Das schmeckt sehr lecker, wirklich.«

Emma lächelte sie unbeholfen an. Dann schwiegen beide für einen Moment.

Emma nippte an ihrem Wein. »Ich glaub, dass es wahrscheinlich gar nicht so viel Sinn macht, wenn du versuchst, sie zu verstehen. Sie war ja ungefähr in meinem Alter, oder?«

Ulrike nickte und versuchte, das schmerzhafte Stechen in ihrer Magengrube zu ignorieren.

»Dann wusste sie wahrscheinlich selbst nicht Bescheid. In dem Alter fängt man doch dauernd was an, probiert irgendwas aus, versucht herauszufinden, was einen wirklich glücklich macht oder was für ein Mensch man sein will. Und vielleicht wollte sie so eine kleine Miss Perfect sein und war von sich selbst enttäuscht, dass sie es nicht geschafft hat.«

Ulrike blickte ihre Tochter erstaunt an. Emmas Einschätzung deckte sich mit dem, was Ulrike selbst vermutete und was sie über Annabelle in Erfahrung gebracht hatten. Deswegen hatte Annabelle das Verhältnis zu Biancas Bruder geheim gehalten, deswegen hatte sie den Vater geschützt, obwohl sie vielleicht die Wahrheit geahnt hatte. Denn all das passte nicht in ihre perfekte Welt. Elias passte hinein, das Jurastudium, ihre Kleidung, ihr Aussehen. Sie war zerrissen in zwei Teile, zerrissen in das, was sie war, und in das, was sie sein wollte.

»Respekt, Emma.«

Emma lächelte. Wieder schwiegen sie. »Wird das eigentlich irgendwann leichter?«

»Was meinst du?«, fragte Ulrike.

»Dass alles so kompliziert ist. Wird das leichter, wenn man älter wird?«

Ulrike schüttelte entschieden den Kopf. »Nein, nicht im Geringsten, ganz im Gegenteil«, antwortete sie. »Aber man gewöhnt sich dran. Dadurch fühlt es sich zumindest leichter an.«

Emma nickte und stocherte in ihrem Curry rum. Ulrike beobachtete, wie sie ihre Lippen zu einer Grimasse verzog und merkte selbst, wie unbefriedigend diese Antwort war.

***

Heute habe ich mich daran erinnert, wie Lex und ich mit den Kindern im Bayerischen Wald waren, als sie noch klein waren. Das Ferienhaus an dem Berghang, das Feuer im Holzofen. Die kräftigen Bäume, die langen Steige, das fließende klare Wasser in den Bächen. Abends nach dem Essen saßen wir noch lang in dem kleinen Wohnzimmer, haben beobachtet, wie die Kinder in ihre Decken und Kissen gewickelt auf dem Sofa eingeschlafen sind, während wir ihnen Geschichten erzählt haben. Ich weiß noch, wie ich mich gefühlt habe damals, so geborgen, so glücklich, als könnte nichts in der Welt, absolut gar nichts uns auseinandertreiben. Als könnte nichts uns trennen. Wenn ich jetzt daran denke, dann ist es so, als sei er gar nicht wirklich da gewesen, als habe er nur neben mir gesessen die ganze Zeit, all die Jahre, stumm und still. Als hätte ich mir das bloß eingebildet. Diese seltsamen Fragen im Raum, diese schrecklichen Unklarheiten, diese furchtbare Ahnung. Was passiert mit uns? Was passiert mit meinen Erinnerungen? Als würde jemand den Boden unter mir aufreißen, als würde jemand mir alles nehmen, was ich kenne, was ich geglaubt habe zu kennen. Wenn nur eine Ahnung alles zerstören kann, wenn nur eine Ahnung mir den Boden unter den Füßen wegziehen kann? Wenn nur ein Gefühl dafür ausreicht? Wie sicher waren wir dann jemals? Lex ist ständig hier, aber ich sehe ihn kaum noch. Ich sehe ihn nicht wirklich. Nicht mehr.

10. Februar A.D.

20

Ulrike lag wach, sie starrte an die Decke und beobachtete, wie der weiße Putz über ihr sich langsam in der aufgehenden Morgensonne erhellte. Sie hatte kaum geschlafen, wirre Träume waren im Halbschlaf an ihr vorübergezogen, viele Male war sie aufgewacht, hatte sich in ihrem Schlafzimmer umgesehen, sich selbst für mehrere Minuten im Schrankspiegel auf der Seite liegend fixiert, als sei auch sie ein Einrichtungsgegenstand in dem dunklen Raum. Sobald sie sich am Abend ins Bett gelegt hatte, sobald sie versucht hatte, zur Ruhe zu kommen, hatten sich ihre Gedanken überschlagen. Auch jetzt noch, als der Morgen langsam über sie hereinbrach, waren sie präsent und unnachgiebig. Sie dachte an Emma, dachte an Annabelle, an Bianca und Marina, an all diese Frauen, ihre Geheimnisse und ihre Dämonen.

Ulrike streckte die Arme neben sich aus, versuchte ein letztes Mal, wenigstens einige Minuten die Augen zu schließen, dann kapitulierte sie und schlug die Bettdecke zurück.

Es war Donnerstag, der Leichenfund lag eine Woche zurück. So viele Geheimnisse waren ans Tageslicht gekommen, so viele Unklarheiten bereinigt, und doch schien alles noch ganz anders zu sein, als sie angenommen hatten.

Als sie unter der Dusche stand, sah sie wieder Annabelle vor sich, glaubte langsam zu verstehen, wer sie gewesen war, was sie gesucht hatte. Die Theorie, dass es sich bei Annabelle um eine gescheiterte Perfektionistin gehandelt hatte, die sich immer stärker in einen persönlichen Konflikt verstrickt hatte, leuchtete ein, und doch erklärte sie nicht, was eigentlich mit ihr passiert war, wieso sie sterben musste.

Der Artikel in der Zeitung würde für Aufregung sorgen. Roland Dorstens Affäre, seine rechtswidrigen Versprechungen waren publik geworden, das Verhalten der Kriminalpolizei, Xaver Wittligs persönliches Widerstreben, den Anschuldigungen nachzugehen, und die leichtfertige Einstellung der Ermittlung befeuerten eine ohnehin schon lodernde Debatte in der Gesellschaft darüber, wem öffentliche Kontrollinstanzen Glauben schenkten und wen sie verurteilten.

Hatte Marina Lengenfeld tatsächlich mit der Presse gesprochen? Dann hätte sie sich zwar einen Schutzschild beschafft, aber ihre Karriere in der Rechtswissenschaft war nun wohl ebenso vorüber wie die ihres Verführers.

Ulrike wickelte sich in ihren weißen Bademantel und wischte mit dem Ärmel über den beschlagenen Spiegel. In dem nassen Glas konnte sie die Umrisse ihres Gesichts nur schemenhaft erkennen, und doch waren die dicken Augenringe nicht zu übersehen, auch nicht die tiefen Falten auf ihrer Stirn, die sie die halbe Nacht zusammengezogen hatte. Sie nahm den Föhn aus dem Schrank und trocknete sich die Haare. Noch immer standen ihre Gedanken nicht still, drehten sich plötzlich um Bianca und deren Bruder, darum, wie Annabelle gleichermaßen Glück und Unglück in ihre Leben gebracht hatte, als sie wieder zu ihrem Liebhaber zurückgekehrt war.

Ulrike gelte ihre kurzen roten Haare und legte etwas Mascara auf. Sie zuckte die Schultern beim Anblick ihres Spiegelbilds und zog sich dann wieder ins Schlafzimmer zurück, um sich anzukleiden.

Die Tür zum Büro war geschlossen, Emma war eine Langschläferin, das war sie vermutlich immer schon gewesen. Dass Ulrike das nicht mit Sicherheit sagen konnte, versetzte ihr einen Stich. Alles hatte sich einfacher angefühlt am letzten Abend, unbefangener, und trotzdem hatte sie es plötzlich eilig, aus dem Haus zu kommen, bevor sich die Bürotür öffnete. So viele ungesagte Worte, Vorwürfe und Fragen standen immer noch zwischen ihnen, und auch wenn sie lachten, waberten diese unaufhörlich dick und schwer in der Luft, ganz gleich, was sie taten.

Es hatte tatsächlich aufgehört zu regnen. Zum ersten Mal seit Tagen strahlte die Sonne ungehindert, glitzerte in den großen Pfützen auf den Straßen und in den Tropfen, die sich an die kahlen schwarzen Äste der Bäume am Straßenrand klammerten. Nur ein leichter Nebel hing über der Stadt. Doch im Gegensatz zu den tiefen grauen Schwaden, die in den letzten Tagen durch die Straßen gezogen waren, schien er sich sekündlich in Luft aufzulösen. Als Ulrike an der Inspektion angekommen war, war er vollständig verschwunden. Es war ein ungewöhnlicher Anblick. Ihre Umwelt schien plötzlich fast unnatürlich kontrastiert, jetzt, da sich im Sonnenschein und vor dem blauen Himmel alles klar voneinander abhob und nicht wie in den letzten Tagen im grauen Licht zu verschwimmen schien. Sie streckte nur für einen Augenblick das Gesicht in die Sonne und ging dann auf das Gebäude zu.

Als Ulrike an Xaver Wittligs Büro vorbeilief, war ihr, als könne sie die Grabesstimmung im Inneren durch die dicken Wände spüren. Seine Tür stand offen, und sosehr sie sich bemühte, sich lautlos an ihr vorbeizuwinden, es gelang ihr nicht.

»Kork!«, rief Xaver Wittlig über den Flur.

Ulrike hielt einen Moment inne, dann drehte sie sich um und betrat das Büro. »Was gibt's?«, fragte sie.

»Morgen ist die Pressekonferenz. Ich will, dass du was sagst, als Ermittlungsleiterin.«

»Was soll ich sagen?«

Xaver Wittligs Augen verengten sich zu Schlitzen. Gerade setzte er zu einer Erwiderung an, da stoppte Ulrike ihn.

»Was ist überhaupt das Problem? Wir ermitteln nach bestem Wissen und Gewissen, nach dem, was wir an Hinweisen haben. Es gibt eindeutige Indizien dafür, dass die Sache zwischen Dorsten und Lengenfeld irgendwie mit reinspielt. Aber die verhauene Ermittlung wegen der Nötigung, das ist nicht meine Baustelle, und ich halte nicht meinen Kopf dafür hin, weil du deinen Kumpel schützen wolltest.«

»Was habt ihr denn?«

»Wie meinst du das?«

»Was ihr habt.«

Ulrike starrte ihn an, es war ihr plötzlich unverständlich,

dass ein Mann dieses Formats einen solchen Posten besetzte, sie schüttelte wie von selbst den Kopf. Noch nie vorher war ihr aufgefallen, wie klein Xaver Wittlig war. »Heute Mittag ist Frau Lengenfeld vorgeladen. Wir gehen der Sache auf den Grund. Lass mich meine Arbeit machen«, sagte sie bloß, weil ihr nichts Besseres einfiel.

»Dann liefere Ergebnisse, verdammt noch mal!«, brauste Wittlig auf.

Ulrike drehte sich wortlos um, ging in ihr Büro und schloss die Tür hinter sich. Sie öffnete das Fenster sperrangelweit und beobachtete, wie der Luftstrom die Papiere an der Pinnwand aufflattern ließ. Dann setzte sie sich an ihren Schreibtisch, schaltete ihren Computer an und checkte ihr Handy.

Franka hatte ihr eine Nachricht geschickt, dass sie später kommen würde, weil sie eine Wohnungsbesichtigung hatte. Ulrike schickte ihr eine kurze Antwort und setzte dann eine E-Mail an ihre Soko ab.

Jetzt brauchte sie Zeit, nur für einen Augenblick, um sich auf die Vernehmung von Marina Lengenfeld vorzubereiten. Sie versuchte, sich Harry am gegenüberliegenden Schreibtisch vorzustellen, vermisste seine unerschütterliche Ruhe und Geduld, seine Fähigkeit, die Dinge aus einer distanzierten Perspektive zu betrachten. Wenn sie aufbrausend geworden war, den Überblick verloren hatte, dann hatte er es jedes Mal geschafft, ihren Fokus zurück auf das Wesentliche zu lenken.

»Es geht hier nicht um dich«, hatte er einmal gesagt, als sie gemeinsam in einem Fall ermittelt hatten. Ein Mann war zu Tode gekommen, der sich stets durchs Leben gemogelt, der andere ausgenutzt hatte, um seinen Willen zu bekommen, dem seine eigene Selbstsucht zum Verhängnis geworden war. Wie so oft war Ulrike ihr Temperament in die Quere gekommen, sie hatte sich gewehrt, gegen die Mutter zu ermitteln, die ihr ganzes Leben nach dem Sohn ausgerichtet, für ihn gebürgt und sich damit in den finanziellen Ruin gestürzt und alles verloren hatte. Dass die Mutter den Jungen am Ende selbst seinem Schicksal zugeführt und damit ihr eigenes vollständig besiegelt hatte, hatte Ulrike persönlich aufgebracht, ihr Moralempfinden tief verletzt.

Ulrike war sich bewusst, dass sie Dinge zu nah an sich heranließ. In ihrem Privatleben hatte sie zu ihrem eigenen Schutz eine Mauer zwischen sich und ihrer Umwelt hochgezogen, doch in ihrem Beruf gelang ihr das nicht. Es war nicht vorherzusehen, welcher Fall auf ihrem Schreibtisch landen würde, in welche Gesichter sie blicken, mit welchen Schicksalen sie konfrontiert werden würde. Ihre Fähigkeit, sich in andere hineinzuversetzen, war ihre größte Stärke und gleichzeitig ihre gefährlichste Schwäche.

Harry war immer rational geblieben, sie waren ein gutes Team gewesen. Ulrike sah ihn noch immer vor sich, auf dem gegenüberliegenden Schreibtischstuhl sitzend, zurückgelehnt, die Hände hinter dem Kopf verschränkt, ein geheimnisvolles Lächeln auf dem Gesicht.

Dann verblasste die Erinnerung. Die Sonne, die an diesem Morgen alles in scharfkantigen Kontrast stellte, erhellte auch die schwarze Kopflehne des Stuhls, als wolle sie Ulrike ermahnen. Harry war irgendwo weit weg, und zurück blieb bloß seine tiefe Stimme in ihrem Kopf, die sie wieder und wieder daran erinnerte, dass es nicht um sie ging, dass sie sich aufs Wesentliche konzentrieren musste.

Ulrike blickte auf ihre Aufzeichnungen, die wirren Notizen, die sie sich in den letzten Tagen gemacht hatte und die plötzlich nur eine Ansammlung von Buchstaben und unzusammenhängenden Worten zu sein schienen. Sie riss das Blatt aus dem Block und begann von Neuem.

Irgendwann betrat Franka das Büro. »Marina Lengenfeld ist jetzt da«, sagte sie nach einer kurzen Begrüßung.

Ulrike klaubte ihre Papiere zusammen. »Na, dann los.«

Marina Lengenfeld hatte die Beine übereinandergeschlagen und wippte mit den Füßen. Sie trug eine weiße Bluse und einen schwarzen Blazer. Gerade strich sie ihren Kragen glatt, als Ulrike und Franka den Raum betraten.

Der bebrillte Verteidiger neben ihr erhob sich. »Kristian Karl, freut mich«, begrüßte der schlaksige Mann die beiden Polizistinnen.

Ulrike erwiderte den Händedruck und betrachtete dann Marina Lengenfeld, die regungslos neben ihrem Anwalt saß und sie herausfordernd anvisierte. Ulrike legte ihre Mappe auf den weißen Tisch, öffnete die geschlossenen Lamellen der Jalousie und kippte das Fenster.

Das Verhörzimmer war karg ausgestattet, nur ein Tisch und vier Stühle standen in der Mitte, drei riesige Rasterleuchten tauchten alles in kühles Licht.

Ulrike nahm Marina Lengenfeld und ihrem Anwalt gegenüber Platz, Franka setzte sich neben sie, und für einen Moment beobachtete Ulrike einfach nur die Frau vor ihr, die plötzlich ganz anders aussah als das letzte Mal. Sie hatte die Schultern gestrafft, hielt den Kopf aufrecht und erwiderte Ulrikes Blick stumm und bestimmt. Sie war vorbereitet, schien sich irgendwie überlegen zu fühlen. Doch selbst das grelle Licht konnte nicht über die Schatten unter ihren Augen hinwegtäuschen.

Ulrike legte das Aufnahmegerät in die Mitte des Tisches, schaltete es ein und räusperte sich. »Danke, dass Sie unserer Vorladung Folge geleistet haben, Frau Lengenfeld.«

Marina erwiderte nichts. Sie war Juristin, Ulrike rechnete fest damit, dass jedes Wort, das sie sprechen würde, wohlüberlegt sein würde.

Auch Ulrike hatte ihre Sinne, ihre Konzentration geschärft. Sie öffnete wortlos die Mappe und zog einige Papiere hervor, die sie nacheinander gut sichtbar vor Marina Lengenfeld und ihrem Verteidiger ausbreitete.

Die junge Frau riskierte kaum einen Blick, Kristian Karl studierte die Blätter genauer. »Was ist das?«

»Das sind E-Mails, die Frau Lengenfeld an das Mordopfer geschickt hat.« Sie tippte nacheinander auf die Ausdrucke. »Diese hier im September, diese vor ein paar Wochen.«

Kristian Karl sagte nichts.

»›Dorstenschlampe, ich krieg dich schon‹«, las sie vor.

Dann fischte sie eine vergrößerte Fotografie aus ihrer Mappe. »›Dorstenschlampe, ich kill dich!‹ Das stand auf einer Damentoilette in der Rechtswissenschaftlichen Fakultät. Nur einen Katzensprung vom Fundort der Leiche entfernt.«

»In Bezug auf die Ermittlung, die gegen Dr. Roland Dorsten eingeleitet wurde, gab es Unstimmigkeiten zwischen Frau Lengenfeld und Frau Dorsten. Das indiziert aber keine Tötungsabsicht. Zumal es keine anderen Beweise gibt, die meine Mandantin belasten«, sagte der Anwalt. Es wirkte einstudiert.

»›Dorstenschlampe, ich kill dich!‹?«, fragte Ulrike. »Das klingt für mich schon nach einer Tötungsabsicht.« Ulrike musterte Marina Lengenfeld, deren Gesicht rot angelaufen war.

Sie beugte sich vor. »Ich habe ein Alibi.« Sie warf ihrem Anwalt einen Seitenblick zu, der ebenfalls mit schnellen Griffen ein paar Papiere hervorzog.

»Was ist zwischen Ihnen vorgefallen?«, fragte Ulrike, anstatt Karl zu beachten.

»Du musst darauf nicht antworten, Marina«, raunte der Anwalt ihr zu. Anscheinend kannten die beiden sich gut.

Doch Marina Lengenfeld schien fest entschlossen. Als würde sie sich auf einen Kampf vorbereiten, beugte sie sich erneut vor und starrte Ulrike aus ihren großen, dunkel geschminkten Augen fest an. »Meine Mutter hat jeden Cent für mich beiseitegelegt, hat mir das Haus vermacht, als sie gestorben ist, hat so dafür gekämpft, dass ich mir diesen Traum verwirklich kann. Ich habe zwei Teilzeitjobs, ich habe einen kleinen Sohn und lerne seit einem Jahr für das Examen. In jeder freien Minute, und es reicht nicht. Wenn das nicht klappt, wenn das alles nicht reicht, dann waren sie umsonst, all diese Jahre, dann war alles umsonst. Verstehen Sie das?«

»Ich verstehe das sehr gut«, antwortete Ulrike wahrheitsgemäß.

»Das mit den Klausuren hat sich verdammt gut angehört, und ich dachte, wenn ich seine …«, sie verzog den Mund zu einer Grimasse, »wenn ich seine Spielchen mitmache, dass er mir hilft, dass ich weiterkomme. Dass ich eine Sicherheit habe.« Ihre Stimme brach. Sie schlug mit der flachen Hand auf den Tisch. »Er hat mich belogen, mich ausgenutzt, und ich bin darauf reingefallen.«

»Marina«, sagte Kristian Karl beschwichtigend.

»Ich habe das Alibi, Kristian. Die kriegen mich nicht. Ich will das hier sagen, weil mir keiner zuhört, niemand.« Sie hatte sich in Rage geredet, und doch strahlte sie einen unerschütterlichen Stolz aus, der Ulrike beeindruckte.

»Ich habe das zur Anzeige gebracht, obwohl ich wusste, dass ich das Examen nicht schreiben kann, dass ich meine Zulassung nie bekomme, aber ich wollte Gerechtigkeit um jeden Preis. Und dann hat er mich runtergemacht. Die ganze Zeit. Er hat mich erpresst, mir gedroht, er war bei mir zu Hause.«

»Er hat uns was anderes erzählt. Dass Sie ihm aufgelauert haben.«

»Das möchte ich wetten«, antwortete Marina Lengenfeld und lachte verächtlich auf. »Ich kannte Annabelle, sie hat manchmal in der Kanzlei ausgeholfen«, sprach sie mit ruhiger Stimme weiter. »Ich weiß, dass sie das mitbekommen hat, sie hat das alles genau gewusst. Ich wollte sie dazu bewegen, mir zu helfen.«

Sie legte den Kopf in den Nacken. Ihr waren die Tränen gekommen, sie wartete für einen Augenblick, atmete tief durch, dann setzte sie sich wieder aufrecht hin. »Ich war in der Bibliothek, da hat sie mich gesehen, hat mich als Flittchen beschimpft. Sie können sich nicht vorstellen, was sie mir alles an den Kopf geworfen hat. Ich war einfach wütend. Ich wollte ihr eins auswischen. Ich habe überhaupt nicht darüber nachgedacht. Ich habe ihr die zweite Mail geschickt und das an die Tür gekritzelt. Ich weiß, dass das kindisch war, aber ich war so wütend. Und ich wusste nicht, wohin mit dieser Wut, mit diesem Frust. Aber ich habe nichts mit ihrem Tod zu tun. Nicht das Geringste. Ich wollte sie einfach bloßstellen, unter Druck setzen.«

»Ich verstehe«, sagte Ulrike.

»Verstehen Sie das wirklich? Frauen wie Annabelle bekommen alles im Leben, einfach so. Sie müssen sich nichts erarbeiten, und ich kämpfe hier ums Überleben. Ich kämpfe jeden Tag.« Nun liefen ihr Tränen über die Wangen.

Franka schüttelte ungläubig den Kopf. »Frau Lengenfeld, diesen Kampf hat Annabelle geführt. Nicht Sie. Und Annabelle hat ihn verloren, Sie dürfen leben. Überlegen Sie gut, wie Sie hier argumentieren wollen.«

Ulrike warf Franka einen anerkennenden Seitenblick zu. Es war vollständig still geworden, Marina Lengenfeld starrte auf den Boden, die Lippen aufeinandergepresst.

Irgendwann durchbrach Kristian Karl die Ruhe. »Frau Lengenfeld war am Tatabend zu Hause mit ihrem Sohn. Nachdem sie Henry gegen neunzehn Uhr ins Bett gebracht hatte, hat sie gegen zweiundzwanzig Uhr etwas zu essen bestellt, die Lieferung kam um zweiundzwanzig Uhr dreiundvierzig an. Das ist die Quittung.« Er legte den kleinen, in Klarsichtfolie geschobenen Zettel vor Ulrike und Franka. »Der Lieferdienst hat außerdem bestätigt, dass Frau Lengenfeld die Lieferung persönlich entgegengenommen hat.«

Ulrike ließ sich die Erklärung zeigen. »Wir behalten uns vor, selbst mit dem Lieferdienst zu reden, die Aussage ein weiteres Mal zu verifizieren.«

»Natürlich. Tun Sie sich keinen Zwang an.« Kristian Karl lächelte höflich und überreichte ihr Kopien der beiden Dokumente.

»Frau Lengenfeld, Sie dürfen jetzt gehen. Bitte seien Sie darauf vorbereitet, dass wir ein weiteres Mal auf Sie zukommen«, sagte Ulrike zum Ende der Vernehmung und schaltete ihr Aufnahmegerät aus.

Marina Lengenfeld nickte, sie schien erschöpft. Die Geradlinigkeit und der Stolz, den Ulrike zu Beginn der Vernehmung noch deutlich wahrgenommen hatte, waren vollständig verflogen. Alles war von ihr abgefallen.

21

Starke Ernüchterung machte sich breit, als Ulrike im Besprechungszimmer Platz nahm. Auch Franka, die gerade mit einer frischen Tasse Kaffee den Raum betrat, blickte sie konsterniert an. »Das war ein Schuss in den Ofen, was?«

»Sieht fast so aus«, antwortete Ulrike. Sie würden Marina Lengenfelds Alibi noch bestätigen müssen, doch wenn sie tatsächlich zwischen zehn und elf eine Lieferung entgegengenommen hatte, hätte sie den Mord nicht begehen können. Das Foto auf Annabelles Handy war um Viertel nach zehn aufgenommen worden. Bereits zu diesem Zeitpunkt hatte der Täter sie in seiner Gewalt gehabt.

Ingo Breitmayr betrat nach Timo Stöckl als Letzter den Raum, schloss die Tür hinter sich und setzte sich auf den Stuhl gegenüber von ihr. Bereits auf dem Flur hatte sie ihm in kurzen Worten von dem Ausgang der Vernehmung berichtet.

»Scheiße, was?«, fasste auch er ihre Gedanken zusammen.

Ulrike ließ einen Kugelschreiber in ihrer Hand hin und her gleiten. Marina Lengenfeld hatte die Nachrichten verschickt, aber sie schien unschuldig zu sein, das Alibi wasserfest. Ein weiteres Mal rekapitulierte Ulrike in wenigen Worten die Begegnung mit Dennis Trost, erzählte von seiner Zurückhaltung, davon, wie er Annabelle beschrieben hatte. »Er war ihr verfallen, genau wie seine Schwester«, endete sie.

»Seine Proben sind schon bei der KTU, morgen wissen wir mehr«, fügte Franka hinzu.

»Elias Badenburg?«, fragte Ingo, obwohl er die Antwort bereits zu kennen schien.

»Hat ein Alibi«, sagte Ulrike. »Von seinem Mitbewohner.«

»Aber man muss sagen, dass der sich auch leicht im Tag vertun kann, so zugedröhnt, wie der war«, gab Franka vorsichtig schmunzelnd zu bedenken.

»Wir können ihn bitten, eine Probe abzugeben. Aber ...«
Ulrike sprach nicht weiter. Sie dachte an Bianca, sie dachte an
die einzige Spur, die ihnen nach all den Ermittlungen, all den
Nachforschungen und endlosen Gesprächen geblieben war.
Bianca hatte ein Motiv, sie hatte Gelegenheit, und der Bruder
könnte für sie gelogen haben. »Timo, Ingo, ihr nehmt euch
noch einmal Elias vor und checkt das Alibi von Marina Lengenfeld. Wir müssen ein weiteres Mal mit Bianca sprechen«,
sagte sie an Franka gewandt.

Ulrike starrte auf den Tisch, die rechte Hand steckte in der
Jackentasche, die linke ruhte neben dem Kugelschreiber, den
sie immer und immer wieder vor sich kreisen ließ. »Entweder
unter all diesen Hinweisen, all diesen Verdächtigen ist eine
brauchbare Spur, die uns weiterführt, oder ...« Der Stift hörte
auf, sich zu drehen. »Oder wir haben es mit einem Haufen
Leute zu tun, die sich einfach nur pausenlos gegenseitig un-
glücklich gemacht haben.« Ulrike legte den Zeigefinger an die
Schläfe. »Und wenn dem so ist, dann haben wir nichts in der
Hand, absolut gar nichts«, sagte sie leise, fast zu sich selbst.

Bianca war freiwillig in der Inspektion erschienen und saß
nun zwischen Franka und Ulrike in dem gemeinsamen Büro.
Der gesamte Tag hatte etwas Eigenwilliges, etwas Ungewöhnliches. Als würde der Sonnenschein die Diffusität der letzten
Woche auflösen und die Klarheit ans Licht bringen, dass sie
womöglich im Trüben fischten.

Bianca sah verändert aus im Licht der Sonnenstrahlen, sogar
ihre Haare leuchteten in einer anderen Farbe. Ihre Hände lagen
ruhig auf ihren Oberschenkeln, sie trug eine dunkle Jeans und
einen Strickpullover, die Haare lagen ordentlich an ihrem Kopf
an, ein paar rote Ohrringe baumelten in ihren Ohrläppchen.

»Als Sie mir das Video gezeigt haben, da wusste ich, wer
das war«, gab sie gleich zu Beginn des Gesprächs zu.

»Und warum haben Sie uns das nicht gesagt?«

»Weil das mein Bruder ist«, gab Bianca zurück.

»Wussten Sie von dem Verhältnis?«

»Ich glaub nicht, jedenfalls nicht …« Sie überlegte. »Manchmal gibt es ja so Momente, da findet man was heraus, und dann hat man das Gefühl, als hätte man das irgendwie schon geahnt, wissen Sie, was ich meine?« Sie blickte zwischen Ulrike und Franka hin und her. »Wie zum Beispiel, wenn Ihnen jemand sagt …«, fuhr sie fort, als keiner antwortete, »jemand sagt Ihnen, dass er ein Alkoholproblem hat, und Sie haben das nicht so richtig gemerkt, aber da gab es diese kleinen Anzeichen, vielleicht mal eine Fahne zu einer ungewöhnlichen Tageszeit oder eine Flasche an einem komischen Ort, und dann denken Sie, ja klar, der ist Alkoholiker, jetzt macht das alles Sinn.«

Franka runzelte die Stirn und warf Ulrike einen schnellen Seitenblick zu.

»Was gab es denn für kleine Anzeichen?«, fragte Ulrike und betrachtete die junge Frau vor sich, deren plötzliche Klarheit sie genauso erstaunte.

»Annabelle wollte am Anfang oft was bei meinem Bruder machen, wegen der Dachterrasse, hat sie gesagt, aber ich weiß noch, dass er einmal eine Hand auf ihre Schulter gelegt hat, als er vom Tisch aufgestanden ist, und da haben sie sich so angeguckt. Das war komisch, aber ich habe nicht länger drüber nachgedacht. Einmal standen auch ihre Schuhe vor unserer Haustür, da hat sie gesagt, sie hat die vergessen, und da habe ich mir auch nichts gedacht. Aber irgendwo ist es doch hängen geblieben.«

Bianca starrte eine Weile auf ihre Hände, die immer noch unbeweglich auf ihren Schenkeln lagen. »Und sie hat ihn immer in Schutz genommen«, sagte sie mit zitternder Stimme. »Und das hat mich total sauer gemacht.« Ihr kamen die Tränen. »Ich habe mich oft mit ihm gestritten, wegen meiner Eltern. Und weil er mir ständig vorschreiben wollte, wie ich zu sein habe, was ich machen soll und so weiter. Hat sich wie mein Vater aufgeführt.« Sie schniefte und schlug sich die Hände vor die Augen. Ulrike reichte ihr ein Taschentuch. »Tut mir leid«, sagte Bianca. »Das Thema ist echt scheiße für mich.«

»Kann ich verstehen«, antwortete Ulrike und fuhr mit dem

Schreibtischstuhl näher an sie heran. Auf einmal tat ihr Bianca unendlich leid, und der Anblick der weinenden Frau, die fast noch wie ein Mädchen wirkte, schnürte ihr ganz unerwartet die Kehle zu. Sie dachte an Emma.

»Dennis kümmert sich schon um mich, aber ich weiß auch, dass er denkt, dass was mit mir nicht stimmt und ich mein Leben nicht auf die Reihe kriege. Ich weiß, dass er mich seltsam findet. Annabelle hat sich ständig eingemischt. Sie hat manchmal Sachen gesagt, von denen ich nicht mehr wusste, dass ich es ihr erzählt habe. Dass ich mal die Lage aus seiner Perspektive betrachten muss. Das kam mir schon alles komisch vor, und deswegen haben wir uns auch richtig gestritten einmal, weil sie es nicht gut sein lassen konnte.«

Ein letztes Mal putzte sie sich die Nase und ließ das Taschentuch dann in ihrer Hosentasche verschwinden. »Wissen Sie, was das Schlimmste ist?«

Ulrike und Franka schüttelten simultan den Kopf.

»Ich bin mir kaum noch sicher, ob sie meinetwegen mit mir befreundet war. Wirklich wegen mir. Wir haben uns manchmal wegen totalem Mist gestritten, und dann hat sie sich einfach nicht mehr gemeldet, sie war dann einfach mehr oder weniger verschollen, dann hat sie Fotos bei Insta gepostet mit irgendwelchen anderen Mädels, als würde sie wissen, dass es mich traurig macht. Aber wenn wir uns vertragen haben, dann war es perfekt, wir haben so viel gelacht, über so viel geredet. Aber erst jetzt fällt mir auf, wie oft es dabei um Dennis und um meine Familie ging.«

Für eine lange Zeit war es still in dem kleinen Büro.

»Bianca, würden Sie einer DNA-Probe zustimmen?«, fragte Ulrike, und ein Teil von ihr verabscheute sich dafür, diese Frage stellen zu müssen. Tief in ihr drin wusste sie plötzlich, dass Bianca nicht die Täterin war. Ohne jeden spürbaren Zweifel.

Aber Bianca sah sie nur an, kein Zucken ging über ihr Gesicht, keine Regung, sie nickte bloß müde. »Ja«, sagte sie. »Kein Problem.«

Es war später Nachmittag, die Sonne war bereits untergegangen, und nur ein schmaler violetter Streifen hob sich noch vom dunkelblauen Himmel ab. Ulrike war mit Franka an die Uni gefahren, hatte sich auf eine der Bänke gesetzt, die in die Stufen eingelassen waren, genau an dem Ort, an dem Annabelle vor einer Woche gefunden worden war. Sie betrachtete gedankenverloren die Stelle, an der ihr Körper gelegen hatte, und rief sich jenen ersten Ermittlungstag ins Gedächtnis, den starken Regen, die herumstehenden, tuschelnden Studierenden, den schweigsamen, in sich zusammengesunkenen Hausmeister, Bianca, die an der Tür zusammengebrochen war.

Jetzt herrschte hier eine dichte Geräuschkulisse, überall wurde geredet, Menschen liefen umher, gingen vorbei, als sei nie etwas geschehen. Trotzdem war der riesige Raum noch immer von einer gedämpften Atmosphäre erfüllt, wie von einer stummen Erinnerung an Annabelle.

Aus dem Augenwinkel nahm Ulrike Franka wahr, die gerade mit zwei Pappbechern aus der Cafeteria zurückkehrte.

»Vorsicht, heiß«, sagte sie und reichte Ulrike einen der Becher, bevor sie sich neben sie fallen ließ. »Ich hatte auch mal so eine Freundin«, sagte sie dann in die Stille hinein. »Komisch, dass ich erst jetzt daran denke.«

Ulrike stützte den Kopf auf die Hände und sah sie an.

»Die hieß Emily, wir waren zusammen in der Grundschule«, berichtete Franka weiter. »Ich war total fasziniert von ihr, und wir haben uns immer richtig kaputtgelacht im Klassenzimmer, dauernd irgendwas angestellt. Aber irgendwie war sie manchmal auch richtig gemein. Und ich habe nie so richtig verstanden, wieso. Einmal hat sie mich auf dem Schulhof mit einem Pausenbrot beworfen, das war das Schlimmste. Alle haben gelacht, und ich habe mir einfach nur gewünscht, dass es wieder so werden kann wie früher.«

»Was ist aus ihr geworden?«

»Verheiratet, hat ein paar Kinder bekommen, ich glaub, der geht's gut. Aber wir haben keinen Kontakt mehr.«

»Besser so«, sagte Ulrike und blickte aus dem Fenster auf

das gegenüberliegende Gebäude. Sie konnte die Bibliothek von hier aus sehen, die Reihen an Bücherregalen, die Menschen, die an den Tischen am Fenster saßen, die Blicke in ihren Bildschirmen versunken. Eine Woche später, und noch immer hatten sie nichts Handfestes. Vor einer Stunde war das Ergebnis der Analyse gekommen. Dennis Trost konnte als Täter ausgeschlossen werden, weitere Ergebnisse würden folgen.

»Das ist doch Wahnsinn, dass jemand so viele Leichen im Keller hat«, bemerkte Franka.

»Ich glaub, jeder hat Leichen im Keller, wenn man nur gründlich genug sucht«, gab Ulrike zurück.

Franka wollte etwas erwidern, schwieg jedoch. »Stimmt«, sagte sie kurz darauf.

»Hast du über dich selbst nachgedacht?«, fragte Ulrike grinsend.

»Hm.«

»Und?«

»Sag ich lieber nicht, kannst du dann ja herausfinden, wenn mir mal was passiert. Und du?«

»Ohne Ende. Du hast keine Vorstellung.« Ulrike schmunzelte und starrte dann ins Leere. Wieder fühlte sie sich von einer seltsamen Spannung umschlossen. Geräusche, Schatten und Lichter, alles war hier in stummer Bewegung, und doch blieb etwas verborgen. Annabelle war von Geheimnissen, von Intrigen getrieben gewesen, das Herz tief darunter vergraben. Es ließen sich so viele Erklärungsansätze für den Grund ihres Todes finden, und doch schien er plötzlich willkürlich. War Annabelle ein zufälliges Opfer gewesen? Hatten ihre persönlichen Verstrickungen und Geheimnisse einem fremden Täter in die Karten gespielt, der sich hinter all diesen falschen Fährten in Sicherheit wähnte? Ulrike taxierte den halligen Raum. Laute Stille, dunkles Licht. Etwas stimmte nicht. Sie suchten eine Figur im Schatten, sie suchten einen Unbekannten.

»Was sagt dir dein Gefühl?«, fragte Franka nach einigen Momenten.

»Mein Gefühl sagt mir, dass wir auf dem Holzweg sind, wenn ich ehrlich sein soll.«

Franka erwiderte nichts. Der ausbleibende Kommentar ließ sich nur als Zustimmung deuten.

Als Ulrike an diesem Abend nach Hause zurückkehrte, war die Wohnung verlassen. Auf dem Küchentisch fand sie einen Zettel. »Bin ausgegangen, komme spät nach Hause«. Ulrike betrat das dunkle Bürozimmer. Das Bett war ungemacht, überall lagen Klamotten herum.

Die ungewohnte Stille überwältigte sie plötzlich. Sie griff nach ihrem Handy, wählte eine Nummer. »Hier ist Ulrike«, sagte sie, nachdem das Gespräch angenommen wurde. »Hast du Lust, was trinken zu gehen?«

Eine halbe Stunde später saß Ulrike in der Cafébar vor einem großen Gin Tonic. Das kleine Lokal war gut besucht an diesem Abend. Die Lichter reflektierten tanzend in den gefliesten Wänden, Gläser klirrten im Einklang mit der Musik, die schwach aus den Lautsprechern drang. Von ihrem Platz im hinteren Teil des Ladens konnte sie die umstehenden Personen gut beobachten. Sie lehnte sich an die kalte Wand und ließ sich von den Geräuschen treiben.

Nach einigen Momenten öffnete sich die Tür, und Ingo Breitmayr betrat das Lokal. Er sah aus wie jeden Tag, seit Ulrike ihn kannte. Schwarze Lederjacke, graue Haare, karierter Schal. Er nickte ihr kurz zu, bestellte bei der Bedienung ein Bier und ließ sich dann neben sie auf die Hochbank sinken. »Was verschafft mir die Ehre? Hast du doch Interesse?«

Ulrike verdrehte die Augen. »Meine Güte, Breitmayr, ich glaube, du überschätzt dich.«

Er grinste, erwiderte nichts und prostete ihr zu, als wenige Augenblicke später das Bier vor ihm stand.

»Mir ist die Decke auf den Kopf gefallen«, gab sie dann zu, ohne aufzusehen.

»Was ist denn los?«

»Hast du Kinder?«, fragte sie.

»Nein, jedenfalls keine, von denen ich weiß«, antwortete er augenzwinkernd. »Und du?«

»Eine Tochter, sie lebt gerade bei mir.«

Ulrike schwieg. Plötzlich wusste sie nicht mehr, was sie sagen sollte, als hätte sich eine innere Blockade aufgebaut. Sie hatte reden wollen, über alles, aber jetzt fehlten ihr die Worte.

»Ich kann keine Kinder zeugen«, sagte Ingo nach einem Moment der Stille. »Wir haben es ewig probiert, aber es hat nicht funktioniert. Sie ist irgendwann gegangen, hat gesagt, das sei nicht der Grund, aber ich weiß, dass das nicht stimmt.«

»Wann war das?«

»Das ist schon fünfzehn Jahre her. Sie ist jetzt Mutter und glücklich, und ich glaub, das soll so sein.«

»Vermisst du sie manchmal?«

»Ich vermisse sie dauernd. Oder eher das, was wir hatten, uns.«

Ulrike griff nach ihrem Gin Tonic und nahm einen großen Schluck. Sie atmete tief durch. »Das Gespräch heute mit Bianca, das hat mich irgendwie fertiggemacht. Hat mich an meine Tochter erinnert. Daran, dass man immer in den Scheiß seiner Eltern hineingezogen wird, egal was man tut. Eigentlich ist das doch ein schlimmes Schicksal.«

»Das jeden von uns trifft«, beendete Breitmayr ihren Gedanken und betrachtete sie aus dem Augenwinkel. »Zumindest ist Bianca in diesem Alter, in dem man langsam rauswächst und merkt, dass die Eltern auch nur ahnungslose Idioten sind«, schloss er, und Ulrike musste lachen.

»Was ist mit deiner Tochter?«, fragte er irgendwann vorsichtig.

Ulrike erzählte ihm von Emma, ihrer Beziehung, davon, was zu Hause geschehen war, was Emma gesagt hatte, wie schwer es war, sie zu greifen, zu verstehen, was sie suchte, und wie sie die Kontaktaufnahme einordnen sollte. »An einem Tag will sie nichts von mir wissen, im nächsten Moment verstehen wir uns gut, und trotzdem weiß ich eigentlich nicht, was ich sagen soll …«

»Weil es nichts gibt, was du sagen könntest, was es wiedergutmachen würde?«

»Ganz genau«, antwortete Ulrike und blickte ihn an. »Genau so ist es.«

»Weißt du was, Ulrike? Im Grunde ist es scheißegal, was du sagst. Weil das alles nichts bringt, reden kann jeder. Was du machst, das zählt.« Ingo trank von seinem Bier.

Sie schüttelte den Kopf. »Mensch, Ingo, du bist ja ein echter Küchenpsychologe.«

Er lachte und sah sie an. »*Never judge a book by its cover.*«

»Und Englisch kann er auch noch, na, da schau her«, fügte sie lachend hinzu.

»Überleg's dir halt, Ulli. Du merkst ja, was dir hier entgeht«, gab er zurück, exte sein Bier und bestellte per Handzeichen bei der Bedienung ein zweites.

Als Ulrike einige Stunden später nach draußen trat, traf sie die kühle Nachtluft wie eine Faust ins Gesicht. Auf einen Schlag merkte sie, dass sie zu viel getrunken hatte. Sie drehte sich zu Ingo. Plötzlich hatte die Situation etwas Beklommenes, einen fahlen Beigeschmack. Er blickte sie an, zog sie kurz zu sich, um sie zu umarmen. Sie hielt die Luft an.

»Das war ein schöner Abend. Gut, dass du angerufen hast. Das können wir ja mal wiederholen, wenn du möchtest.«

Ulrike lächelte. »Klar, jederzeit«, sagte sie und verabschiedete sich hastig. Plötzlich hatte sie es eilig und wusste nicht ganz, warum. Sie sah auf ihre Armbanduhr, es war zwei Uhr nachts, und die Straßen waren noch immer voll.

Sie ging die Gesandtenstraße entlang und kam bald zum Bismarckplatz, der trotz der kühlen Nachtluft gut besucht war. Kleine Gruppen tummelten sich auf den Stufen vor dem Brunnen und auf dem Asphalt, lachten und schwatzten. Irgendwo ging eine Flasche zu Bruch.

Eine junge Frau saß auf den Treppenstufen, hatte ihren Kopf

in den Händen verborgen und schluchzte bitterlich. Eine ganze Schar anderer hatte sich um sie versammelt, Hände tätschelten ihren Rücken, strichen über ihren Kopf.

»Oh Mann, Bebi, es tut mir so leid, was ein Arsch«, lallte eine der jungen Frauen.

Ulrike sah sich selbst irgendwo hier zwischen all diesen Leuten sitzen, fühlte sich abermals, wie so oft im Laufe der Ermittlung, daran erinnert, wie es gewesen war, wie es sich angefühlt hatte, jung zu sein, zu merken, dass man plötzlich auf sich allein gestellt war. Sie hatte auf diese Überforderung mit Alkohol reagiert, hatte fast jedes Wochenende getrunken, war auf Festivals gegangen, hatte sich die Nächte um die Ohren geschlagen, hatte sich, sobald die Sonne untergegangen war, lebendig gefühlt, als könnte nichts sie berühren, als könnte nichts ihr etwas anhaben, als wäre sie unbesiegbar. Doch sobald sie am Morgen wieder aufgewacht war, war die Angst zurückgekehrt, die immerwährende Sorge darüber, jeden Moment einen großen Fehler zu begehen, alles falsch zu machen.

Sie legte den Kopf in den Nacken und blickte in den Himmel. Irgendwo glitzerte ein Stern. Ob es mit zunehmendem Alter leichter werde, hatte Emma sie gefragt. Sie dachte an den Fall, an die Möglichkeit, etwas falsch gemacht zu haben, dachte an Ingo, und für einen kurzen Augenblick hatte sie plötzlich das Gefühl, wieder zwanzig zu sein: betrunken und völlig ahnungslos.

22

Es ist etwas Schlimmes passiert.

Ich sitze jetzt auf dem Bett, habe abgeschlossen. Ich habe gehört, dass Lex die Tür hinter sich zugeschlagen hat, erst jetzt kann ich wieder atmen. Schon den ganzen Tag fühlt sich alles so komisch an heute, als würde ich träumen oder mich selbst beobachten, als könnte ich rein gar nichts entscheiden, sondern nur reagieren. Ich schaue nur zu. Aber ich bewege mich nicht. So kommt es mir vor. Ist das seltsam? Ach, ich weiß es nicht. Es fällt mir schwer, nur einen einzigen klaren Gedanken zu fassen.

Die Zeitung lag heute früh auf dem Tisch. Ich habe sie nicht dorthin gelegt, Lex muss sie gelesen haben. Auf dem Titel war das Gesicht des toten Mädchens abgedruckt. Sie sieht aus wie Rita. Sie sieht genauso aus wie sie. Das lässt mich nicht los, und wie könnte es? Sogar das Datum habe ich nachgelesen, sogar das. Weil ich dachte, dass ich wahnsinnig werde. Aber da steht nicht »1994«. Ich habe den ganzen Morgen auf das Foto gestarrt, und selbst als ich die Zeitung umgedreht habe, weil ich es nicht mehr ausgehalten habe, war mir das Foto wie ein Negativabdruck auf meine Iris gebrannt und erschien immer vor mir, wenn ich die Augen geschlossen habe.

Dann kam Lex in die Küche, und ich habe ihn einfach darauf angesprochen. Ich habe ihn gefragt, ob er von dem Mädchen etwas mitbekommen hat, schließlich hat er an dem Tag gearbeitet. Aber er hat nichts geantwortet. Einfach geschwiegen. Da ist es aus mir rausgebrochen, wegen allem. Ich habe gesagt, Lex, jetzt rede doch verdammt noch mal mit mir. Bin aufgestanden und hab mich vor ihn gestellt.

Und da ist er so wütend geworden. Oh Gott, ich glaub, ich habe ihn noch nie so gesehen. Er hat nichts gemacht, ist auch aufgestanden und hat sich direkt vor mir aufgebaut, die Augen waren so klein, ich habe sie kaum gesehen. Er hat die Hände

zu Fäusten geballt und mich einfach nur angestarrt. Ich habe
so Angst bekommen. Ich bin sofort weg und hoch ins Schlafzimmer, habe abgeschlossen und gewartet, bis er weg ist.
Was passiert hier? Alles ist durcheinandergeraten, und ich
verstehe überhaupt nicht, warum. Ich sehe immer noch das
Mädchen vor mir. Ich sehe Rita vor mir. Und ich habe diese
schreckliche Ahnung, diese schreckliche Frage, die mir im
Kopf hämmert, die ich mich kaum traue aufzuschreiben, kaum
traue zu denken. Aber sie frisst mich auf, sie zerstört mich
von innen, zerstört alles, was ich habe, alles, was ich meinte
zu wissen. Wieso habe ich Lex erst jetzt nach dem Mädchen
gefragt? Wieso habe ich ihn nicht längst gefragt? Aus demselben Grund, warum wir nicht von Rita sprechen? Habe ich
es vergessen, oder … Oh Gott, ich kann es nicht sagen, ich
kann es nicht schreiben, nicht denken. Bela hat ihn nach Rita
gefragt. Bela hat ihn gefragt. Bela hat ihn gefragt, ob er das
war. Und dann ist alles zerbrochen.
11. Februar A.D.

✳✳✳

Ulrike war sich am nächsten Morgen nicht sicher, ob sie geschlafen oder nur pausenlos auf die Haustür gestarrt hatte. Als
sie gestern Nacht nach Hause zurückgekehrt war, war Emma
nicht da gewesen, alles war noch genauso gewesen, wie sie es
zurückgelassen hatte.

Ulrike, die von dem kühlen Nachtspaziergang halbwegs
ausgenüchtert gewesen war, hatte das Zimmer wie einen Tatort betrachtet und sich dabei erwischt, die Art, wie die Reisetasche dalag, zu bewerten, wie ihre Kleider herumlagen, wo
ihre Hausschuhe standen. Davon war ihr übel geworden. Dann
hatte sie sich an das geöffnete Küchenfenster gestellt und auf
die Straße gestarrt, hatte von einhundert runter auf null ge-
zählt, in dem irren Glauben, Emma würde in dem Moment,
in dem sie bei der letzten Ziffer angelangt war, plötzlich auf-
tauchen.

Sie war mit einer Wolldecke ins Wohnzimmer umgezogen, von wo aus sie die Wohnungstür besser im Blick hatte. Doch nichts geschah, jedes Geräusch, jedes vermeintliche Krachen der Haustür oder Knarzen der Treppenstufen bildete sie sich entweder ein oder kam aus einer anderen Wohnung. Auch am Morgen war Emma nicht nach Hause zurückgekehrt. Ulrike hatte Kopfschmerzen, ihre Glieder schmerzten von der Nacht auf der Couch, und ihr Magen war flau. Sie wusste, sie hätte nicht so viel trinken sollen, gleichzeitig hatte es gutgetan, einfach loszulassen, zumindest für einen Moment.

Inzwischen hatte sie sich angezogen, starrte mit einer Kaffeetasse in der Hand noch immer auf die Tür, die sich nicht öffnen wollte. Sie konnte nicht mehr warten, es war bereits neun Uhr. Xaver Wittlig hatte die Pressekonferenz auf zehn Uhr gesetzt.

Ulrike blickte auf ihr Handy, wählte dann wie von selbst die Nummer ihrer Tochter. Das Handy klingelte, niemand nahm ab. Irgendwann ertönte die automatisierte Mailboxansage. »Hi, Liebes, hier ist Ulrik… deine Mutter. Ich wollte wissen, wo du steckst, ob alles in Ordnung ist. Du kannst dich ja mal melden. Ich bin jetzt in der Arbeit, aber ruf einfach an, dann ruf ich dich zurück, oder du schreibst bei WhatsApp. Tschüss.«

Nachdem sie aufgelegt hatte, schüttelte sie über sich selbst den Kopf, ließ das Handy in ihrer Ledertasche verschwinden und begutachtete sich im Spiegel. In der dunklen Jeans, den schwarzen Halbstiefeln, der grünen Bluse und dem schwarzen Blazer sah sie aus wie eine Landtagsabgeordnete. Sie legte den Kopf schief, griff dann nach ihrer Tasche, öffnete die Tür und ließ sie hinter sich ins Schloss fallen. Als sie im Auto saß, blickte sie in den Rückspiegel, beobachtete den Hauseingang so lange, bis sie um die Kurve verschwunden war. Dann schaltete sie das Radio an und lenkte ihre Gedanken auf die anstehende Konferenz.

Das Interesse der Presse am Fall war schon vor dem Erscheinen des Artikels in der Mittelbayerischen Zeitung gewachsen und schien nun immer weiter zu steigen. Dabei war es nicht einmal die Konferenz selbst, nicht das Aufgebot der Journalisten, nicht ihre unermüdlichen Fragen, die Ulrike Unwohlsein bereiteten. Es war die Tatsache, dass sie keine Antworten zu haben schienen, dass sie gemeint hatten, der Lösung so nah zu sein, und nun weiter davon entfernt waren als je zuvor.

Der Raum war hell, grelle, heiße Lampen blendeten sie. Um die fünfzehn Journalisten hatten sich ausgebreitet, hatten ihre Mikrofone vor sich montiert und starrten sie alle erwartungsvoll an. Neben Ulrike saßen der Polizeipräsident, Xaver Wittlig und der Pressesprecher der Polizei an den langen grauen Tischen. Die Ruhe vor dem Beginn, diese wenigen Sekunden waren nervenzerreißend.

Sie presste die Hände ineinander.

Der Pressesprecher, Artur Höchst, eröffnete schließlich die Konferenz mit einem lauten Räuspern. Nachdem er die Anwesenden vorgestellt hatte, umriss er den derzeitigen Ermittlungsstand.

Ulrike musterte die Journalisten. Die meisten von ihnen kannte sie bereits aus vorangegangenen Konferenzen, von Telefonaten oder Einzelinterviews. Doch auch einige Unbekannte waren mit von der Partie. Einer von ihnen erhob die Hand.

»Eine Frage an die Ermittlungsleitung, Frau Kork.«

Ulrike blickte den jungen Mann in der dritten Reihe an. Seine absurd große Brille war bis vor auf seine Nasenspitze gerutscht, was ihn nicht zu irritieren schien.

»Kurz von Sat.1 Bayern. Gibt es einen Zusammenhang zwischen der eingestellten Ermittlung gegen Dr. Roland Dorsten und dem Mord an seiner Tochter?«

Ulrike warf Xaver Wittlig, der sich unbeteiligt auf seinem Stuhl zurückgelehnt hatte, einen Seitenblick zu. »Dazu können wir keine Aussagen machen«, antwortete sie mit fester Stimme. Wittlig schwieg und erwiderte ihren Blick nur für einen Moment.

Ulrike räusperte sich. »Ich kann Ihnen nur so viel sagen:

Wir ermitteln derzeit in alle Richtungen und haben natürlich auch einen Zusammenhang in dieser Sache untersucht.«

»Und zu welchem Ergebnis sind Sie gekommen?«

»Wie ich bereits sagte, Herr Kurz, wir können in dieser Sache noch keine Aussage machen.«

»Warum wurde das Verfahren eingestellt?«

»Weil ...« Sie stockte. »Es gab keine stichhaltigen Beweise, es stand Aussage gegen Aussage. Frau Lengenfeld hat schließlich selbst die Anzeige zurückgezogen.«

»Auf Druck von Dorsten?«

»Das ist nicht Gegenstand dieser Konferenz«, kam ihr Artur Höchst zu Hilfe.

»Brenner vom Bayerischen Rundfunk«, meldete sich ein zweiter Journalist. Er hatte eine Glatze und dunkelbraune Augen, die wie Murmeln aussahen. Sein graues kurzärmeliges Hemd steckte in einer ausgewaschenen Jeans. Ein Knopf vor dem Bauch war aufgegangen. »Gab es schon eine Festnahme?«

»Nein«, antwortete Ulrike. »Wir haben unterschiedliche Hinweise erhalten und ermitteln wie bereits erwähnt in alle Richtungen, aber wir haben leider noch keine stichhaltigen Beweise, die eine Festnahme rechtfertigen könnten.« Sie atmete tief durch. »Ich möchte auch bei dieser Gelegenheit noch einmal darauf hinweisen, dass wir auf Hilfe aus der Bevölkerung angewiesen sind. Sollte jemand sachdienliche Hinweise liefern können, die Aufschluss darüber geben, wo sich Annabelle unmittelbar vor der Tatzeit aufgehalten hat, kann das für uns von enormer Wichtigkeit sein. Jede noch so kleine, vielleicht scheinbar insignifikante Information könnte für uns eine große Bedeutung haben.«

Sie teilte einige unverfängliche Informationen zu Annabelle, dazu, wie sie ihren letzten Tag verbracht hatte. Dann faltete sie die Hände vor sich auf dem Tisch. Fragende Gesichter starrten ihr noch immer entgegen, einige Arme schossen erneut in die Höhe. Auch der junge Mann von Sat.1 Bayern meldete sich wieder zu Wort, doch alle Fragen, die nun auf sie hereinprasselten, konnte sie nicht beantworten. Sie sehnte das Ende der Konferenz herbei, wollte, dass das entsetzlich helle Licht endlich ausgeschaltet wurde.

Doch als es schließlich so weit war, war sie beinah enttäuscht. Die Türen wurden geöffnet, Fenster aufgerissen. Es roch nach kaltem Schweiß, die Luft war schwer, muffig. Noch bevor Xaver Wittlig sie ansprechen konnte, griff sie nach ihrer Tasche und verließ den Raum. Draußen lehnte sie sich an die kühle Fassade des Gebäudes. Ein seltsames Gefühl kroch in ihr hoch, als stünde sie auf einem Drahtseil irgendwo hoch oben über dem Boden und als fiele ihr erst jetzt auf, wo sie war und dass die Möglichkeit bestand, sich nicht halten zu können. Sie schloss die Augen.

»Alles klar?«, fragte eine bekannte Stimme neben ihr. Sie blickte nur kurz auf, bevor sie die Lider wieder zudrückte. Ingo Breitmayr hatte sich neben sie gestellt.

»Sind die Ergebnisse aus dem Labor da?«

Er antwortete nicht sofort, und das war Antwort genug. »Beide passen nicht, weder Elias noch Bianca.«

»Das heißt tatsächlich, dass wir von vorne anfangen müssen.«

»Es scheint fast so.«

Er stand jetzt direkt neben ihr, ebenso an die Wand gelehnt, Ulrike konnte sein herbes Aftershave riechen. Ihr wurde übel.

»Wie war die Konferenz?«

»Beschissen«, gab sie zurück. »Sie hätte zu keinem schlechteren Zeitpunkt stattfinden können. Mit allem, was sich zerschlagen hat – wie stehen wir jetzt da? Ich will nicht wissen, was die über uns schreiben.«

»Es ist ja nicht deine Schuld. Du hast alles –«

»Gott im Himmel, verschon mich, Ingo«, unterbrach sie ihn. »Natürlich ist es das. Ich trage die Verantwortung. Das weißt du genauso gut wie ich. Also sülz mich nicht voll. Tu mir den Gefallen.« Sofort ärgerte sie sich so sehr über ihre Worte, dass sie sich spürbar auf die Zunge biss. Sie kniff die Augenbrauen zusammen. »Tut mir leid.«

»Mir auch«, antwortete er.

Noch immer waren ihre Augen geschlossen, aber sie hörte seine Schritte, merkte, wie sein Aftershave verflog. Er war gegangen. Fast überhörte Ulrike das Klingeln, das sich hart und drängend in ihr verschwommenes Bewusstsein vorarbeitete. Sie zog ihr Handy aus der Tasche und nahm das Gespräch an.

»Kork?«

»Frau Kork, hier ist der Kollege Schaffhausen von der Dienststelle Süd.«

»Ja, Herr Schaffhausen, was gibt es?«

»Leider keine so angenehme Nachricht. Es geht um Ihre Tochter.«

Ulrike verkrampfte sich. »Was ist mit ihr?« Ihr Herz schien auszusetzen.

»Wir haben Emma in der letzten Nacht aufgegriffen.«

Augenblicklich drückte Ulrike sich von der rauen Hauswand ab, zog ihren Autoschlüssel aus der Hosentasche und ging hastig auf ihr Auto zu. »Wo ist sie jetzt?«

»Sie ist hier, in der Ausnüchterungszelle. Sie können sie abholen.«

23

Ulrike starrte auf die Uhr ihres Handys, als sie auf Emma wartete, und registrierte, wie sich die Minutenanzeige änderte. Es war elf Uhr dreizehn. Rainer Schaffhausen, ein älterer Polizist, dem sie bereits häufiger begegnet war, war die ganze Sache sichtlich unangenehm. Nach ihrer Ankunft in der Dienststelle Süd im Minoritenweg hatte sie nur einige Augenblicke im Eingangsbereich gewartet und war dann an der gläsernen Schleuse von ihm abgeholt und in eines der Büros im ersten Stock geführt worden, das er sich mit zwei anderen Polizisten teilte. Hier wartete sie nun, nachdem er ihr berichtet hatte, was in der gestrigen Nacht geschehen war.

Emma war stark alkoholisiert gewesen, hatte sich mit einem Türsteher vor der kleinen Diskothek Scala angelegt, nachdem dieser ihr den Zutritt verwehrt hatte. Sie war ausfällig geworden, hatte auf ihn eingeschlagen, und der Türsteher hatte schließlich die Polizei alarmiert. Sie hatte nicht sagen wollen, wo sie wohnte, hatte keinen Ausweis mit sich geführt und die Beamten beleidigt. Dann hatte man sie mitgenommen.

Das Ganze hatte sich gegen ein Uhr zugetragen, kaum hundert Meter von der Cafébar entfernt, in der sie zur selben Zeit gewesen war.

»Wir wussten nicht, dass Emma Ihre Tochter ist. Sie hat es uns heute früh gesagt und darum gebeten, von Ihnen abgeholt zu werden«, hatte Schaffhausen seinen Bericht geschlossen.

Ob das etwas geändert hätte, hatte sie daraufhin gefragt und keine wirkliche Antwort erhalten. Nun starrte sie aus dem Fenster, lauschte auf das mechanische Tippen einer Tastatur, vernahm das Klingeln eines Telefons, das leise Plaudern zweier Beamter auf dem Flur. Irgendwann hörte sie Emmas Stimme, konnte aber nicht verstehen, was sie sagte. Sie stand auf und beobachtete, wie ihre Tochter über den Gang schlich und auf die geöffnete Tür zukam. Plötzlich hatte sie das Gefühl, überhaupt gar nichts über sie zu wissen.

Auf dem Weg nach Hause schwieg Emma. Ihre Jeans war fleckig, die Haare waren zu einem hohen Pferdeschwanz gebunden, aus dem sich einige Haarbüschel gelöst und unordentlich in ihren Nacken gelegt hatten. Der dunkelblaue Anorak roch nach abgestandenem Alkohol. Ulrike räusperte sich.

»Sag halt, was du sagen willst, Ulrike«, raunte Emma irgendwann.

»Ich weiß nicht genau, was.«

»Dann sag irgendwas.«

Beide schwiegen. Ulrike stoppte an einer Ampel auf der Kumpfmühler Straße, beobachtete eine Joggerin in einer hellblauen Regenjacke, die sich mühsam über die Kreuzung schleppte, dann bog sie in die Augustenstraße ab. Der Himmel war verhangen, doch der Regen, der noch vor einigen Tagen unaufhörlich auf die Stadt niedergeprasselt war, schien auch heute versiegt.

»Die Polizisten und der Türsteher haben von einer Anzeige abgesehen. Du hast Glück gehabt.«

»Na bravo.«

»Ist dir das scheißegal?«

»Irgendwie schon, ja.«

Wieder schwiegen sie, bis Ulrike einige Minuten später ihren Wagen in der Dechbettener Straße abgestellt hatte. Sie schaltete den Motor aus und wagte das erste Mal seit der gesamten Autofahrt, ihre Tochter anzusehen. Die hielt ihre Arme vor der Brust verschränkt und blickte wie versteinert aus dem Fenster.

»Was ist denn los mit dir? Möchtest du mit mir darüber reden?«

Emma öffnete die Beifahrertür und stieg aus dem Wagen.

Ulrike folgte ihr. »Emma, ich muss jetzt zurück zur Arbeit«, rief sie ihr hinterher.

Emma stand vor der Haustür, drehte sich um und starrte sie an. »Aha.«

Ulrike sah auf die Armbanduhr. »Ich habe nicht so lange ...« Sie schloss die Autotür und ging auf Emma zu. »Aber ich komm noch schnell mit hoch.«

»Weißt du was, fahr einfach. Ich habe keine Lust zu reden.« Emma waren die Tränen gekommen.

Ulrike schluckte. Alles in ihr schrie danach, die weinende Tochter in die Arme zu nehmen, doch sie war nicht in der Lage, einen weiteren Schritt auf sie zuzugehen. »Besser, du ruhst dich aus. Und wir reden später, in aller Ruhe. Ich muss jetzt los«, sagte sie dann. Der Kloß in ihrem Hals schien von Sekunde zu Sekunde größer zu werden, nahm ihr die Luft zum Atmen.

»Ja, hau ab. Kommt mir bekannt vor«, antwortete Emma leise, bevor sie die Haustür aufschloss und im Inneren verschwand.

Ulrike fixierte die Tür, die sich langsam wieder schloss. Noch Augenblicke später war sie sich nicht sicher, ob sie diese Worte wirklich gehört oder nur gedacht hatte. Aber sie hingen in der Luft wie kleine Pfeile, die direkt vor ihr in der Atmosphäre verharrten und sie treffen würden, wenn sie sich der Tür auch nur einen Schritt näherte, um Emma nachzugehen. Beinah fluchtartig drehte sie sich um und stieg ins Auto. Es war so einfach, davonzufahren, fühlte sich natürlich an und gleichzeitig wie ein riesengroßer Fehler.

Es war Abend geworden. Die ergebnislose Pressekonferenz hatte bereits Wellen geschlagen. Von jeder Online-Berichterstattung starrte sie sich selbst entgegen. »Polizei ohne Spuren«. »Hilfe aus der Bevölkerung angefordert«. »Noch immer kein Vorankommen«.

Ulrike überflog bloß einige der Schlagzeilen, bevor sie den Browser schloss. Franka saß ihr gegenüber. Den ganzen Tag über hatte das Telefon geklingelt. Zumindest Ulrikes Appell hatte etwas Bewegung in die Sache gebracht. Immer mehr Studierende und Mitarbeiter der Universität meldeten sich, teilten ihre Beobachtungen. Viele erzählten, Annabelle am entsprechenden Abend in der Bibliothek gesehen zu haben. Die Zeitangaben deckten sich mit dem, was die Polizei ohnehin schon wusste. Einige Anrufer meinten, sie ganz woanders gesehen zu haben, am Bahnhof, im Bus oder in der Stadt. Annabelle war plötzlich überall und doch nirgendwo.

Die DNA, die man unter Annabelles Fingernägeln gefunden hatte, stimmte weder mit der von Dennis Trost noch Bianca Trost oder Elias Badenburg überein. Marina Lengenfeld hatte ein wasserfestes Alibi. »Dorstenschlampe, ich kill dich!«, hatte sie an die Klotür gekritzelt, ohne zu wissen, dass jemand anders diese Aufgabe für sie ausführen würde. Annabelles Tod schien in Anbetracht all ihrer Geheimnisse und Feindschaften beinah eine logische Konsequenz zu sein und war gleichzeitig völlig unerklärbar.

Sie hatten das Opfer komplett durchleuchtet, hatten erfahren, wer sie gewesen war, wer sie versucht hatte zu sein, doch was ihnen fehlte, waren etwa dreißig Minuten. Dreißig Minuten, in denen ein Unbekannter über Leben und Tod entschieden hatte, jemand, den sie nicht kannten, der im Hintergrund stand, irgendwo im Schatten eines dreckigen Betonpfeilers.

Ulrike rieb sich die Augen, sie war müde. Franka nahm ein Gespräch an, zog die Augenbrauen nach oben und blickte Ulrike an, dann schaltete sie den Lautsprecher ein. »Haben Sie Annabelle gesehen?«, fragte sie.

»Ich habe sie gespürt. Ich habe eine Ahnung für so was, schon immer. Kontakt zu Seelen, erklären Sie mich bitte nicht für verrückt. Ich habe das gespürt, bin mitten in der Nacht aufgewacht, und da war so ein Schmerz in meiner Lunge, dass ich eigentlich fast keine Luft bekommen hab. Ich wohn ja am Galgenberg, und da habe ich ihre Präsenz definitiv wahrgenommen«, erzählte die Stimme am anderen Ende der Leitung.

Ulrike runzelte die Stirn und gab Franka mit einer Handbewegung zu verstehen, das Gespräch zu beenden. Franka schaltete den Lautsprecher wieder aus und reagierte tonlos nickend auf das, was sie hörte. Ulrike hatte schon in vielen Ermittlungen mit solchen Leuten zu tun gehabt, die meinten, über übersinnliche Fähigkeiten zu verfügen, Dinge zu spüren und zu ahnen, ohne tatsächlich zu wissen, um was es genau ging. Harry hatte manchmal auf solche Aussagen vertraut, sie sich angehört, einmal sogar einen Mentalisten an einen Tatort mitgenommen. Dieser Hang zum Spiritualismus hatte Ulrike immer verwundert, da es so gar nicht zu seinem sonst rationalen Gemüt passte. »Es gibt Dinge, die kann man weder sehen noch verstehen«, hatte er einmal auf ihre Skepsis zurückgegeben und dabei so ernst ausgesehen, dass Ulrike hatte lachen müssen. Er hatte darauf schmunzelnd den Kopf geschüttelt und sie mit einer Mischung aus Mitleid und Belustigung beäugt. »Ihr jungen Leute meint auch, ihr hättet alles verstanden. Aber ihr wisst nicht das Geringste.«

Auch wenn Ulrike ihre jugendliche Überheblichkeit abgelegt hatte, konnte sie dem Spiritualismus noch immer nichts abgewinnen.

Franka legte den Hörer auf und atmete lautstark aus. »Meine Güte.«

»Was hat er noch gesagt?«

»Hat gemeint, dass das 'ne Verschwörung ist. Ich kann es dir gar nicht mehr genau wiedergeben. Dass alles zusammenhängt, dass es eine uralte Geschichte ist. Dass es noch mehr gibt.«

»Armer Irrer«, antwortete Ulrike, zog die Augenbrauen zusammen und beugte sich über ihre Aufzeichnungen. Erneut klingelte das Telefon. Sie überhörte das Geräusch, genauso wie Frankas genervtes Stöhnen. Als sie auf die geschriebenen Worte blickte, wurde sie erneut von dem Gedanken erfasst, etwas übersehen zu haben. Spontan griff sie nach ihrer Jacke und verließ, ohne sich von Franka zu verabschieden, das Büro.

Ein zarter Regen benetzte ihr Gesicht, als sie draußen stand. Es waren die Art Tropfen, die man nicht sofort auf der Haut spürte und doch unnachgiebig alles nach und nach aufzuweichen schienen, als stünde jemand mit einer Sprühflasche über einem. Sie reckte den Kopf in den Himmel, dann zog sie ihren Autoschlüssel hervor, stieg in ihren Wagen, der unweit vom Eingang entfernt stand, und setzte sich hinter das Steuer. Die Fahrt zur Universität hätte sie mit geschlossenen Augen zurücklegen können. Als sie angekommen war, lief sie ein weiteres Mal durch die dunklen Gänge. Es verschaffte ihr plötzlich eine seltsame Beruhigung, hierher zurückzukehren. Als sie auf die Fundstelle zuging, hörte sie die laute Stimme eines Professors. Die rote schwere Tür eines Hörsaals war weit geöffnet, dahinter lag eine ihr fremde Welt. Stuhlreihen in Stufen angeordnet, einer Manege gleich, zahlreiche Hinterköpfe und blaue Bildschirme. Ganz vorn stand ein glatzköpfiger Mann, eine alte bunte Karte war an die Leinwand projiziert.

Ulrike versuchte für einige Momente, seinen Worten zu lauschen, doch ihr kam es vor, als würde er eine andere Sprache sprechen. Jemand drehte sich zu ihr um. Sie ging weiter. Irgendwann fand sie sich vor dem Raum wieder, in dem Annabelle getötet worden sein musste. Er war leer, das Licht ausgeschaltet. Sie spähte hinein, sah ihre eigene Reflexion in der ihr gegenüberliegenden Fensterfront.

Dreißig Minuten, dachte sie wieder. Was kann in dreißig Minuten schon geschehen?

Wieder dieses seltsame Gefühl, beobachtet zu werden. Der irre Gedanke, der Täter könnte noch immer in diesem Raum sein, ließ sie erschaudern. Sie trat zurück. Drehte sich um ihre eigene Achse, doch da war niemand.

In dreißig Minuten kann nichts geschehen und alles zugleich.

24

Es war kühl geworden, der Himmel war wolkenlos und gab den Blick auf einige glitzernde Sterne frei. Der Wetterbericht prognostizierte eine weitere Kältefront. Allmählich rückte sie näher, drängte sich scharf und unerbittlich zwischen die wärmer werdenden Tage.

Ulrike stellte ihren Wagen an derselben Stelle wie am Mittag ab, nachdem sie Emma von der Polizei abgeholt hatte. Sie starrte für einen Moment auf die Haustür, dann zog sie die Tasche vom Beifahrersitz, öffnete die Tür und ging nach oben. In der Wohnung war kein Licht, nur der schmale Streifen unter Emmas Tür verriet, dass sie zu Hause war. Ulrike klopfte und drückte die Klinke nach unten. Emma saß auf der Matratze, hatte Kopfhörer in den Ohren und den Laptop auf dem Schoß. Eine Packung Chips stand neben ihr, eine geöffnete Flasche Wein am Kopfende.

»Hi, Liebes«, begrüßte Ulrike sie.

Langsam rupfte Emma die Kopfhörer aus den Ohren und blickte sie fragend an. »Was ist?« Sie schien so zu tun, als wäre nie etwas geschehen.

»Ich würde gerne noch einmal mit dir reden, wegen vorhin.«
Emma zuckte mit den Schultern. »Habe es nicht so gemeint. Ist auch egal. Ich habe Mist gebaut, tut mir leid. Kommt nicht wieder vor.« Dann steckte sie die Kopfhörer zurück ins Ohr. Als Ulrike die Tür immer noch nicht geschlossen hatte, blickte Emma sie wieder erwartungsvoll an. »Ist noch was?«

Ulrike schüttelte den Kopf und schloss die Tür hinter sich. »Was soll das denn jetzt?«, sagte sie zu sich selbst, ging zum Kühlschrank, zog ein Radler heraus und öffnete die Flasche. Dann stand sie für einen Augenblick in der Küche, ohne zu wissen, was sie sagen oder tun sollte. Einem Impuls folgend griff sie nach ihrem Handy, das in ihrer Hosentasche steckte, und wählte Lutz' Nummer.

»Ulrike?«, meldete er sich. Er klang gehetzt.

»Ja, stör ich?«

»Nein, alles okay?«

»Ja, alles gut. Ich wollte bloß … Ich wollte mit dir reden.« Sie ging lautlos an Emmas Zimmer vorbei zu ihrem Schlafzimmer, schloss die Tür hinter sich, ließ sich auf ihr Bett sinken und lehnte den Oberkörper an die Kopfstütze. »Es geht um Emma.«

»Alles okay mit ihr?«

»Ja, alles okay«, antwortete sie. »Sie hat gestern bloß ziemlichen Mist gebaut.« Ulrike erzählte ihm von der letzten Nacht, davon, dass sie die gemeinsame Tochter bei der Polizei hatte abholen müssen.

»Und was hast du gemacht?«, fragte Lutz, nachdem sie geendet hatte.

»Nichts, ich mein … Ich wollte mit ihr reden, ich habe sie gefragt, ob alles in Ordnung ist. Aber sie ist wieder wie ausgewechselt.«

»Sie kann nicht einfach so was abziehen und dann so tun, als wäre nichts. Das geht nicht.«

»Was soll ich sagen? Ich mein, sie ist erwachsen, sie kann ja machen, was sie will.«

»Dass sie die Lehre abgebrochen hat, hat sie dir erzählt?« Ulrike stutzte. »Nein. Hat sie nicht.«

»Sie hat keinerlei Einkommen, lebt von dem, was wir ihr geben, und dann so was? Du musst mit ihr reden.«

Ulrike zögerte. Sie riss am Papierlabel auf der Bierflasche, bis nur noch Fetzen vom braunen Glas hingen. »Ich weiß nicht, wie. Ich weiß einfach nicht, wie. Wie kann ich denn jetzt mit ihr reden, nach allem, was war?«

»Du bist ihre Mutter. Und auch wenn du diese Rolle sehr vernachlässigt hast, kannst du heute damit anfangen, dich wie eine zu benehmen.«

Ulrike umfasste das Telefon mit steifen Fingern. »Wenn du so etwas sagst, das –«

»Tut mir leid. Ich weiß, das bringt uns nicht weiter. Aber

du musst es trotzdem tun, auch wenn es schwer ist. Sie ist bei dir, weil sie eine Verbindung zu dir aufbauen will. Aber du bist nicht ihre Freundin.«

»Ich weiß. Aber sie ist so …« Ulrike hörte leises Rascheln vor der Tür. Emma war ins Bad gegangen, sie hörte den Wasserhahn rauschen. »Sie ist so sprunghaft«, beendete sie ihren Gedanken flüsternd. »An einem Tag ist sie lammfromm und freundlich, am nächsten Tag will sie nichts mehr von mir wissen. Dann legt sie sich mit einem Türsteher an und mit der Polizei, heute sitzt sie wieder da, ganz entspannt und ruhig, als wäre nie was passiert.«

Lutz antwortete nicht sofort. Er seufzte schwer. »Sie macht irgendwas durch, und vielleicht weiß sie selbst nicht, was. Es hat auch mit mir zu tun, das ist mir klar, mit Dorothee.«

Ulrike verkniff sich einen Kommentar. Ein Teil von ihr wollte nach der neuen Frau in seinem Leben fragen, ein anderer Teil wollte nichts darüber hören.

»Du musst jetzt für sie da sein. Und ihr auch Grenzen aufzeigen. Nur weil du was wiedergutzumachen hast, heißt das nicht, dass sie dir auf der Nase rumtanzen kann.«

Ulrike lächelte, sah ihn beinah plastisch vor sich. So viele Jahre waren vergangen, und trotzdem fühlte es sich plötzlich so an, als lägen keine Wochen zwischen heute und dem Tag, an dem sie sich das letzte Mal gesehen hatten. Plötzlich waren sie für einige Minuten wieder ein Team.

»Lutz«, sagte sie und seufzte tief. »Sie ist echt sehr schwer zugänglich.«

Ein leises Lachen war auf der anderen Seite der Leitung zu hören. »Heute so, morgen so, dann will sie reden, dann doch nicht, dann läuft sie davon, wenn es ans Eingemachte geht … Ach ja, das kommt mir alles so bekannt vor.«

Ulrike erwiderte nichts.

»Sie ist eigensinnig, Ulli. Starrköpfig und ziemlich unentschlossen, wenn es um ihre Gefühle geht. Und das alles, das hat sie wohl von dir.«

Sie schwiegen für einen Moment.

»Danke«, sagte Ulrike dann. »Schlaf gut, Lutz.« Sie beendete das Gespräch. Entschlossen stand sie wieder auf, ging durch die Tür in das geöffnete Büro, in dem Emma ihr Lager aufgebaut hatte, griff nach der Weinflasche und leerte sie in der Küche in den Ausguss.

»Was machst du da?«, fragte Emma, die gerade von der Toilette gekommen war und sie im Türrahmen stehend beobachtete.

»Vielleicht solltest du erst mal richtig ausnüchtern, bevor du dir wieder einen reinstellst.«

Emma wollte etwas erwidern, dann verdrehte sie die Augen, ging in das Büro und schlug die Tür hinter sich zu. Ulrike presste die Lippen aufeinander und atmete tief durch die Nase. Ihr Herz klopfte.

Sie lag noch lange wach, lauschte auf die schwachen Geräusche aus dem Nebenzimmer. Es beruhigte sie, Emma zu hören, wie sie auf der Tastatur herumtippte, Videos ansah, manchmal leise lachte. Auch wenn sie die ständige Anwesenheit der Tochter manchmal überforderte, weil sie nicht wusste, wie sie ihr gegenübertreten sollte, so genoss sie das Gefühl, nicht ganz allein zu sein in der riesigen Wohnung, die erst dann ihre volle Größe offenbarte, wenn es dunkel wurde, wenn man die Wände nicht mehr klar erkennen konnte und sich alles wie ein großes dunkles Loch vor ihr ausbreitete.

Irgendwann schlief sie ein, die Geräusche aus dem Nebenzimmer wurden leiser, alles verschwamm und verschob sich, und dann war sie plötzlich da, stand mitten in dem klinisch hellen Raum. Die helle Rasterleuchte flackerte, keine Tür, kein Fenster befand sich in dem kleinen Zimmer. Sie blickte nach unten, eine dunkel gekleidete Figur kniete vor ihr auf dem Boden, beugte sich über Annabelle, deren blondes Haar wie ein Fächer ausgebreitet war. Ihre Finger waren verkrampft, ihre Augen vor Schreck geweitet, der Mund zu einem lautlosen, verzerrten Schrei aufgerissen.

Ulrike konnte nichts tun, sie war wie gelähmt. Sie begriff,

dass sie schlief, sie wusste es genau, aber sie konnte sich nicht bewegen. Sie hörte ihren eigenen schweren Atem, spürte die Matratze unter sich, in der sie einzusinken drohte. Sie versuchte, laut zu rufen, um dem Traum ein Ende zu setzen, um aufzuwachen. Doch alle Geräusche schienen wie im Vakuum verschluckt. Genau wie Annabelle war es auch ihr nicht möglich, einen Ton von sich zu geben, genau wie sie war ihr Rufen stumm, als wären sie unter Wasser oder in einem luftlosen Raum.

Annabelle starrte sie an, hob langsam die Hand. Der Angreifer, der noch immer seine langen Finger um ihren Hals gelegt hatte, drehte sich wie in Zeitlupe zu Ulrike um, doch sie konnte sein Gesicht nicht erkennen. Dann zerriss ein lautes Geräusch die vakuumierte Stille, ein Kreischen, ein Klingeln.

Ulrike riss die Augen auf, schreckte hoch, schnappte nach Luft. Das Laken war durchnässt, sie spürte, wie Schweißperlen über ihre Stirn liefen. Sie griff nach der Wasserflasche neben ihrem Bett, dann erst nahm sie das Geräusch wieder wahr, das sie aus dem Schlaf gerissen hatte. Ihr Handy klingelte neben ihr auf dem Nachtschrank. Sie registrierte die Uhrzeit, es war fünf Uhr morgens. Ingo Breitmayrs Name leuchtete auf dem Display.

»Bist du wach?«, fragte er, nachdem sie das Gespräch angenommen hatte.

»Was für eine dumme –«

»Gut, dann zieh dich an und komm her.«

»Wohin?«

Ingo klang aufgewühlt, seine Worte waren abgehackt.

»Komm an die Uni. Es ist wieder passiert.«

»Was? In Gottes Namen, drück dich klar aus.«

»Man hat eine zweite Leiche gefunden. Eine zweite Frau.«

25

Schon vom Parkplatz aus sah Ulrike die Scheinwerfer, die weiß gekleideten Personen, und für einen kurzen Augenblick kam es ihr so vor, als würde sie statt aus der Windschutzscheibe auf einen Fernseher blicken, als sähe sie einen Film. Alles kam ihr so unwirklich vor, doch als Ingo Breitmayr ihren Wagen entdeckte, winkte er ihr zu, die Illusion verflog.

Sofort nachdem er sie geweckt hatte, war sie aufgesprungen und hatte sich etwas angezogen. Emma, die alles mitbekommen zu haben schien, hatte verdutzt und leicht verschlafen in ihrer Tür gestanden und gefragt, was los sei.

»Eine Leiche an der Uni«, hatte Ulrike atemlos geantwortet.

Emma hatte nicht gewusst, was sie sagen sollte, sondern war stattdessen wortlos zur Kaffeemaschine gegangen. Ulrike hatte für einen Moment innegehalten und sie beobachtet, wie sie den Filter großzügig mit Kaffeepulver befüllte. Als sie wenige Minuten später fertig angezogen gewesen war, hatte auch schon die Thermoskanne auf dem Küchentisch gestanden, Emma an den Tresen gelehnt.

»Danke«, hatte Ulrike gesagt und unbeholfen gelächelt. Die Bilder ihres Traums waren wieder vor ihrem inneren Auge vorbeigezuckt. »Emma, Liebes, das ist jetzt wahrscheinlich lächerlich, aber mir ist es lieber, wenn du zu Hause bleibst, ja? Dass du in der Nacht nicht rausgehst, zumindest in den nächsten Tagen, zumindest nicht allein.«

Emma hatte genickt. »Klar, kann ich verstehen, Ulrike.«

Seit sie aus dem Schlaf gerissen worden war, war kaum eine Stunde vergangen, doch Ulrike war hellwach, als sie auf die Fundstelle zuging. Diesmal hatte sie ihren Oldtimer auf dem großen Parkplatz zwischen der Technischen Hochschule und der Universität abgestellt. Nur wenige Fahrzeuge standen auf dem verwaisten Platz, Ingos dunkelroter Kombi unweit von ihrem Auto. Ulrike brauchte nur einen Augenblick, bis sie sich orientiert hatte. In der Ferne erkannte sie die Außenfassade des Zentralen Hörsaalgebäudes, in dem Annabelles Leiche gefunden worden war. Die Fundstelle lag unmittelbar hinter dem gegenüberliegenden Gebäude, dort, wo sich die Bibliothek befand, in der sie ihre letzten Stunden lernend zugebracht hatte.

Ingo, der Ulrike schon auf der Hälfte des Weges abgefangen hatte, begann ihr sofort zu erzählen, was geschehen war. »Ein Spaziergänger hat sie gefunden.«

»Spaziergänger? So früh am Morgen?«

»Ja, der ist da vorne, bei den Kollegen.« Er wies auf einen älteren Herrn, der zitternd im Fond eines Dienstfahrzeugs saß, einen kleinen Hund in den Armen.

Ulrike atmete tief durch und ging den letzten Schritt auf die hell erleuchtete Fundstelle zu. Sie hielt die Luft an. Das Mädchen vor ihr hatte dunkelbraune Haare, ihre Arme lagen angewinkelt neben ihr, genau wie ihre Beine, der Kopf war auf die Seite gerutscht. Sie sah aus, als würde sie schlafen.

Ulrike bückte sich zu ihr. Die Würgemale auf ihrem Hals waren gut sichtbar. Sie trug einen schwarzen Parka, Jeans, weiße Turnschuhe und einen schwarzen dicken Pullover. Ihr Gesicht war aschfahl. Sie hatte dünne Augenbrauen, schmale Lippen und hohe Wangenknochen, die Augen waren geschlossen. Ulrike streifte sich Handschuhe über und hob vorsichtig den Kopf der Toten an. Ihr lief ein Schauer über den Rücken. Den meisten Leichen sah man auf den ersten Blick an, dass kein Leben mehr darin war. Es blieb nichts mehr, außer scheinbar künstlich gezeichneten, geformten Zügen. Doch manche sahen so aus, als würden sie im nächsten Moment die Augen öffnen.

Als sie noch ein kleines Mädchen gewesen war, hatte ihr Vater jeden Sonntag den »Tatort« geguckt, und einmal war es tatsächlich passiert: Eine Leiche im Auto, im Hintergrund zu sehen, hatte die Augen geöffnet. Es war bloß ein Schauspieler gewesen, der die Starre nicht ausgehalten hatte, und ein Filmteam, das nicht wachsam gewesen war. Damals hatte sie sich nicht gefürchtet, sondern bloß gelacht, und trotzdem war ihr diese kindliche Ahnung geblieben, wann immer sie einen Film sah und manchmal, wenn sie an einen Tatort kam. Diese Ahnung befiel sie auch jetzt. Gleich gehen die Augen auf, gleich hebt sich die Brust. Doch nichts geschah.

»Wer ist sie?«

»Wir wissen es nicht«, antwortete Breitmayr. »Keine Tasche bei ihr, kein Handy, kein Portemonnaie, kein Ausweis.«

»Scheiße«, gab Ulrike zurück und erhob sich. »Ist der Pathologe unterwegs?«

Ingo nickte.

Ulrike sah ihn an.

»Ist das ein Serienmord?«, fragte er und sprach damit ihrer beider schlimmste Befürchtung aus.

»Ich weiß es nicht. Aber ich denke, wir haben es mit dem gleichen Täter zu tun«, antwortete Ulrike.

Er blickte auf die Leiche und fragte Ulrike: »Geht es dir gut?«

»Spielt das eine Rolle?«, fragte sie zurück, weil sie nicht wusste, wie sie auf diese Frage ehrlich hätte antworten sollen.

Es brauchte nicht lang, erste Erkenntnisse zum Tathergang zu sammeln. Es schien offensichtlich, dass die Fundstelle auch der Tatort war. Um die Stelle herum war das Gras niedergedrückt, es musste einen Kampf gegeben haben. Auch anderes sprach dafür: der aufgewühlte Boden unter ihren Schuhen und die dreckbefleckte Unterseite ihrer Jacke.

Ulrike stand neben Breitmayr, die Hände in den Taschen ihres Mantels verborgen. »Sie hat die Augen geschlossen.«

»Und?«, fragte Breitmayr.

»Das ist mir gleich aufgefallen. Die Augen von Annabelle waren geöffnet. Die ganze Art, wie sie hingelegt worden ist, wie er sie vom Tatort zur Fundstelle getragen hat, das hatte etwas Zeremonielles. Das hier, das ist …« Sie stoppte und sah sich um. Dann entdeckte sie etwas unweit der Fundstelle. Das

Gras war auch hier platt, niedergedrückt. »Hier war jemand.«
Sie ging auf die Stelle zu und rief eine Mitarbeiterin der Spurensicherung zu sich.

Die junge Frau beugte sich über das Gras und nickte. »Ja, das könnte sein«, antwortete sie und beäugte die Stelle vorsichtig auf der Suche nach weiteren Spuren.

Ulrike stellte sich wieder neben Breitmayr. Sie schüttelte den Kopf. »Vielleicht ist er noch bei ihr geblieben, hat sich neben sie gesetzt, hat ihr die Augen geschlossen. Das alles hier, irgendetwas ist anders.«

Sie ging zu ihrem Wagen und nahm die Thermoskanne vom Beifahrersitz, bevor sie wieder zu Ingo zurückkehrte.

Langsam färbte sich der Himmel hellblau, doch die aufkommende Helligkeit brachte keine weiteren Spuren zutage. Die Leiche der unbekannten Frau konnte weggebracht werden. Als Ulrike diesen zeremoniell anmutenden Prozess beobachtete, schien sie das erste Mal zu realisieren, was geschehen war. Erst jetzt durchdrang sie die klirrende Kälte, erst jetzt hörte sie gestochen scharf das frostige, knirschende Gras unter den Füßen. Sie kniff die Augen vor den blau flackernden Lichtern zusammen, die in der Dämmerung alles in verheißungsvolles Licht tauchten.

Der mutmaßliche Tod durch Ersticken war durch die Rechtsmedizin bestätigt worden, erste Schätzungen hatten ergeben, dass der Todeszeitpunkt etwa fünf bis zehn Stunden zurücklag.

Ulrike blickte auf die Uhr, es war jetzt halb acht Uhr morgens. Dass Emma die Filterkaffeemaschine so großzügig mit Pulver bespeist hatte, dankte sie ihr innerlich. Eine Besprechung mit ihrer Sonderkommission war auf acht Uhr angesetzt, sowohl Timo Stöckl als auch Franka Brandl waren bereits informiert und auf dem Weg in die Stadt. Es galt, keine Zeit mehr zu verlieren. Sollte es sich tatsächlich um einen Serientäter handeln, dann mussten sie ihm so bald wie möglich das Handwerk legen.

Einem Impuls folgend wählte Ulrike die Nummer von

Bettina Schreiber. Sie wartete nur einen Augenblick, bevor die Kriminalpsychologin das Gespräch annahm.

»Bettina, hallo. Hier ist Ulrike, es tut mir leid, dass ich dich so früh störe.«

»Gar kein Problem, meine Tochter ist mir sowieso schon vor drei Stunden aufs Dach gestiegen. Wie kann ich helfen?«

»Wir haben eine zweite Leiche gefunden«, brachte Ulrike hervor.

Langes Schweigen am anderen Ende der Leitung. Dann fragte Bettina: »Ist es derselbe Täter?«

»Wir gehen davon aus, ja.«

»Erzähl mir vom Opfer.«

Ulrike rief sich das Bild in Erinnerung. Sie rieb sich die Stirn und schloss die Augen, um möglichst konzentriert wiedergeben zu können, was sie wussten. »Junge Frau, Mitte zwanzig, dunkle Haare, normale Alltagskleidung. Keine Tasche, kein Ausweis. Ihre Identität ist also noch unbekannt. Sie lag auf einer Wiese in der Nähe eines der Universitätsgebäude.«

Blitzlichtern gleich erschienen die Bilder vor ihrem inneren Auge. Der verkrümmte Körper, die weiße Haut, die violett verfärbten Würgemale, das nasse Gras, das strahlende weiße Licht der Scheinwerfer.

»Wir gehen davon aus, dass sie ebenfalls erwürgt worden ist, nach Schätzung der Rechtsmedizin irgendwann vor ein paar Stunden, irgendwann in der Nacht.« Sie fuhr fort, Bettina von Parallelen und Abweichungen zwischen den beiden Mordfällen zu berichten. Ein lautes Geräusch und Kinderkreischen dröhnten ihr durch den Lautsprecher entgegen. Instinktiv hielt sie das Handy vom Ohr weg.

»Schätzchen, was machst du denn?«, sagte Bettina am anderen Ende der Leitung und schien den Hörer beiseitezulegen. Nach einigen Sekunden kehrte sie zurück. »Tut mir leid. Die Kleine hat sechzigtausend Gabeln auf den Boden geworfen. Einfach so, weil sie Bock hat.« Das Schließen einer Tür war zu hören. »Wieder kein Sexualdelikt?«, fragte sie dann.

»Nein, es sieht nicht danach aus.« Ulrike sah das niedergedrückte Gras in der Nähe der Fundstelle vor sich. »Der Täter muss noch bei ihr gesessen haben, da war eine platt gesessene Stelle in der Wiese. Und die Frau hatte die Augen geschlossen.«

»Er ist bei ihr geblieben?«, überlegte Bettina laut.

»Ja, es muss fast so sein.«

»Es ist anders, das stimmt. Es gab keine Inszenierung. Vielleicht war das nicht geplant, vielleicht ist irgendwas schiefgegangen. Er hat ihre Augen geschlossen, vielleicht wollte er nicht, dass sie ihn ansieht, während er bei ihr bleibt. Das ist die Frage. Wieso hat er ihre Augen geschlossen, wieso ist er geblieben?«

Ulrike öffnete die Lider, sie sah sich um, versuchte, einen Fixpunkt auszumachen, den Gedanken zu fassen, der sich wie Rauch durch den Raum zu bewegen schien.

Wieder hörte Ulrike eine Kinderstimme im Hintergrund. Das Telefon wurde erneut weggelegt.

»Hör zu, ich habe jetzt gerade nicht so viel Zeit, das tut mir leid«, sagte Bettina, nachdem sie den Hörer wieder aufgenommen hatte. »Aber es scheint einen entscheidenden Unterschied zu geben zwischen den Frauen. Ganz entscheidend ist für mich der Fundort. Der Täter hat sich nicht die Mühe gemacht, das zweite Opfer noch einmal irgendwo hinzulegen oder zu drapieren, das Ganze zu inszenieren. Aber er hat beide erwürgt. Das dauert, manchmal ein paar Minuten sogar. Man muss entschlossen sein, man kann dabei zusehen, man hat mehr Zeit dafür, sich dagegen zu entscheiden, darüber nachzudenken, ob man das wirklich will. Aber wenn man das einmal getan hat, wenn man einmal jemanden getötet, sich bewusst dafür entschieden hat, dann betritt man einen Raum, den wir niemals sehen werden, mit anderen Gesetzen und anderen Grenzen.«

»Was meinst du?«

»Vorausgesetzt, es ist derselbe Täter, dann hat er beim ersten Mal einen ganz bewussten Entschluss gefasst.«

»Und beim zweiten Mal?«

»Beim zweiten Mal hat er es einfach getan. Er hat im Affekt gehandelt. Und noch etwas. Es war dunkel, oder? Er hat sie vielleicht nicht so gut gesehen. Das hat es einfacher gemacht, es durchzuziehen. Und dann das: Er bleibt bei ihr, schließt ihre Augen. Irgendwas sagt mir, dass er es bereut hat. Dass es da eine andere Verbindung zu ihr gegeben hat als zu Annabelle.«

26

Die Luft war stickig, dabei stand das Fenster offen, selbst draußen schien sie erdrückend zu sein. Ulrike saß mit ihrer Soko am großen Tisch im Besprechungszimmer. Es war Samstag, fast niemand war sonst heute hier, die Flure und Büros waren verwaist.

Ulrike fühlte sich, als wäre sie in Watte gepackt, als nähme sie alles verzögert wahr. Die Ruhe und Rationalität, mit der sie noch in der Nacht wie mechanisch auf den zweiten Leichenfund reagiert hatte, waren vollständig verflogen. Jetzt war da nichts mehr außer Ernüchterung.

Es war neun Uhr, unmittelbar nach der Ankunft von Timo Stöckl und Franka Brandl hatte Ulrike zu einer Besprechung geladen, um beide über den Leichenfund ins Bild zu setzen, die weitere Vorgehensweise zu planen. Ulrike musterte Franka, die noch immer ungläubig auf die Fotos starrte, die über den Bildschirm von Breitmayrs Computer flimmerten.

Der Tatort war abgesichert worden, die Universitätsleitung hatte veranlasst, den Lehrbetrieb bis auf Weiteres einzustellen. Man zeigte sich kooperativ, sämtliche Mitarbeiter, die am gestrigen Abend an der Uni in den angrenzenden Gebäuden beschäftigt gewesen waren, wurden angewiesen, sich für eine Befragung mit der Polizei bereitzuhalten. Es waren Dutzende, der logistische Aufwand immens, die Gespräche würden Stunden dauern. Stunden, die sie nicht hatten. Einige Streifenpolizisten waren bereits vor Ort, hatten damit begonnen, erste Befragungen durchzuführen und ein Foto der Toten herumzuzeigen, bislang hatte es keine sachdienlichen Hinweise gegeben.

Die unbekannte Leiche lag nun in der Rechtsmedizin. Nichts wies auf ein Sexualdelikt hin, ihre Kleidung war unberührt. Es blieb zu hoffen, dass DNA-Spuren gefunden wurden, die ihnen zweifelsfrei die Frage beantworteten, ob es sich um denselben Täter handelte. Auch wenn Ulrike davon ausging, dass dem trotz der augenfälligen Unterschiede so war – etwas war anders. Etwas, das sie weder erwartet hatte noch einordnen konnte. Und erst recht war sie nicht in der Lage, es zu benennen.

»Wir müssen so schnell wie möglich herausfinden, wer sie ist. Viel spricht dafür, dass es in diesem Fall um etwas Persönliches ging. Wenn Annabelle tatsächlich ein zufälliges Opfer war, besteht eine Möglichkeit, dass die Unbekannte uns direkt zum Täter führen kann«, sagte Ulrike, nachdem sie erste Zuständigkeiten besprochen hatten. »Falls keiner der Mitarbeiter sie erkennt, gibt es doch sicher eine Möglichkeit, auf die Bilddatenbank der Universität zuzugreifen. Die machen doch Fotos für ihre Ausweise.«

»Das sind über dreißigtausend Studenten. Außerdem ist ja nicht mal sicher, ob sie an der Uni eingeschrieben war«, entgegnete Timo.

»Bring das trotzdem in Erfahrung. Ob das möglich ist. Wir müssen außerdem herausfinden, wer abgeschlossen hat an dem Abend. Ich denke, unser Hausmeister kann da mehr zu sagen. Den brauchen wir auch besser jetzt als gleich.«

Es blieb nichts mehr zu sagen, und trotz eines groben Lageplans waren alle von derselben Ratlosigkeit erfasst wie sie selbst. Ulrike sah in die müden Gesichter, versuchte, Worte der Motivation zu finden, wie ein Fußballtrainer vor einem wichtigen Spiel, aber ihr fiel nichts ein. »An die Arbeit«, sagte sie also bloß und kehrte in ihr Büro zurück, wo sie hinter ihrem Schreibtisch zusammensank.

Jetzt schon hatte der zweite Mord sich herumgesprochen, die Stadt schien zu vibrieren, den Atem anzuhalten. Das Telefon klingelte wieder, beinah pausenlos hatte es den gesamten Morgen geläutet.

»Kripo Regensburg, Ulrike Kork«, nahm sie ungehalten das Gespräch entgegen.

»Hallo?«, krächzte eine laute Stimme am anderen Ende der Leitung. Es schien eine ältere Frau am Apparat zu sein.

»Hier ist die Kripo Regensburg«, wiederholte Ulrike, instinktiv etwas lauter. »Was kann ich für Sie tun?«

»Ja, hallo. Ich ruf an wegen dem Mord an der Uni. An der blonden Studentin. Sie hatten ja um Hilfe aus der Bevölkerung gebeten, in ihrer Pressekonferenz, habe ich gesehen.«

»Ja, was können Sie mir sagen?« Ulrike wühlte auf ihrem Schreibtisch, bis sie ein leeres Blatt Papier zwischen all den Unterlagen aufgetan hatte.

»Ich habe das Foto von ihr gesehen in der Zeitung. Von dem Mädchen. Das hat mich sofort erinnert. Da ist doch diese Frau ermordet worden.«

»Welche Frau?«, bohrte Ulrike nach und ließ den Stift ungeduldig auf dem Blatt Papier kreisen.

»In Landshut an einer Schule, das weiß ich noch genau. Das ist über fünfundzwanzig Jahre her, aber ich weiß das noch. Mein Mann und ich haben da in der Nähe früher gewohnt, das können Sie sich nicht vorstellen, wie das durch die Presse ging.«

»Welche Frau? Sie müssen mir den Namen sagen.«

»Rita Jankowicz.« Langsam buchstabierte sie den Nachnamen, dann wurde sie von einem Hustenanfall unterbrochen. »Haben Sie das aufgeschrieben?«

»Ja, den Namen habe ich notiert. Wieso sind Sie auf diesen Fall gekommen?«

»Ja, schauen Sie sich die doch mal an, junge Frau. Die sieht ja genauso aus wie Ihre Tote. Ganz genauso.«

Ulrike öffnete die Suchmaschine auf ihrem Computer und tippte den notierten Namen in das Suchfeld ein. Sie stutzte, als sie ein Foto von Rita Jankowicz über einem Onlineartikel einer regionalen Zeitung fand, und hielt für einen Augenblick die Luft an. Annabelle war ihr wie aus dem Gesicht geschnitten.

»Danke für Ihren Anruf, vielen Dank. Wir schauen uns das genauer an.« Ulrike beendete das Gespräch und starrte verwundert auf das Foto. Ein kurzes Klopfen riss sie aus ihren Gedanken.

Ihre Bürotür öffnete sich, Xaver Wittlig betrat den Raum und stellte sich wortlos in den Türrahmen. »Können wir reden?«

»Was gibt's?«

»In meinem Büro«, sagte er kurz und verließ dann wieder den Raum.

Ulrike atmete tief durch. Dann stand sie auf und folgte ihm. Er wies auf einen der schwarzen Lederstühle, schloss die Tür hinter sich und nahm ihr gegenüber Platz. Auf seinem Schreibtisch stand eine ausgeschabte Wurzel, daneben ein Foto seiner Frau, deren Gesicht Ulrike nur im Ansatz erkennen konnte, eine kleine Schwarzhaarige mit einer roten Brille. Sie hatte nie vorher darauf geachtet, und plötzlich kam es ihr seltsam intim vor, das Bild zu betrachten, sich ihren Vorgesetzten in einem privaten Kontext vorzustellen. Dieser triviale Gedanke schob sich nur für einen Augenblick zwischen ihre Fragen und Unsicherheiten und verflog dann ebenso schnell, wie er ihr gekommen war, als Xaver Wittlig sie prüfend musterte.

»Was geht hier vor sich? Wieso habt ihr das nicht im Griff?«

Ulrike setzte sich auf und brachte das letzte bisschen Kampfgeist hervor, das ihr in diesen frühen Morgenstunden noch geblieben zu sein schien. »Wir haben alles getan. Du weißt genau, wie es ist, sie war ein zufälliges Opfer. Dafür hat aber anfangs nichts gesprochen.«

Xaver Wittlig runzelte die Stirn. »Ich habe dir diese Verstärkung gegeben, damit du die Ressourcen hast, in alle Richtungen zu ermitteln, das ist nicht passiert.«

»Ich will mich nicht dafür vor dir rechtfertigen müssen. Wir sind nach bestem Wissen und Gewissen vorgegangen. Das hätten wir weder ahnen noch voraussagen können.«

»Gestern ist die Info zu mir vorgedrungen, dass deine Tochter —«

»Was hat meine Tochter damit zu tun?«, brauste Ulrike auf.

»Du musst das trennen können, ich habe es dir gesagt. Das darf die Qualität deiner Arbeit nicht beeinflussen.«

»Was ist eigentlich dein verdammtes Problem mit mir, Xaver?«, fragte Ulrike ruhig, müde von den ständigen Auseinandersetzungen und Reibereien. »Ist das was Persönliches? In ein paar Monaten bist du pensioniert, und dann kann dir das alles scheißegal sein, also kannst du es auch jetzt einfach loswerden.«

Starr erwiderte er ihren Blick. Unter seinem Schnurrbart konnte Ulrike erkennen, dass er die Lippen aufeinanderpresste. Er schwieg, lehnte sich in seinem Schreibtischstuhl zurück und sah dann aus dem Fenster. Dann verstand sie. Er ging. Nach über vier Jahrzehnten im Dienst der Polizei ging er. Das waren seine letzten Monate, seine letzte Chance, etwas zu beweisen, einen Eindruck zu hinterlassen.

Ulrike fuhr sich durch die Haare und sah auf den Boden. »Rita Jankowicz«, murmelte sie. »Kennst du den Fall?«

Er wendete sich ihr zu und zog die Augenbrauen nach oben. »Ja. Davon habe ich gelesen. Das war groß in der Presse damals. Erwürgt ...« Er hielt inne, verlor sich in einem Gedanken. »Man hat ihren Ex dafür drangekriegt. Schlägertype. Hatte ihr wohl auch aufgelauert.«

»Weißt du noch mehr?«

»Es gab da Stimmen, die an dem Urteil gezweifelt haben. Aber das ist alles lange her. Was hat das mit eurem Fall zu tun?«

»Das weiß ich nicht, Xaver. Aber ich weiß, dass wir bisher im Dunkeln getappt sind. Es muss einen Zusammenhang geben zwischen Annabelle und der zweiten Leiche. Den muss es einfach geben, und ich sehe nicht, wo der ist.« Sie war aufgestanden, lief wie ein Löwe im Käfig im Büro hin und her. »Wir hatten Hinweise und Spuren und Indizien. Es war alles vergebens. Ich werde einfach das Gefühl nicht los, dass ich was übersehe. Inzwischen glaube ich, wir müssen anders suchen. Und woanders.«

»Was hat das nun mit Rita Jankowicz zu tun?«

»Gerade hat eine ältere Dame angerufen. Sie hat mir gesagt, ich soll mir ein Bild von Rita ansehen. Xaver, die sieht aus wie Annabelle. Sie wurde auch erwürgt, und es gab Zweifel am

Urteil. Wir sollten uns das wenigstens anschauen. Was haben wir zu verlieren?« Dann blickte sie ihn direkt an. »Hilf mir dabei«, fügte sie hinzu.

Er schüttelte heftig den Kopf.

Doch als Ulrike ihn länger betrachtete, musste sie plötzlich grinsen. Ein zweites Mal in ihrem gemeinsamen Gespräch gab er eine Antwort, ohne etwas zu sagen. Eben waren es die zusammengepressten Lippen gewesen, und jetzt flammte in seinen Augen etwas auf, das lang verschollen gewesen sein musste, etwas, das ihn jetzt daran zu erinnern schien, warum er damals vor so vielen Jahren zur Kripo gegangen war.

※※※

Ich hab's gespürt, dass was nicht stimmt. Ganz genau gespürt. Lex ist nicht nach Hause gekommen. Die ganze Nacht nicht. Und heute Morgen habe ich davon im Radio erfahren. Eine zweite Leiche an der Uni. Ich bin ganz still stehen geblieben und hab nur gewartet. Darauf, dass ich aufwache. Ich habe das Handy genommen und Daria geschrieben, ich habe sie angerufen, aber sie geht nicht dran. Ruhig, dachte ich, bleib einfach ruhig. Das muss nichts heißen, das muss ja gar nichts heißen. Ich habe das Radio ausgeschaltet und mir ein Brot geschmiert, Kaffee gemacht, so getan, als wäre alles wie immer. Aber alles ist falsch.

Ich bin allein. Er ist nicht da. Habe alles ganz laut gehört plötzlich, das Ticken der Uhr, die fahrenden Autos auf der Straße, alles ganz laut. Dann hat das Handy vibriert. Mir geht's gut, hat Daria geschrieben. Hat gesagt, sie ist am Wochenende bei einer Freundin in Bamberg. Ich habe wieder an Rita gedacht. Ich denk jetzt andauernd an sie. Daran, wie das alles damals war. Sie war so schön. Und er so verliebt. Ich will ihn fragen, aber er ist nicht da.

Ich muss mich beruhigen. Vielleicht ruf ich Bela an, vielleicht fahr ich zu ihm. Einfach, um woanders zu sein. Aber alles ist so laut. So unvorstellbar laut. Ich bin durch den Flur gegangen, ins Wohnzimmer, ich habe mir unsere Fotos angeschaut, das Bild unserer Hochzeit. Wie jung wir waren. Ich schau ihn an, und jetzt ist er mir fremd. Jetzt ist es so, als wäre das alles nie passiert, als hätte es all die guten Jahre nicht gegeben. Nur ausgedacht, nur in meinem Kopf. Alles ist eingebildet. Alles ist laut. Und ich bin allein.

12. Februar A.D.

27

Ulrike war an den Tatort zurückgekehrt, Ingo Breitmayr stand neben ihr. Es war kalt geworden, der Wind pfiff eisig um ihre Ohren und wehte durch ihre Haare. Nur der Kaffee im Einwegbecher in ihrer Hand spendete etwas Wärme. Die KTU hatte kaum etwas ergeben, bis auf einige Fußabdrücke im schlammigen Boden. Größe fünfundvierzig, das Profil erinnerte an Wanderschuhe. Sie blickte auf die umliegenden Gebäude, grauer Beton, grauer Himmel, ein trostloser Ort.

»Was für eine Scheiße«, sagte Ingo, nachdem er sich eine Zigarette angezündet hatte.

»Was du nicht sagst«, antwortete Ulrike.

»Drinnen sind sie immer noch nicht durch.«

»Keiner hat was gesehen, keiner hat was gehört«, fügte Ulrike in Gedanken versunken hinzu. Dann schwiegen sie wieder.

»Wie geht's deiner Tochter?«

»Das hat wohl die Runde gemacht, was?«

Ingo erwiderte nichts. Er zog an seiner Zigarette und atmete den blauen Rauch wieder aus.

»Ihr geht's gut, besser. Sie macht gerade was durch. Ich habe kein großes Ding draus gemacht, hätte ich vielleicht sollen, aber sie ist alt genug.« Ulrike lächelte. »Hat mir heute früh Kaffee gemacht, wie ich los bin. War richtig besorgt.« Ulrike dachte an Emma, erwog, ihr zu schreiben oder sie anzurufen, um ihr zu sagen, dass alles gut war.

»Wegen gestern, ich wollte dir nicht auf die Füße treten. Ich weiß, dass Wittlig dir in den Ohren liegt, und trotzdem geht nichts weiter. Das ist frustrierend«

»Schon okay, ich habe auch überreagiert.« Sie lächelte vorsichtig. »Tut mir ebenfalls leid.«

Ulrike ging um das Absperrband herum, nahm die Wege in Augenschein, die der Täter genommen haben könnte. Die kleine Wiese war von Pfaden umringt, die zu den Hauptgebäuden führten und zum Parkplatz. Von hier aus hatte man eine weite Sicht, konnte fast bis zur Stadt sehen, die hinter ihnen am Horizont zu Füßen der Uni lag.

»Ich habe noch mal mit Bettina Schreiber telefoniert. Sie hat was gesagt, was mir nicht aus dem Kopf geht.«

Ulrike musterte das platte Gras, den Ort, an dem die Unbekannte gestorben war. Die Stelle, an der sie mit ihren Füßen im Todeskampf die Erde aufgetreten hatte, war deutlich zu sehen. Sie schauderte.

»Sie hat gesagt, dass es sein könnte, dass das hier, diese Tat, nicht geplant war.« Ulrike überlegte weiter. »Das heißt, dass sie, die Unbekannte, etwas gewusst haben könnte. Dass sie den Täter konfrontieren wollte. Dass es einen Streit gab, weil er sich in die Enge gedrängt gefühlt hat.« Ulrike hielt inne, sie sah zur Tür des nahe gelegenen Gebäudes. »Der Hausmeister, Dvalitsa, wo ist der?«

»Ich denke, der wird drinnen sein. Vorausgesetzt, er war gestern im Dienst. Die Uni hat jeden, der gestern irgendwie hier zu tun hatte, zur Befragung geschickt.«

»Die Bibliothek ist bis zehn geöffnet, sie ist in der Nacht getötet worden. Also definitiv nach zehn, vielleicht sogar nach elf, wenn ein Hausmeister sie nicht entdeckt hat.«

»Das heißt, es muss nach elf passiert sein.«

»Aber wieso hier? Wenn sie ihn kannte, wenn sie gewusst hat, was los war, wenn es tatsächlich so gewesen ist, wieso dann hier? Wieso haben sie sich hier getroffen?«

»Vielleicht wollten sie sich am Parkplatz treffen, in der Nacht ist hier niemand. Sie ist gerannt, und dann ... Aber das wissen wir nicht, wir wissen nicht mal, ob sie ihn konfrontieren wollte oder ob sie bloß zur falschen Zeit am falschen Ort war.«

»Wer treibt sich nachts an der Uni rum, bis auf die, die hier arbeiten, bis auf den Hausmeister?«

Ulrike und Ingo tauschten einen langen Blick. Dann klingelte Ulrikes Handy. Sie blickte auf das Display, Xaver Wittlig rief an. »Wir müssen mit Dvalitsa reden«, sagte sie mit Nachdruck, bevor sie das Gespräch annahm.

Es waren kaum zwanzig Minuten vergangen, als Ulrike wieder am selben Platz saß wie am Morgen. Xaver Wittlig war aus Landshut zurückgekehrt und legte die Akte vor sie auf seinen Schreibtisch. Es dämmerte bereits, die Stehlampe in der hinteren Ecke des Zimmers sowie seine Schreibtischlampe spendeten warmes, konzentriertes Licht.

Ulrike schlug die Akte auf, sofort stieg ihr der würzige Duft alten Papiers in die Nase. Dann starrte sie das Passbild von Rita Jankowicz an, das direkt auf der ersten Seite prangte. Sie posierte vor einer blauen Tapete, blickte über die rechte Schulter in die Kamera. Das Bild musste am Fototag in der Schule aufgenommen worden sein, die Farben waren leicht verblichen, ein paar Flecken verteilten sich über die rechte obere Ecke. Die Ähnlichkeit zu Annabelle war verblüffend. Ritas langes blondes Haar lag über den Schultern, die großen Augen wurden gerahmt von geschwungenen Lidern, die vollen Lippen waren leicht geöffnet und zu einem schmalen Lächeln geformt.

»Wie bist du so schnell darangekommen?«, fragte Ulrike und blickte von der Mappe auf.

»Der Ermittlungsleiter ist ein alter Bekannter. Konnte sich noch sehr gut erinnern.«

»Was hat er erzählt?«

»Rita ist auf dem Schulhof gefunden worden, gebrochenes Zungenbein, Würgemale, sonst keine Verletzungen. Es gab auch keine Hinweise auf ein Sexualdelikt.«

»Wann war das?«

»Das war im Januar '94, ganz früh am Morgen, kurz bevor die Schule losgegangen wäre, an einem Mittwoch. Lag mitten auf dem Schulhof.«

»Wie drapiert«, fügte Ulrike fast zu sich selbst hinzu. »Und der Täter?«, fragte sie weiter.

»Das war für die Ermittler eigentlich von Anfang an klar, dass es der Ex gewesen sein musste.«

»Aber es gab keine stichhaltigen Beweise. Bis auf den, dass er sich an der Schule herumgetrieben hat.«

»DNA-Analyse, das hat man damals noch nicht gemacht. Es gab nichts, was ihn entlastet hätte, er hatte kein handfestes Alibi, hat angegeben, allein zu Hause gewesen zu sein.«

»Wer hat sie gefunden?«

»Das weiß ich nicht, steht da drin. Schau es dir an, lass dir Zeit. Ich mach Kaffee.« Er stand auf und verließ das Büro.

Ulrike blickte ihm über die Schulter nach. Womöglich hatte sie Xaver Wittlig falsch eingeschätzt, diese andere Seite an ihm übersehen. Sie rückte ihren Stuhl näher an den Tisch, legte das Foto beiseite und überflog die Akte.

Rita Jankowicz war fünfundzwanzig Jahre alt gewesen, als sie getötet worden war. In den frühen Morgenstunden hatte man sie auf dem Schulhof liegend aufgefunden. Nach ersten Befragungen schienen sich die Beamten recht schnell auf ihren Ex-Freund festgelegt zu haben, einen ehemaligen Boxer, bekannt auf Landesebene. Volker Berbarth war schon vor Ritas Ermordung negativ aufgefallen, einige meinten beobachtet zu haben, dass er ihr an der Schule aufgelauert hatte. Laut Aussage ihrer Familienmitglieder hatte er Hand angelegt und daraufhin den Laufpass bekommen.

Ulrike zog ihr Handy aus der Tasche, versuchte, eine Fotografie zu finden, irgendeine Abbildung oder Beschreibung, die ihr half, sich den Mann vorzustellen, der für das Verbrechen schließlich eingebuchtet worden war, doch weder die Mappe noch das Internet gaben etwas her. In ihrer Vorstellung blieb er also ein Klischee, ein hünenhafter Grobian mit rotem, verzerrtem Gesicht.

Schließlich fand sie einen sechs Jahre zurückliegenden Artikel auf dem Onlineauftritt einer Regionalzeitung. »Volker Berbarth in Sicherheitsverwahrung gestorben«. Nach seiner Verurteilung hatte Berbarth die höchste Strafe erhalten, lebenslänglich. Da eine Gefährdung durch ihn auch nach seiner Zeit im Gefängnis nicht ausgeschlossen werden konnte, hatte das Gericht eine darauffolgende Verwahrung angeordnet. Berbarth war wütend gewesen, hatte den Mord zeit seines Lebens geleugnet, war vor jedes Berufungsgericht gezogen, doch es war vergebens gewesen. Er war wütend gestorben.

Ulrike fand einen Wikipedia-Artikel zu dem Fall, der damals hohe Wellen geschlagen und das Interesse der bayerischen Bevölkerung für Wochen gefesselt hatte, und überflog die Zeilen.

Auch wenn Berbarth der perfekte Täter gewesen war, hatten nicht nur er selbst, sondern auch seine Familie und Freunde für seinen Freispruch gekämpft. Berbarth war von Zeugen am Tattag in der Nähe der Schule gesichtet worden, er hatte vor dem Schulhof herumgelungert, schien auf Rita gewartet zu haben. Er hatte außerdem ein beachtliches Vorstrafenregister gehabt, war mehrfach in Schlägereien und kleinere Raubüberfälle verwickelt gewesen. Aber davon abgesehen waren Beweise gegen Berbarth spärlich gewesen. Aus Sicht der Ermittler hatte alles zusammengepasst. Er hatte ein Motiv, Gelegenheit und ausreichend kriminelle Energie. Vielleicht hätte auch Ulrike seine Schuld niemals angezweifelt, wäre sie nicht auf diese Art an den alten Fall herangeführt worden.

Sie schloss die Augen und sah die Parallelen vor sich, das Aussehen, die Art, wie die Leichen aufgefunden worden waren. War es tatsächlich möglich, dass sie es mit einem Serientäter zu tun hatten? War es möglich, dass Berbarth nicht der Mörder von Rita Jankowicz gewesen und dass ihr tatsächlicher Killer zurückgekehrt war? Es fiel ihr schwer, sich einen Zusammenhang zwischen den beiden sehr lange auseinanderliegenden Fällen vorzustellen. Sie hatte das Gefühl, ihre Zeit zu verschwenden.

Xaver Wittlig kehrte an den Schreibtisch zurück und stellte eine dampfende Tasse Kaffee vor sie. »Und?«

Ulrike seufzte. »Ich weiß nicht, da gibt es Parallelen, ja, aber ich kann nicht wirklich erkennen, wie uns das weiterbringt. Es war ja auch bloß eine Idee.«

»Wir müssen allem nachgehen. Hast du deine Frage beantworten können?«

»Welche?«

»Wer sie gefunden hat.«

Ulrike erinnerte sich und schlug den Bericht erneut auf. Eilig blätterte sie durch die Seiten, bis ihr der auf Maschine getippte Tatortbericht vorlag. Dann begann sich alles für einen Augenblick zu drehen, sie hatte das Gefühl, sich übergeben zu müssen.

Sie sprang auf, der Kaffee schwappte über und hinterließ weitere braune Flecken auf dem ausgeblichenen Papier.

»Scheiße«, wisperte sie atemlos. Sie entsperrte ihr Handy und tippte mit klammen Fingern die Nummer von Ingo Breitmayr ein.

»Hi, Ulli, wollte dich auch gerade anrufen. Ich bin die Liste durchgegangen, aber der Hausmeister ist nicht zur Befragung erschienen. Er hatte gestern Dienst. Am besten, wir fahren mal bei ihm vorbei, was meinst du?«

»Schick mir die Adresse, ich komm dahin. Wir brauchen da alle verfügbaren Einheiten.«

»Wovon redest du? Was hast du rausgefunden?«

Ulrike zitterte am ganzen Leib. Sie beobachtete, wie Xaver Wittlig die Mappe zu sich zog und den Bericht ebenfalls studierte. Ulrike ließ das Telefon sinken.

»Der Name kommt mir bekannt vor, wer ist der Typ?«, fragte er und blickte sie ungläubig an.

»Alexej Dvalitsa, der Hausmeister«, antwortete Ulrike.

***

Ich weiß nicht, was ich tun soll. Ich krieg keine Luft mehr. Verdammt, ich kann nicht atmen. Ich bin durchs Haus gelaufen, einfach so, durch jedes Zimmer, hab mich so allein gefühlt. Und dann bin ich nach oben auf den Dachboden. Ich wollt nur was suchen, ein altes Foto, irgendwas von früher, was ich anfassen kann, anschauen, damit ich wieder ein Gefühl dafür bekomme, wer wir sind, wer wir waren. Aber ich habe was anderes gefunden. Ich habe den Rucksack gefunden. Ihr

Portemonnaie. Ihren Ausweis. Ein Handy, einen Computer. Alles. Annabelles Sachen.

Ich kann nicht atmen, ich kann mich nicht bewegen. Ich will verschwinden. Ich will bloß weg. So schnell wie möglich. Aber ich habe so große Angst. Ich weiß nicht, wie lang ich hier schon sitze und einfach geradeaus starre. Ich will weg, aber ich kann mich nicht bewegen, als wären meine Beine eingeschlafen, als wären sie gelähmt. Ich hör was. Oder bilde ich mir das ein? Nein. Das ist echt. Ich habe den Schlüssel im Schloss gehört, und jetzt hör ich seine Schritte. Er ist nach Hause gekommen.

28

Ulrike wartete bloß einige Minuten. Dann sah sie die Polizeiwagen, die sich stumm in der Straße aufstellten. Keine Sirenen, kein Licht. Alle Geräusche verschluckt. Im Rückspiegel bemerkte sie, dass Ingo seinen Wagen hinter ihrem abgestellt hatte. Sie stieg aus und nickte ihm und Franka, die auf dem Beifahrersitz saß, zu. Sie war aschfahl.

Der Einsatzleiter des Sonderkommandos baute sich vor ihr auf, ein groß gewachsener junger Mann mit dunklen Haaren. In wenigen Worten schilderte Ulrike ihm die Lage.

»Ich geh rein«, sagte sie, nachdem sie sich eine schusssichere Weste übergezogen hatte, und griff nach der Pistole. Sie trug die Dienstwaffe nicht häufig bei sich, sie hing schwer an ihrem Gurt, das schwarze Metall war kalt.

Der Einsatzleiter drehte sich um, murmelte ein paar Worte in das Funkgerät, das an seiner Weste befestigt war. Dann reichte er ihr ein zweites. Beinah augenblicklich schwärmten die etwa ein Dutzend Polizisten aus und arbeiteten sich an den Wänden des kleinen Einfamilienhauses vorbei.

Ulrike winkte Ingo zu sich. »Franka bleibt hier. Du kommst mit«, entschied sie.

Er nickte und legte ebenso wie sie die Hand an den Pistolengurt. Dann gingen sie auf Dvalitsas Wohnhaus zu. Die Haustür war bloß angelehnt, Ulrike trat vorsichtig mit dem Fuß dagegen und beobachtete mit klopfendem Herzen, wie sich der dunkle Hausflur wie eine endlos wirkende gähnende Schlucht vor ihnen öffnete. Sie zog die Waffe aus dem Halfter, klemmte sie zwischen ihre Hände und betrat lautlos das Gebäude.

Zunächst konnte sie fast nichts in der Dunkelheit erkennen, dann gewöhnten sich ihre Augen allmählich an die Umgebung. Ingo stand rechts von ihr. Sobald sie im Flur stand, drängten sich drei Polizisten an ihr vorbei, schoben sich an den Wänden in die umliegenden Räume, um sie zu sichern. Es dauerte bloß einen Augenblick, sie presste das Funkgerät an ihr Ohr und hörte die leisen, knackenden Stimmen der Beamten. »Gesichert.«

Das Erdgeschoss war leer. Sie blickte Ingo an und wies auf die Treppe, die in das erste Obergeschoss führte. Dann stieg sie die steilen Stufen nach oben, die Waffe in der Hand. Der Schein einer Straßenlaterne erhellte den Flur im ersten Geschoss, Ulrike drückte sich an der Wand in das erste Zimmer, ein Schlafzimmer, eine Decke zerwühlt auf dem Bett, es war leer. Aus dem Augenwinkel nahm sie die anderen Beamten wahr, die an ihr vorbei in die anderen Räume drängten. Wieder presste sie das Funkgerät an ihr Ohr. Lange Sekunden verstrichen.

»Gesichert«, hörte sie endlich die kratzende Stimme im Gerät. Auch hier war niemand. Das Haus schien verlassen.

Gerade wollte sie die entsprechende Nachricht durch das Funkgerät übermitteln, da sah sie im schwachen Laternenschein die heruntergelassene Leiter, die zum Dachboden führte. Ihr Herz hämmerte dumpf in ihrer Brust, das pochende Blut presste gegen ihre Schläfen, als sie auf die steile Leiter zuging. Sie steckte die Pistole in ihr Halfter, hielt sich am Treppengeländer fest und kletterte langsam nach oben. Die metallenen Stufen gaben leise scheppernd unter ihren Füßen nach. Es roch muffig, es war dunkel. Nur schemenhaft konnte sie die Möbel und Kartons erkennen, die sich wie schaurige, krumme Gestalten an die hölzernen Schrägbalken schmiegten.

Sie erklomm die letzte Stufe, zog die Waffe hervor, wartete, lauschte auf ein Geräusch, dann griff sie nach der Schnur, die neben ihr von der Decke hing. Das Licht ging an, die hängende Lampe bewegte sich langsam hin und her, die Schatten der Möbel und Kisten wanderten unruhig von einer zur anderen Seite. Ulrike meinte, etwas zu hören, etwas zu sehen, sie wirbelte um ihre eigene Achse. Dann ließ sie die Arme sinken. Sie steckte die Waffe zurück in den Gurt, griff nach dem Funkgerät.

»Dachboden gesichert«, sagte sie laut vernehmlich, lehnte sich an einen der Balken und blickte zu dem kleinen Dachfenster über ihr. Sie sah im hellen Licht bloß ihre eigene Reflexion, dann schloss sie die Augen und wagte das erste Mal, tief zu atmen. Sie ließ sich auf den Boden sinken und nahm beiläufig wahr, wie im Geschoss unter ihr die Lichter eingeschaltet, die Stimmen lauter wurden. Dann presste sie das Gesicht in die Hände.

Sie zog ihr Handy aus der Jackentasche und starrte auf das Display. Emma hatte angerufen. Sie drückte auf das grüne Hörersymbol. Nach nur einem Klingeln nahm Emma das Gespräch an.

»Hi, Ulrike, ist alles okay? Kommst du bald nach Hause?«

Ulrike lächelte stumm. Sie räusperte sich, die Stimme ihrer Tochter beruhigte sie, holte sie zurück. »Ja, es ist alles in Ordnung. Aber ich weiß noch nicht, wann ich komme. Ich melde mich wieder, mach dir keine Sorgen.«

»Okay. Ich wollt nur fragen.«

»Das ist sehr lieb.« Sie schwieg für einen Augenblick.

»Also, dann pass auf dich auf. Bis –«

»Emma«, unterbrach Ulrike sie. »Geh nicht aus dem Haus heute. Bitte bleib daheim.«

»Ist wirklich alles okay?«

»Ja, bloß bleib zu Hause, mach's dir gemütlich.«

»Okay, mach ich. Hatte eh nicht vor, was zu unternehmen. Gut, dann bis später.«

»Ich hab dich lieb«, sagte Ulrike, doch Emma hatte bereits aufgelegt. Ulrike ließ das Handy neben sich auf den Boden fallen. Sie stützte die Arme auf den angewinkelten Knien auf und zählte ihre Atemzüge. Dann erhob sie sich mühsam. Mit wackligen Beinen ging sie über die Treppe wieder nach unten. Überall waren Polizisten, alles war durchsucht worden, doch das Haus war verlassen.

Ulrike sah sich um, warf einen Blick auf das grün gekachelte Badezimmer zu ihrer Rechten, ein kleines Schlafzimmer zu ihrer Linken. Das kleine Häuschen war liebevoll eingerichtet, alles hatte seinen Platz, nichts war zufällig. Ein paar Bilder hingen im Treppenhaus, Aquarellzeichnungen, Landschaftsfotografien, eine große Vase mit einer grünen Plastikblume stand vor der obersten Stufe.

Ulrike ging wieder nach unten, streifte wie eine Besucherin durch die Küche, die Speisekammer und ein kleines Gästebad. Im Wohnzimmer bemerkte sie Ingo, der wie versteinert vor einem braunen Eichensekretär stand, auf dem zahlreiche gerahmte Fotografien aneinandergereiht standen. Er sah nur kurz auf, als er ihr Kommen bemerkte. Dann nahm er einen der Bilderrahmen von der Anrichte und reichte ihn ihr.

Ulrike blickte auf das Bild einer braunhaarigen jungen Frau, die sich spitzbübisch lachend gegen einen Baumstamm lehnte.

»Das ist sie«, sagte Ingo. »Die zweite Leiche. Seine Tochter.«

Ulrike hielt die Luft an. »Fuck«, sagte sie leise und rieb sich die Stirn. Ihr Magen krampfte sich zusammen. »Was zur Hölle ist da passiert?«

»Woher wusstest du davon? Dass er es war?«

»Längere Geschichte. Es gab da einen früheren Mordfall, Hinweis aus der Bevölkerung«, antwortete sie. Mit kalten Fingern stellte sie den Rahmen zurück. »Gibt es noch andere Familienmitglieder?«

»Eine Frau und einen Sohn, so wie es aussieht«, entgegnete er und wies auf ein Familienfoto.

Die Aufnahme war verschwommen, die Kinder waren noch kleiner. Sie standen vor der Haustür, Alexej Dvalitsa lachend neben seiner Frau, einer kleinen, etwas pummeligen Brünetten, sein Sohn und seine Tochter vor ihnen auf dem Treppenabsatz vor dem Eingang.

Ulrike schauderte. Sie erinnerte sich wieder an den Augenblick, während sie Annabelles Eltern von dem Tod der Tochter erzählt hatten, an diesen Eindruck, ein Foto würde zerreißen vor ihren Augen. Hier schien das Bild intakt gewesen zu sein, doch alles dahinter irreparabel.

»Geht's dir gut? Du bist ziemlich blass«, sagte Ingo und betrachtete sie besorgt.

»Ja. Das ist nur alles ziemlich viel für einen Tag.«

»Wir sind weitergekommen, wir haben ihn bald«, sagte er und strich über ihren Arm.

»Wir dürfen keine Zeit mehr verlieren. Wir geben eine Fahndung raus. Und wir müssen Sohn und Frau ausfindig machen.« Ulrike ging weiter. Die Küche war dunkel, Franka stand am Fenster.

Ulrike legte ihr eine Hand auf die Schulter. »Alles in Ordnung?«

»Ja, nein. Ich weiß es nicht.«

Ulrike betrachtete sie. Frankas Augen waren feucht, ihre Lippen zitterten. »Was weißt du nicht?«

»Ulrike«, sagte sie leise. »Ich hab Scheiße gebaut.« Sie flüsterte jetzt. Hastig wischte sie sich ein paar Tränen von der Wange, drehte sich hektisch um, wie um sicherzugehen, dass keiner sie hören konnte.

»Was ist passiert?«

Franka antwortete nicht gleich, schien nach den richtigen Worten zu suchen. »Weißt du noch, ich habe Dvalitsa am Mittwoch getroffen, ihm das Foto vom Tatort gezeigt? Dann sind wir zu euch.« Sie ließ die Hände auf die Fensterbank fallen. »Verdammt«, sagte sie laut. Sie zitterte.

»Was ist passiert?«, wiederholte Ulrike ihre Frage.

»Er hat so verdammt komisch reagiert in dem Moment. Das kam mir erst später, habe überhaupt nicht drüber nachgedacht.«

»Wie reagiert?«

»Dem ist fast das Gesicht rausgefallen. Ich fand es schon seltsam in dem Moment, aber ich habe nicht darüber nachgedacht. Ich habe für eine beschissene Sekunde nicht nachgedacht.« Sie schlug sich die Hand vor die Stirn. »Er hat gewusst, was das für eine Aufnahme ist. Er hat es gewusst, sonst hätte er nicht so reagiert, oder? Wie hätte er sonst wissen sollen, was es ist? Es war ja nichts zu sehen außer einer beschissenen weißen Wand.« Sie war laut geworden, Speichel hing in ihren Mundwinkeln.

»Verdammt, Franka.« Ulrike schüttelte den Kopf. Sie hatte

Schwierigkeiten, zu begreifen, was die junge Polizistin ihr gerade gestanden hatte. »Geh nach Hause«, sagte sie. Die Strenge in ihrer Stimme erschreckte sie selbst.

Franka rührte sich nicht, sie stand bloß da, den Blick auf die Füße gerichtet, die Arme vor der Brust verschränkt.

»Geh sofort nach Hause«, wiederholte Ulrike etwas lauter. Ingo, der im Türrahmen stand und alles mitbekommen hatte, legte Ulrike beschwichtigend die Hand auf die Schulter. »Komm schon, Ulli.«

»Halt dich raus, Breitmayr. Mach stattdessen deinen beschissenen Job.« Ulrike drehte sich um und trat ins Freie, steckte ihre Hand in die Jackentasche auf der Suche nach ihrem Handy. Sie hatte es auf dem Dachboden vergessen.

Sie nahm zwei Treppenstufen auf einmal, drängte sich an einigen Beamten vorbei und stieg dann wieder über die metallenen Stufen nach oben. Das Handy lag gleich neben der Luke. Gerade hatte Ulrike danach gegriffen, da fiel ihr ein anderer Gegenstand ins Auge. Sie erklomm die höchste Sprosse, hievte sich auf den Boden und bückte sich nach einem braunen, in Leder geschlagenen Buch, das etwas abseits neben einer schwarzen Truhe lag. Sie schlug es auf, überflog die handgeschriebenen Worte, entzifferte mühsam die letzte beschriftete Seite, dann ließ sie das Buch sinken.

»Scheiße, gottverdammte«, wisperte sie, bevor sie wieder nach unten stürmte. An der Tür angekommen, drückte sie Ingo Breitmayr das Buch in die Hand. »Seine Frau. Sie wusste von nichts, hat's rausgefunden.«

Er schlug das Buch auf, überflog ebenfalls stumm die letzten Seiten.

»Wir müssen sie finden. Gott weiß, was das Arschloch als Nächstes macht.«

29

Es hat wieder angefangen zu regnen. Es regnet die ganze Zeit. Vielleicht hat es die letzten zehn Jahre geregnet, die letzten zwanzig, die letzten dreißig Jahre. Ich kann es nicht sicher sagen. Einfach weil ich nicht mehr weiß, wann ich das letzte Mal das Gesicht in die Sonne gehalten hab. Es muss Jahre her sein, fühlt sich an wie Jahrhunderte. Jetzt ist nur noch Nacht, jetzt ist nur noch Regen. Ich hätte nicht ins Haus zurückkehren dürfen, ich hätte einfach fernbleiben sollen, aber ich musste noch einmal hin, hätte nicht ahnen können, dass dann alles plötzlich so schnell gehen musste.

Alma hat auf dem Dachboden gekauert, hat sich in die hinterste Ecke gezwängt, vielleicht dachte sie, ich sehe sie nicht, wenn sie sich ruhig verhält und die Augen zumacht. Es tat mir leid, aber mir ist nichts anderes übrig geblieben. Jetzt sitzen wir im Auto. Sie auf der Rückbank, ich hinterm Steuer, und wir warten. Wir müssen weg von hier, je schneller, desto besser, aber wohin soll ich fahren? Ich muss nachdenken.

Ich hör die Sirenen überall, versuche, es auszublenden, aber das will mir nicht gelingen. Ich dachte, wir könnten über die Grenze, aber das würden sie vielleicht von mir erwarten. Wir müssen das Auto loswerden, aber wie kommen wir dann weiter? Ich würde gerne Alma fragen, sie hat immer gute Ideen, aber das geht ja gerade nicht. Also warten wir einfach, bloß für einen Moment, bloß für eine Stunde vielleicht oder für zwei. Einfach so lange, bis Nacht ist, bis sie denken, wir sind schon weit weg.

Ich frage Alma, ob sie Hunger hat. Ihre Augen sind so groß, sie schüttelt bloß den Kopf, hinter dem Schal kommen ein paar undefinierbare Laute hervor.

»Ich weiß, Alma, ich weiß«, sage ich. Dass es mir leidtut, verdammt, was hätte ich tun sollen? War ja so nicht geplant.

»Das war so nicht geplant, Alma. Tut mir doch leid«, sage ich noch mal. Was hilft es denn? Verdammter Mist, ich schlage die Hände aufs Lenkrad. Mein Herz hämmert, und meine Finger sind ganz kalt. Verdammter Mist. War ja so nicht geplant. War ja alles so nicht geplant.

Wir haben uns auf den Parkplatz am Klinikum gestellt. Ganz hinten zu den Bäumen, in die hinterste Ecke, wo selbst die Lichter der Laternen nicht strahlen, wo man das Auto kaum noch sehen kann. Hier warten wir. Irgendwann legt sich Alma auf die Rückbank. Sie ist müde, sie will schlafen. Ich dreh mich zu ihr um. Fast skurril, hat neben mir die letzten dreiundzwanzig Jahre geschlafen, jetzt so. Jetzt hier. Kaum zu glauben, aber war so nicht geplant.

Ich lehne mich zurück, starre auf die Laternen, umklammere das Lenkrad. Lange Sekunden vergehen, ganze Minuten verstreichen. Alles verschwimmt. Ich schlafe ein. Dann sehe ich sie wieder vor mir. Wirft immer ihr blondes Haar zurück und lacht, so klar und so hell, das habe ich nie vergessen. Wenn ich schlafe, ist sie immer da. Liegt dann irgendwann auf dem Boden und schnappt nach Luft, ihr Gesicht versteinert sich, die Augen werden leer. Sie macht den Mund auf und sagt so viel und sagt doch nichts.

Ich schrecke hoch, ein Geräusch irgendwo in der Ferne. Ich reiße die Augen auf, ein Martinshorn irgendwo, sehe ein blaues Licht, vorne auf der Straße. Höre das ferne Brummen eines Hubschraubers. Mein Herz schlägt. Ich bin sofort hellwach. Ich dreh mich um, Alma schläft noch immer, sieht friedlich aus. Wir müssen weg von hier. Ich warte für einen Moment, sehe auf die Uhr. Eine Stunde habe ich geschlafen. Es ist jetzt Mitternacht. Es hat aufgehört zu regnen. Ich drehe den Schlüssel in der Zündung, dann fahren wir los.

***

Es war ein Uhr in der Nacht und Dvalitsas Wagen unauffindbar. Jede Streife war im Einsatz, jede Dienststelle, jeder Grenzposten alarmiert. Dunkelgrüner Opel Corsa B, Kennzeichen: R-AD-1998. Es war kalt geworden, aber Ulrike spürte die

Kälte nicht. Die Worte aus dem Lederbuch hatte sie verschlungen, die Leidensgeschichte einer Frau, die begriffen hatte, dass ihr Mann ein Fremder war. Es hatte sich wie Gift angefühlt. Jetzt war sie am Ende ihrer Kräfte, stand unter dem Vordach vor der Inspektion, die Arme vor der Brust verschränkt, und lauschte dem Rattern des Helikopters, als Ingo sich neben sie stellte. Er zündete sich eine Zigarette an und starrte genau wie sie in den Himmel.

»Darf ich mal ziehen?«, fragte sie und nahm dankbar einen tiefen Zug, nachdem Ingo ihr die Zigarette gereicht hatte. Sie behielt den Rauch für einen Moment im Mundraum, inhalierte dann, pustete ihn aus und schloss die Augen. »War ich zu hart?«, fragte sie ihn. Ihre Stimme klang fremd, sie hatte das Gefühl, neben sich zu stehen.

»Sie ist jung, Fehler können passieren.«

»Nicht so ein Fehler.«

Ingo schwieg für einen langen Moment. »Auch so ein Fehler, wie du siehst. Du bist eine gute Polizistin, aber ich bin mir sicher, du hast auch schon mal Mist gebaut.«

»Ich habe gut gelernt, vielleicht ist das der Unterschied.«

»Der berühmte Harald Stein.« Jedes seiner Worte zog er künstlich in die Länge.

Ulrike beobachtete ihn aus dem Augenwinkel, sie runzelte die Stirn. »Du kennst ihn?«

Ingo nickte. »Von der Polizeischule, da hat er mal einen Vortrag gehalten.«

»Du weißt, dass wir –«

»Ihr wart verheiratet, ich weiß. Kein Wunder, dass du mich nicht ranlässt, wenn das dein Standard ist«, sagte er und zwinkerte ihr zu.

Ulrike wollte lachen, doch es gelang ihr nicht. Die Zigarette hatte einen bitteren Geschmack in ihrem Mund hinterlassen. Dann dachte sie wieder an Franka. »Ich war nicht zu hart, es war ein schwerer Fehler. Wenn wir so tun, als wäre es was anderes gewesen, dann belügen wir uns selbst. Und das hilft ihr nicht.«

Ingo drückte seine Zigarette in dem Aschenbecher neben dem Eingang aus. »Wahrscheinlich hast du recht.« Er nickte ihr zu. »Du siehst beschissen aus. Geh nach Hause. Schlaf ein bisschen.«

Emma war noch wach gewesen, als Ulrike die Haustür aufgesperrt hatte. Sie hatte im Wohnzimmer auf der grünen Couch gesessen und in einer Zeitschrift geblättert, die Haare frisch gewaschen, die Sofadecke über die Beine gelegt. Wie Ulrike sie dort sitzen gesehen hatte, war ihr für einen Moment die Luft weggeblieben. Hier war alles normal, so unaufgeregt. Doch da draußen war so viel passiert, und die Tragweite dessen, was geschehen war, schien ihr immer noch kaum bewusst zu sein. Alexej Dvalitsa hatte allem Anschein nach seine Stieftochter getötet sowie zwei weitere Frauen. Es war kaum möglich, das in Worte zu fassen.

»Wie war dein Tag?«, fragte Emma bemüht beiläufig, und Ulrike wusste nicht, wie sie antworten sollte.

»Es gab einen zweiten Mord. Es ist viel passiert. Wir wissen inzwischen, wer er ist. Aber er ist auf der Flucht.«

»Ach du Scheiße. Und jetzt?«

»Jetzt muss ich etwas essen, vielleicht ein bisschen schlafen.«

»Soll ich dir was machen? Ich habe mir heut Abend Nudeln gekocht, davon ist noch was übrig. Die mach ich warm, ja?«

Emma wartete ihre Antwort nicht ab, richtete sich auf und ging in die Küche. Sie öffnete die Kühlschranktür, zog eine Tupperdose hervor und stellte eine Pfanne auf den Herd. Nachdem sie etwas Öl hineingeträufelt hatte, schaltete sie den Herd an.

Ulrike setzte sich an den Küchentisch und beobachtete sie. Die alltägliche Situation hatte etwas Beruhigendes, Erholsames und gab ihr für den Moment das Gefühl von Sicherheit. Sie dachte an ihr letztes Gespräch, an das, was Lutz gesagt hatte. »Emma, hast du die Lehre abgebrochen?«

Ihre Tochter antwortete nicht sofort, stand mit dem Rücken zu ihr vor der Kochinsel. »Ja«, sagte sie irgendwann.

»Ich dachte, dass es dir Spaß macht, dass du daran Freude hast?«

»Ich weiß nicht ganz, was ich machen will. Jedenfalls nicht das.«

»Das weiß man ja nie so ganz genau, oder?«

Emma öffnete die Tupperdose und ließ die Nudeln, die sich in der kalten Dose zu einem rechteckigen Batzen geformt hatten, in die Pfanne fallen. Es brutzelte.

Als Ulrike der würzige Geruch von Knoblauch, Olivenöl und Tomaten in die Nase stieg, bemerkte sie, wie ausgehungert sie war. Für einen Moment war der Fall weit weg. »Was möchtest du denn machen?«

»Woher soll ich das wissen?«

»Gute Frage«, antwortete Ulrike.

»Wusstest du immer, was du willst?«

»Nee«, sagte Ulrike entschieden. »Bis heute nicht.«

»Aber du bist ja glücklich als Polizistin. Schließlich hast du ja viel dafür aufgegeben.«

Nicht nur die Aussage, sondern auch die Art, wie Emma dies gesagt hatte, diese Gleichgültigkeit und Nüchternheit, versetzten Ulrike einen tiefen Stich. »Ich weiß nicht, was ich darauf antworten soll, Emma.«

»Du musst auch nichts sagen. Es ist ja, wie es ist.«

»Du weißt aber, wie wichtig du mir bist. Dass ich das anders geplant hatte. Ich wollte die Zeit mit dir, aber irgendwann hat es nicht mehr so gut funktioniert.«

»Ich weiß«, wiegelte Emma ab. Sie wollte dieses Gespräch nicht führen. »Aber du wolltest immer Polizistin werden? Hast du das immer gewusst?«

»Ich weiß nicht genau, es hat sich damals irgendwie richtig angefühlt. Ich bin gut drin, es ist eine wichtige Arbeit. Vielleicht ist es das, dass ich etwas Wichtiges machen wollte, etwas, das Bedeutung hat.«

Emma schaltete den Herd aus und beförderte die duftende Masse von der Pfanne in einen tiefen Teller. »Bitte«, sagte sie und stellte ihn vor Ulrike auf den Tisch. »Penne all'arrabiata.«

»Danke. Meine erste Mahlzeit heute.«

»Was macht ihr jetzt?«

»Die Kollegen fahnden bereits nach dem Mann. Wir arbeiten in Schichten. Ich brauche nur ein paar Stunden Schlaf.« Ulrike schob sich eine Gabel in den Mund. »Das rettet mir den Tag, Emma. Wenn nicht sogar das Leben.«

»Was ist das für ein Typ?«, fragte Emma.

»Ein Hausmeister an der Universität. Eher unauffällig. Wiederholungstäter. Hat vermutlich bereits Mitte der Neunziger gemordet. Damals hat man einen anderen verurteilt.«

»Warum? Warum hat er das gemacht?«

»Das wissen wir nicht. Schwer nachzuvollziehen. Das weiß nur er selbst.«

Ulrike seufzte und aß dann schweigend die Nudeln auf ihrem Teller, viel war es nicht, aber es reichte. Auf einmal wurde sie sehr müde.

Emma begutachtete sie prüfend. »Weißt du was? Ich wollte auch mal Polizistin werden. Da war ich zwölf oder so. Da wollte ich genau so werden wie du.«

Ulrike hob die Augenbrauen. »Und dann?«

»Habe ich es Harry erzählt.«

»Und was hat er gesagt?«

»Er hat gesagt, dass ich mir das überlegen soll. Hat gesagt, dass es nicht viele gibt, die das gut machen, aus Überzeugung. Dass du eine davon bist. Aber dass man dafür auch einen Preis zahlen muss.«

Ulrike spürte den Kloß in ihrem Hals, groß und unausweichlich. Harry und Emma hatten sich immer gut verstanden. Auch wenn es wenig Gelegenheiten gegeben hatte, an denen sie sich gesehen hatten, war das Verhältnis leicht gewesen. Harry hatte nie versucht, Emma zu beeindrucken oder von sich zu überzeugen. Er war ihr auf Augenhöhe begegnet, respektvoll und unaufgeregt. Er hatte sie nicht wie ein Kind behandelt. Das hatte Ulrike immer imponiert. Die Erinnerung daran trieb ihr Tränen in die Augen. Sie blinzelte, erhob sich hastig und stellte den Teller in die Spüle. »Das hat er gesagt, ja?«

»Ja. Ich schreib ihm noch, wusstest du das? Ich schreib ihm immer zu Weihnachten und zum Geburtstag eine Karte. Er antwortet nie.«

»Das ist lieb, dass du ihm schreibst. Ich denke, er freut sich sicher. Auch wenn er nicht antwortet, auch wenn er nicht mehr weiß, wer du bist. Dann freut er sich in dem Moment. Das ist viel wert.« Ulrike drehte sich zu ihrer Tochter um, wie in Wellen wurde sie von Gefühlen der Zuneigung und des Stolzes erfüllt. »Du wirst mal was. Das weiß ich genau. Du wirst schon rausfinden, was du willst und worin du gut bist. Ich helfe dir dabei und unterstütze dich. Egal was es ist.«

Emma lächelte. »Weißt du, Ulrike, mir ist mal aufgefallen, dass ich total gut darin bin, mich an einer Stange zu bewegen. Total krass. Wie ein Schlangenmensch.«

Ulrike lachte auf, für einen kurzen Moment war ihr ganz leicht ums Herz, als sei heute ein ganz normaler Tag, ein normaler Abend. »Alles klar. Dann kauf dir eine Stange und gib mir die Rechnung«, antwortete sie. Sie wuschelte Emma über den Kopf und kniff ihr spielerisch in die Wange. »Wir machen aus dir schon die beste Stripperin, die der Pott je gesehen hat.«

Kaum war Emma in ihrem Zimmer verschwunden, kehrte Ulrike augenblicklich in Gedanken zum Fall zurück. Sie musste etwas Schlaf finden, doch sie war hellwach, kaum in der Lage, zur Ruhe zu kommen.

Sie rief sich das farblose Gesicht des Hausmeisters in Erinnerung, der am ersten Tag der Ermittlung auf den Stufen gekauert hatte und vor ihnen mit hängenden Schultern durch die Gänge der Universität getrottet war. Es war schwer vorstellbar, dass dieser schmächtige Mann in der Lage dazu gewesen war, drei Menschen das Leben zu nehmen. Ulrike bemühte sich, sich seine Augenfarbe in Erinnerung zu rufen, seine Haarfarbe und seine ganze Haltung, versuchte, sich jedes noch so kleine Detail seiner Aufmachung vor Augen zu führen, doch in ihrem Kopf war er nichts weiter als eine verschwommene Silhouette, ohne Gesichtszüge, beliebig, ohne Merkmale.

Es kam ihr so vor, als hätte sie damals direkt an ihm vorbei-gesehen, als hätte sie ihn nicht richtig angeschaut. Sie sah bloß die Treppe hinter ihm, das graue kontrastlose Licht. Sie dachte an die Worte von Bettina Schreiber, an ihre Schilderung, dass sie es mit jemandem zu tun hatten, der kaum beachtet wurde, unsichtbar zu sein schien. Hätte sie es früher ahnen können? Hatte es Anhaltspunkte dafür gegeben, dass er etwas mit dem Mord zu tun hatte? War sie nicht wachsam genug gewesen? Hätte der Mord an der Tochter verhindert werden können?

Ulrike wälzte sich in ihrem Bett hin und her. Die Fragen prasselten gewaltvoll auf sie nieder und beschwerten sie auf seltsame Weise, als würde jemand sie unter zahlreichen Decken begraben. Sie wurden wirrer und zusammenhangloser, sie ver-lor sich in den möglichen Antworten und sah den Hausmeister immer neben sich stehen, sah das verschwommene Bild des Mannes auf der Treppe. Dann fiel sie in einen tiefen Schlaf.

30

Wir sind nicht weit gefahren. Überall höre ich Sirenen oder sehe das blaue flackernde Licht. Sie schwärmen aus, je näher sie kommen, desto mehr krampft sich alles zusammen. Also bin ich hierhin. Auf einen Feldweg irgendwo in der Einöde. Jetzt stehen wir vor einem Wald. Ich weiß nicht genau, wo ich bin, weiß nicht, in welche Richtung ich unterwegs war. Habe die Autobahn gemieden, mich über einsame Land- und Bundesstraßen bewegt. Wir waren etwa drei Stunden unterwegs, langsam, kriechend. Dachte, wenn ich rase, dass ich die Aufmerksamkeit auf mich ziehe, deswegen habe ich das Gas nur mit den Zehenspitzen berührt, auch wenn ich einfach nur durchdrücken wollte. Bloß weg.

Aber ich habe mich ermahnt, die ganze Zeit. Nur nicht die Nerven verlieren. Damit rechnen sie. Das wollen sie. Ich lehne mich zurück. Ich öffne die Fahrertür, steige aus und atme die kühle Nachtluft ein wie ein Süchtiger. Dann gehe ich ein paar Schritte und erleichtere mich an einem Baumstamm. Hier ist nichts, nur ein dunkler, dichter Kiefernwald, der sich wie eine Wand vor mir aufbaut. Die Ruhe fühlt sich gut an, ich kann mich entspannen, wenigstens für einen Moment. Aus dem Auto höre ich etwas. Alma ist aufgewacht, sie strampelt mit den Füßen. Als ich zurückgehe, sehe ich sie an, sie hat sich aufgerichtet, die Arme sind noch immer hinter ihrem Rücken gefesselt, der Schal noch immer straff um ihren Mund gewickelt.

»Hast du Durst?«, frage ich sie. Sie nickt. »Du musst ruhig bleiben, ja? Nicht schreien. Ich will dir nicht wehtun.« Sie nickt wieder.

In den Kofferraum habe ich einen Wasserkasten aus der Speisekammer gewuchtet, ein paar Klamotten, etwas zu essen. Wir hatten kaum Zeit, vielleicht zehn Minuten. Es musste schnell gehen. Ich ziehe eine Flasche aus dem Kasten, öffne ihre Tür.

»Nicht schreien, ja, Alma?« Bitte. Sie nickt zum dritten Mal. Ich lege den Schal ab und schaue sie an. Sie sieht plötzlich aus wie früher, etwas verhuscht irgendwie. Ich muss lächeln, streichle über ihre Wangen, widerstehe der Versuchung, sie in den Arm zu nehmen. Sie zieht ihr Gesicht zur Seite.

»Es tut mir leid. Ich habe das so nicht geplant. Ich wollte einfach bloß rein, ein paar Sachen holen. Ich wollt dich gar nicht mitnehmen.«

Alma überlegt, etwas zu sagen, schweigt dann aber. Ich halte ihr die Flasche hin, und sie trinkt mühsam, dann verschluckt sie sich und hustet. Das Wasser tropft auf ihren Pullover. Sie schnappt nach Luft. Ihr Gesicht ist ganz nass, sie hat geweint, das fällt mir erst jetzt auf.

»Lex, lass mich einfach gehen. Ich sag nichts.« Sie zittert.

»Nein, das kann ich nicht. Das weißt du.« Ich drehe mich um, schlage die Hände über dem Kopf zusammen. »Alma, das weißt du. Das weißt du genau. Ich wünschte, ich könnte, aber das geht nicht.«

»Lex, bitte. Was hast du denn vor?«

Sie schluchzt, das hasse ich, wenn sie das macht. Das gibt mir ein beschissenes Gefühl. Wenn sie weint, wenn sie so schwach ist, dann könnte ich sie erwürgen. Das war schon immer so.

»Hör auf damit.« Ich stehe ganz nah vor ihr, könnte ihr Gesicht mit meinem berühren. »Alma, lass das. Hilft dir nichts.« Sie hört nicht auf, also pack ich sie am Hals. »Alma, lass das.« Sie verstummt. Was mach ich hier? Das hat sie nicht verdient. Ich lass sie los. »Hör mir zu. Ich bring dich bloß weg. Ich bring mich in Sicherheit, dann darfst du gehen, aber jetzt gerade … Das geht nicht.«

»Warum hast du das gemacht? Warst du das? Rita?«

Ich setze mich auf das Gras, starre sie an, lasse den Kopf in den Händen versinken. Gott, das tut weh, ihren Namen aus Almas Mund zu hören. Macht alles plötzlich so echt. Ich weiß, dass es dumm ist, aber oft kam es mir so vor, als existierte Rita nur in meinem Kopf, als hätte ich mir sie eingebildet. Sie war das Schönste, was ich jemals gesehen habe. Ich wollte ihr ja bloß helfen.

Wie soll ich Alma das erklären? Sie wird das nicht nachvollziehen können. Irgendwann gab es da mal diesen Moment, in dem ich geglaubt habe, dass ich es ihr sagen kann, in dem ich mich ihr so nah gefühlt hab, in dem ich dachte, dass sie zuhören würde. Ich weiß das noch genau, dass wir im Garten saßen, und die Kinder haben gespielt. Da haben wir uns angesehen, und sie sah so glücklich aus, so zufrieden, da war sie ganz klar, als wüsste sie genau, wer wir sind, was wir suchen, was wir brauchen. Das habe ich nie gewusst, aber sie hat's für uns beide geplant, hat's für uns beide gewusst. Da habe ich kurz gedacht, dass ich es einfach sagen kann. Es war so lang her, so ewig her. Sie hätte Zeit gebraucht, aber sie hätte es vielleicht verstanden. Das war nur ein kurzer Moment, der Bruchteil einer Sekunde. War so schnell weg, wie er gekommen war. So wie sie da aussah, so hat sie schon lang nicht mehr ausgesehen. So sieht sie auch jetzt nicht aus. Es ergibt doch überhaupt keinen Sinn, verdammt.

»Hast du Hunger?«

Sie schüttelt den Kopf und weist mit dem Kinn auf die Flasche, die vor der Tür im Gras liegt.

Ich stehe auf, gehe wieder zu ihr und halte ihr die Flasche an den Mund. »Langsam.«

Sie trinkt gierig, wie ein Kalb. Fast die halbe Flasche. Dann schnauft sie.

»Du musst auch was essen, Alma. Oder musst du aufs Klo? Du musst es nur sagen, du kriegst alles.«

»Nein. Ich will nur weg.«

»Ich weiß. Gib mir Zeit. Okay? Ich werde dir nichts tun, wenn du nur ruhig bleibst, wenn du auf mich hörst. Ich habe das nicht geplant.«

Plötzlich verengen sich ihre Augen zu Schlitzen, sie spuckt vor mir auf den Boden. »Du bist der Teufel, Lex.« Jetzt klingt sie ganz anders, ihre Stimme ist so scharf wie Glas. Sie beginnt zu schreien, ruft nach Hilfe.

Ich hole aus und schlage in ihr Gesicht. Ihr Kopf sinkt zur Seite. Sie schnappt nach Luft, aber sie ist still.

»Das habe ich nicht gewollt, aber ich habe dir gesagt, dass du ruhig sein musst. Verstehst du jetzt, was passiert?«

Ich nehme den Schal, lege ihn ihr wieder um den Mund. Dann drücke ich sie zurück auf den Sitz und schlage die Tür zu. Ich schaue wieder zum Wald, die Wand ist größer geworden und dunkler. Ich will darin verschwinden. Ich lege mich auf das Gras und schaue in den Himmel. Es ist kalt, aber die Kälte fühlt sich gut an. Ich werde ruhig, spüre meine Atmung, konzentriere mich darauf, wie mein Brustkorb sich hebt und senkt. Die Sterne sind so weit weg, das alles ist doch eigentlich so bedeutungslos.

Ich schließe die Augen. Dann bin ich wieder da. Sommer 1990, es war so warm, schwül beinah. Westen. Alles neu. Alles bunt und grell. Die Arbeit in Landshut, hat sich alles so richtig angefühlt. Ein neues Leben, ein neuer Anfang. Und da war sie. Sie war das Erste, was ich gesehen hab, das Erste und das Einzige.

Ich weiß noch genau, wie sie durch die Flure geschlendert ist, kann mich noch an ihren Gang erinnern, wie sich dabei ihre blonden Haare bewegt haben, kann mich an ihr Lachen erinnern, ihre Augen, die gefunkelt haben. Aber das war, als wäre ich unsichtbar. Wenn sie an mir vorbeigegangen ist, hat sie nicht mal den Kopf gewendet. Immer an mir vorbei, immer ein Stück an mir vorbei. Jahrelang.

Ich atme die kühle Nachtluft ein. Erinnere mich an diesen kalten Tag im Januar. An den Tag, an dem sich alles verändert hat. Sie war spätabends noch in der Schule, saß im Klassenzimmer, hat geweint. Mein Herz hat so stark geschlagen, jetzt waren wir allein. Das allererste Mal. Keiner um uns herum, nur wir. Jetzt hatte ich ihre Aufmerksamkeit, konnte ihr alles sagen, endlich zeigen, wer ich bin, dass ich da war. Ich habe gefragt, was los ist, ob alles in Ordnung sei. Ich habe sie angesehen, alles an ihr. Aber sie hat nur kurz aufgeschaut. Nur für einen Augenblick. Ich wollte sie haben.

»Lassen Sie mich in Ruhe«, hat sie gesagt. Nicht mal da hat sie aufgeschaut.

»Ich will bloß helfen«, habe ich gesagt.

Natürlich wollte sie nicht rausgehen, hab den Typ doch gesehen, wie er da rumgeschlichen ist.

»Ich schick ihn weg, Rita. Ich mach, dass es besser wird.« All meinen Mut habe ich zusammengenommen in diesem Moment. Ich bin auf sie zugegangen, wollte sie bloß in den Arm nehmen, sie trösten, ihr das Gefühl geben, dass sie sicher ist, dass sie mir vertrauen kann.

Mehr wollte ich doch gar nicht. Sie hat mich angebrüllt, mich von sich gestoßen. Und wieder hat sie mich nicht ansehen können. Sie hat es nicht geschafft. Alles ging so schnell. Das Gefühl stieg in mir hoch, das teuflische Gefühl, das plötzlich alles kontrolliert hat. Als würde ich in Flammen aufgehen. Ich habe nicht mal richtig gemerkt, wie ich zugedrückt hab. Aber alles war plötzlich so einfach, so deutlich und klar.

Sie hat mich angesehen in diesem Augenblick, das allererste Mal. Ich war nicht länger unsichtbar. Ich war nicht länger fremd. Ich hatte die Kontrolle. Über sie und über mein Leben. So oft habe ich darüber nachgedacht seitdem. Über dieses fremde Gefühl. Wütend zu sein. Frei zu sein. Versucht zu verstehen. Als sie fort war, verflog es mit ihr. Als wäre nie etwas geschehen. Als wäre ich das nicht gewesen.

Mein Kopf brummt. Ich höre etwas, eine Sirene. Irgendwo weit weg, schrecke auf. Steige hinter das Steuer, schalte den Motor an. Alma bewegt sich nicht auf dem Rücksitz, starrt aus dem Fenster. Die Nacht ist fast vorbei, und wir fahren tiefer in den Wald.

✳✳✳

Früh am Morgen kehrte Ulrike in das Haus der Dvalitsas zurück, das noch in der Nacht vollständig durchsucht worden war. Es war noch dunkel, als sie die Tür aufstieß, und es kam ihr fast so vor, als wäre sie nur kurz fort gewesen. Sie hatte bloß wenige Stunden geschlafen, doch allein die Gelegenheit, zumindest für eine Weile die Augen zu schließen, hatte ihre Sicht auf die Dinge etwas geklärt.

Ulrike trat ins Innere. Es roch muffig, beinah so, als hätte das Haus unter Wasser gestanden, als würde jetzt alles langsam trocken, all der alte Stoff, der alte Staub. Ulrike spähte vorsichtig in die kleine Küche und die Gästetoilette, als erwarte sie Tropfen an der Decke, bevor sie auf das große Wohnzimmer zuging, das am Ende des Gangs direkt gegenüber dem Eingang lag. Timo Stöckl, der die Hausdurchsuchung angeleitet hatte, war die ganze Nacht wach gewesen, seine Haare waren strähnig, seine Augen nahezu glasig.

»Morgen, Timo. Was habt ihr gefunden?«, fragte Ulrike ihn. Er kniete vor einem braunen Sekretär, legte Blätter zusammen. Erst einige Momente nachdem sie gesprochen hatte, schien er sie zu bemerken, drehte sich um und wies auf den Esstisch. »Annabelles Rucksack, ihr Handy auf dem Dachboden. Darias Tasche im Keller. Es ist alles da. Es besteht überhaupt kein Zweifel mehr.«

Ulrike nickte. Sie begutachtete die Dinge, die wie eine morbide Sammlung ausgebreitet auf dem dunklen Holz lagen, den cognacfarbenen Lederrucksack, den grünen Stoffbeutel, ein rosé-goldenes iPhone, Kopfhörer, Laptop.

»Darias Handy fehlt.«

»Ja, das ist mir auch schon aufgefallen, es ist jedenfalls nicht aufgetaucht. Noch etwas …« Timo öffnete einen Ordner, angefüllt mit Papieren, in Klarsichtfolien gesteckt. »Das sind nicht seine Kinder. Weder Bela, so heißt der Junge, noch Daria. Es sind die Kinder der Frau, die beiden haben sich erst nach deren Geburt kennengelernt.«

Ulrike, die am gestrigen Abend bereits das gesamte Tagebuch von Alma Dvalitsa studiert hatte, nickte wissend. »Ja, das habe ich auch schon rausgefunden. – Wie geht's dir?«, fragte sie und musterte ihn nicht ohne Besorgnis. Sie fühlte sich schuldig, geschlafen zu haben, während ihr junger Kollege die ganze Nacht auf den Beinen gewesen war.

»Na ja, das ist schon ganz schön heftig, die ganze Sache.«

»Das ist es.«

»Und es gibt keine Spur bislang, nehme ich an?«

»Nichts«, antwortete Ulrike müde seufzend. »Keine Kontenbewegungen, kein Auto, keine Anrufe von seiner Nummer oder dem Handy seiner Frau.« Sie musterte Timo Stöckl noch einmal. »Geh nach Hause, ihr habt hier vorerst genug getan.« Timo Stöckl schien für einen Moment widersprechen zu wollen, dann nickte er, beinah widerwillig.

Etwas später war Ulrike bis auf einige Beamte allein im Haus. Noch immer war es dunkel, während sie durch die Räume schlich, das Licht immer nur für den Augenblick eingeschaltet, in dem sie einen Blick hineinwarf. Sie hatte den Eindruck, durch ein Museum zu laufen, als würde sie Momentaufnahmen aus einer anderen Zeit betrachten. Der Versuch, sich vorzustellen, wo sie sich befand, wer hier gelebt hatte, was hier geschehen war, scheiterte, als stünden die Räume seit Jahren leer, als gäbe es keine Verbindung zwischen dem Mobiliar und den Bewohnern.

Irgendwann stand Ulrike vor Alexej Dvalitsas geöffnetem Kleiderschrank, starrte auf die Pullover, auf die Hemden, auf ein paar zusammengefaltete T-Shirts auf einem oberen Regalbrett. Hinter der benachbarten Schranktür verbarg sich Almas Garderobe. Ulrike drehte sich um, ihre Hälfte des Bettes war ungemacht, seine Decke bloß lose zurückgeschlagen. Es waren Jahre vergangen, in denen Alma nichts geahnt hatte, in denen sie jeden Morgen neben einem völlig Fremden aufgewacht war. Vielleicht fiel es Ulrike deshalb so schwer, eine Verbindung aufzubauen, sich vorzustellen, wer hier gelebt hatte, dass hier gelebt worden war, dass noch vor einigen Tagen ein normaler Alltag stattgefunden hatte. All das baute auf einer großen Lüge, auf einem grauenvollen Geheimnis auf.

Ulrike stutzte, als sie plötzlich Gebrüll im Treppenhaus hörte. Reflexartig legte sie die Hand an ihren Pistolengurt und ging nach unten. Ein Beamter stand am Eingang, drehte sich zu ihr um und schüttelte den Kopf. Auch wenn Ulrike noch immer nicht wusste, was der Grund für den Tumult war, begriff sie, dass die Situation ungefährlich zu sein schien. Sie ging auf die Tür zu und sah einen großen bulligen Mann, der sich vor dem Eingang aufgebaut hatte. Beinah augenblicklich erkannte Ulrike in dem Riesen Bela Dvalitsa von einem Familienfoto.

»Herr Dvalitsa?«, begrüßte sie ihn fragend. Er hatte noch immer drohend die Schultern angezogen, doch seine Augen waren verheult und im Schock geweitet. Ulrike gab dem Beamten zu verstehen, dass Bela harmlos war und er sich zurückziehen konnte. Schulterzuckend zwängte sich der Polizist an Dvalitsa vorbei ins Freie.

»Ich bin Ulrike Kork von der Kripo Regensburg.« Ulrike musterte den hünenhaften Mann nun genauer. Im Gegensatz zu seinem durchtrainierten Körper wirkte das rundliche Gesicht beinah kindlich, unschuldig.

Er verzog den Mund zu einem bemühten Lächeln, reichte ihr die Hand, dann zogen sich die Augenbrauen über den kugelförmigen Augen wieder streng zusammen. »Ich habe einen Anruf bekommen von der Polizei. Stimmt das mit Daria? Wo sind meine Eltern?« Er sprach schnell, verschluckte in seiner Panik einige Silben.

Ulrike umging das Wohnzimmer, wies auf die Küche, die auf der linken Seite des Flurs lag, und bat Bela, sich an den Esstisch zu setzen. Er folgte ihrer Anweisung widerstandslos, ließ sich auf einen Stuhl direkt am Fenster fallen. Ob das wohl sein angestammter Platz war?

Dann sah er sich im Raum um, als wäre er das erste Mal hier, als sei er nicht hier aufgewachsen. In knappen Worten wiederholte er das, was er zu Beginn gesagt hatte. Schon in der Nacht hätten die Beamten an seine Tür geschlagen. Nachdem sie ihm in wenigen Worten geschildert hätten, was geschehen war, sei er losgefahren.

»Bevor wir anfangen: Wissen Sie, wo Ihre Eltern sind? Wo sie hingefahren sein könnten? Haben Sie irgendeine Idee?«

»Nein«, sagte er. Seine Stimme war belegt, der Tonfall finster.

Ulrike griff nach ihrer Tasche auf dem Stuhl neben sich. Sie öffnete eine Fotografie auf ihrem Handy. »Es tut mir leid, das auf diese Weise machen zu müssen, aber wir haben keine Zeit zu verlieren. Ist das Ihre Schwester?«

Bela sagte nichts, atmete nur lautstark aus und schlug sich die Hand vor den Mund. Er fuhr sich durchs kurz geschorene Haar. Dann schwieg er lange. »Das ist Daria«, sagte er dann so leise, dass Ulrike ihn fast nicht verstehen konnte. Er rieb sich die Augen. »Was ist passiert?«, fragte er.

»Sie wurde erwürgt. Wir müssen zum jetzigen Zeitpunkt davon ausgehen, dass Ihr Vater die Tat begangen hat.«

»Er ist nicht mein Vater. Nicht unser Vater«, zischte er feindselig.

»Ihr Stiefvater, ich weiß. Entschuldigen Sie. Wo ist Ihr echter Vater?«

»Er ist abgehauen.«

»Wie ist das Verhältnis zwischen Ihnen und Alexej Dvalitsa? Wie war das Verhältnis zwischen Daria und ihm?«

Bela drehte den Kopf auf die Seite, plusterte sich dann auf, sein Gesicht war puterrot angelaufen, seine Halsschlagader pulsierte.

»Beruhigen Sie sich. Lassen Sie sich Zeit. Wollen Sie etwas trinken?«

Er schüttelte den Kopf. Es dauerte einen Moment, bis seine Atmung sich wieder verlangsamte.

»Wir können wann anders weiterreden, aber wenn Sie uns jetzt sagen können, was Sie wissen, dann hilft uns das sehr weiter, Ihren Stiefvater zu finden und Ihre Mutter in Sicherheit zu bringen.«

Er nickte, blickte sich wieder im Raum um, als könne er hier irgendwo Antworten finden, als suche er nach etwas, an dem er sich festhalten konnte. »Vor ein paar Jahren habe ich ihn auf diese Lehrerin angesprochen. Als ihr Ex-Freund gestorben ist, war das in der Presse. Ich wusste, dass Mama und er sich an der Schule kennengelernt haben. Ich habe ihn danach gefragt.«

»Wie hat er reagiert?«

»Er hat nichts gesagt, war so komisch. Dann habe ich nicht lockergelassen, bin skeptisch geworden, und er war wie ausgewechselt, hat mir eine runtergehauen. Danach war er wieder so wie vorher. Hat sich tausendmal entschuldigt, versucht, alles zu erklären. Von da an bin ich ihm aus dem Weg gegangen.«

»Wusste Ihre Mutter davon?«

Bela klammerte sich an die Tischkante, jedes Wort schien ihn unheimliche Anstrengung zu kosten. »Ich habe es ihr versucht zu erklären, aber wann immer ich auch nur davon anfing, hat sie abgeblockt. Hat gesagt, dass wir nicht vergessen dürften, was wir Lex alles zu verdanken haben. Keiner durfte etwas gegen ihn sagen.«

»Was war mit Ihrer Schwester? Wie hat sie sich mit Ihrem Stiefvater verstanden?«

Bela presste die Lippen aufeinander, schloss die Augen. »Haben sich gut verstanden. Sie ist wie meine Mutter.« Er zögerte, schien etwas sagen zu wollen, schien nicht zu wissen, wie.

Ulrike wartete geduldig, bis er die richtigen Worte gefunden hatte. Er sah aus, als wolle er schreien, doch als er sprach, war seine Stimme beherrscht.

»Als ich von dem Mord an der Studentin erfahren habe, da habe ich mit Daria geredet. Ich habe ihr gesagt, sie soll sich von ihm fernhalten. Zum ersten Mal hat sie mir wirklich zugehört.«

»Haben Sie ihr von Ihrer Vermutung erzählt?«

»Ich habe gesagt, dass da was nicht stimmt.«

»Warum sind Sie nicht zur Polizei gegangen?«

Bela starrte sie an, alles in ihm schien zu pulsieren. Seine Arme waren angespannt, blaue Adern traten dunkel und kräftig hervor. Doch seine Augen füllten sich mit Tränen.

Ulrike wendete den Blick ab, legte ihm eine Hand auf die Schulter. »Bela«, sagte sie, um ihn nicht länger beim Nachnamen des verhassten Stiefvaters nennen zu müssen. »Alexej hat diese Entscheidung getroffen. Nicht Sie. Sie sind nicht dafür verantwortlich, was mit Ihrer Schwester passiert ist. Dafür ist nur er verantwortlich. Niemand sonst.«

Bela Dvalitsa zog ein Taschentuch aus seiner Hosentasche. Er sah aus, als glaubte er ihr kein Wort.

»Sie können uns helfen, ihn zu finden«, sagte Ulrike dann.

»Wie denn? Ich habe doch überhaupt keine Ahnung. Ich weiß von nichts!«, rief er jetzt lauter, dann presste er die Hände vor die Augen.

»Erzählen Sie mir von ihm. Wer ist Alexej Dvalitsa?«

Etwas später, nachdem Bela Dvalitsa den Wunsch geäußert hatte, seine Schwester sehen zu dürfen, und mit einem Beamten in die Pathologie gefahren war, saß Ulrike noch für einen Augenblick bewegungslos in der Küche und ließ sich die gesagten Worte durch den Kopf gehen.

Belas Stiefvater war kurz nach dem Mauerfall von Leipzig nach Landshut gekommen, hatte in einer Schule als Hausmeister angefangen. Seine Eltern hatten bis zu ihrem Tod noch immer in der sächsischen Einöde gelebt. Bela konnte sich noch an sie erinnern, das kleine Einfamilienhaus irgendwo in Mittelsachsen, das große Gemüsebeet, eine kleine Plastikschaukel. Die Familie war aus der Sowjetunion nach Deutschland emigriert, da war Alexej Dvalitsa noch ein Säugling gewesen. Der Vater hatte bei der Post gearbeitet, die Mutter war zu Hause geblieben, das Haus mittlerweile verkauft.

1990 war er in den Westen gegangen, acht Jahre später hatte er dann seine Frau Alma geheiratet, die ebenfalls in der Schule gearbeitet hatte. Gemeinsam waren sie einige Jahre darauf nach Regensburg gezogen, hatten sich das kleine Haus in Kumpfmühl gekauft, das vor einem Jahr abbezahlt worden war. Alexej Dvalitsa hatte sein ganzes Leben lang schwer gearbeitet, hatte teilweise zwei Jobs gleichzeitig gehabt, war immer erst spät nach Hause gekommen, hatte die Kinder eher beobachtet, als dass er sich wirklich mit ihnen beschäftigt hatte.

»Hat selten was gesagt«, hatte Bela Dvalitsa erzählt.

Ulrike hatte nach der Ehe seiner Eltern gefragt, und auch die schien harmonisch, problemlos gewesen zu sein. Seine Eltern hätten sich nie gestritten, meinte Bela sich zu erinnern. Es sei nie laut geworden. Nur eben das eine Mal. Jedes Wort hatte Bela Dvalitsa enorme Anstrengung gekostet, irgendwann war er kraftlos in sich zusammengesunken, da hatte Ulrike ihn gehen lassen.

Sie blickte gedankenverloren aus dem Fenster. Bela hatte nicht viel über seinen Stiefvater sagen können, hatte ihn stets als pflichtbewussten und gewissenhaften Mann erlebt. Doch der eine Moment, in dem ihm die Situation entglitten war, weil die Emotionen die Macht übernommen hatten, dieser eine Moment hatte für Bela alles verändert.

Ulrike versuchte, sich in Alexej Dvalitsa hineinzuversetzen. Ein Mann ohne echte Heimat, ohne klare Herkunft, ein Fremder in der eigenen Familie, im eigenen Land, ein Unbekannter – vielleicht auch für sich selbst. Ulrike überlegte, welches Ziel er nun haben könnte. Osten, Sachsen, Ukraine? Vielleicht war er zu seinen Wurzeln zurückgekehrt. Die bayerischen Bundesgrenzschützer waren unmittelbar nach der Hausdurchsuchung informiert worden, sie waren wachsam. Doch ein Fehler konnte immer passieren. Alles war möglich. Vielleicht war Alexej längst in Tschechien, vielleicht sogar noch weiter östlich. Ulrike sah auf die Uhr. Es war jetzt kurz vor sieben. Bald würde die Sonne aufgehen.

31

Ich sehe nichts vor mir. Habe auf das Handy geschaut, kein Empfang. Ich krieg Panik, höre tausend Sachen gleichzeitig, und Alma tritt mir von hinten in die Rückenlehne. Sie hat Angst, weiß ich genau. Sie ist nicht gern im Wald. Sie hasst die Dunkelheit. Ich halte an, drehe mich zu ihr um. Ihre Augen sind riesig, ihr steht der Schweiß auf der Stirn. Ihr Gesicht ist noch immer rot auf der einen Seite, da, wo ich sie geschlagen habe. Ich fühle mich schlecht, aber was hätte ich denn tun sollen? Wenn sie ruhig bleiben würde, wenn sie einfach nur ruhig bleiben würde, dann passiert so was doch auch nicht. Was habe ich denn für eine verfluchte Wahl?

»Alma, du musst dich beruhigen. Schlaf einfach, mach die Augen zu, denk an was Schönes. Ich bring uns hier raus.«

Sie starrt mich einfach nur an, sie weint. Ich dreh mich um, die Wege werden enger, irgendwo bin ich falsch abgebogen, hier kommt nichts mehr. Wir müssen zurück. Aber Alma tritt noch immer. Sie tritt immer heftiger. Ich kann nicht weiterfahren, sie muss sich beruhigen. Ich bleibe stehen, steige aus dem Wagen, dann öffne ich ihre Tür.

Ihre Augen sind weit aufgerissen, der Schal ist ganz nass von ihrem Speichel. Von ihren Tränen. Sie sieht aus wie ein wildes Tier.

»Alma, verflucht, sieh mich an!«

Sie hält jetzt ganz still, erwidert meinen Blick. Alles geht so schnell. Ruckartig löst sie den Arm hinter ihrem Rücken. Sie muss sich befreit haben. Es war ein Trick. Als Letztes sehe ich noch die halb leere Wasserflasche, die auf mich niedersaust. Dann wird alles dunkel, ich höre nichts mehr außer einem lang gezogenen schrillen Ton.

Vor meinem inneren Auge fliegen Bilder vorbei, so viele Bilder, so viele Gesichter. Rita, Annabelle, Daria. Rita. Rita. Rita. Rita vor mir, sie kommt auf mich zu, das Gesicht so weiß, schneeweiß, streckt die Hände nach mir aus und schreit, schreit so laut.

Ich schrecke auf. Ein stechender Schmerz fährt mir durch den gesamten Körper, mein Schädel brummt. Ich nehme fast nichts anderes wahr. Außer, dass mir kalt ist. So kalt. Ich öffne die Augen. Ich liege auf dem Boden, neben der geöffneten Autotür. Der Wald ist so dunkel, ich kann die Bäume um mich herum nur schemenhaft erkennen. Neben mir liegt die Flasche, sie ist noch ganz, und trotzdem kann ich die dunkle Flüssigkeit daran ausmachen, fasse mir an die Stelle über meiner Schläfe, die so sehr schmerzt, dass mir die Luft für einen Augenblick wegbleibt. Meine Haare sind nass. Meine Finger sind blutig.

Immer noch höre ich diesen schrillen Ton, mein Kopf pocht, die dicke Flüssigkeit tropft mir in die Augen. Es fällt mir schwer, mich zu erheben, mir ist schwindelig, mir ist schlecht, alles schmerzt. Ich ziehe mich an der Autotür hoch, lasse mich auf den Fahrersitz fallen, klappe die Blende nach unten und betrachte mich in dem kleinen Spiegel. Das bin nicht ich, denke ich. Mein Gesicht ist blutüberströmt. Ich will bloß die Augen schließen, aber ich muss Alma finden. Ich muss sie finden.

Eilig schleppe ich mich zum Kofferraum, greife nach einer Wasserflasche und dem Verbandskasten. Mit einem Tuch reinige ich meine Stirn, mein Gesicht. Es ist völlig durchtränkt. Dann presse ich ein zweites auf die Wunde und wickle einen Verband um meinen Kopf, um es zu fixieren. Es schmerzt noch immer, doch bald habe ich das Gefühl, wieder atmen zu können. Da oben blutet es immer stark, das weiß ich. Daria ist mal hingefallen, ausgerutscht, da hatte sie auch eine Platzwunde an der Stirn. Das hat auch stark geblutet, dabei war es gar nicht schlimm.

Irgendwo im Wald höre ich ein Geräusch. Ich muss Alma finden. Sofort. Sie wird sich nur verirren, sie hat Angst im Wald. Im Kofferraum ist der Rucksack, ich packe etwas Wasser ein, ein bisschen Brot. Öffne das Seitenfach. Sie ist noch da, habe sie vor ein paar Jahren gekauft. Ich weiß selbst nicht mehr, warum. Im Handschuhfach finde ich die große schwarze

Taschenlampe. Gerade will ich die Türen absperren, da öffne ich das Fach ein zweites Mal, greife nach der Pappschachtel und hole die letzten Patronen hervor.

Nachdem ich die Tür geschlossen habe, sehe ich mich um und laufe einfach los. Noch immer dröhnt mir der Schädel, alles klingt, als wäre mein Kopf in Watte gepackt. Ich schalte die Taschenlampe ein, doch kann kaum etwas erkennen in dem Lichtkegel, der sich wie wild durch den dichten Nadelwald vor mir bewegt. »Alma!«, rufe ich, bleibe stehen, strahle die dunklen Bäume an, überall nur Äste, nur Laub. Egal wohin ich mich drehe. »Alma, antworte mir. Du erfrierst hier draußen. Komm zurück.«

Wenn sie doch nur antworten würde, wenn sie mir nur glauben würde, dass ich ihr nichts tun will. Ich will ihr doch nichts tun. Herrgott. Ich will ihr helfen. Wir müssen raus hier. Es war falsch, in den Wald zu fahren. Aber ich habe Panik gekriegt. Ich habe plötzlich die Lichter gesehen. »Alma!«, schreie ich. Verdammt. Ich renne weiter.

Was war das? Irgendwas raschelt neben mir im Laub, irgendwo knackt ein Ast. Ich halte inne, bewege die Taschenlampe um mich, erwarte, etwas zu sehen, irgendwas in dem Lichtkegel, der sich kreisrund neben mir bewegt, aber da ist nichts. Nur Bäume, nur Äste. Ich schreie. »Alma! Komm sofort zurück!« Wie lang ist es her? Dass sie davongelaufen ist? Wie lang war ich bewusstlos? Vielleicht eine Minute, vielleicht zwei. Dann könnte es zehn Minuten her sein, vielleicht eine Viertelstunde.

Ich bin schneller als sie, ich habe die Taschenlampe. Ich weiß, dass sie Angst hat. Ängstliche Leute laufen schnell, weiß ich ja. Aber sie machen auch Fehler. Sie sind nicht klar bei Verstand. Alma erst recht nicht. Sie fürchtet sich im Dunkeln. Ich kneife die Augen zusammen, dann renne ich weiter. Aber woher soll ich wissen, dass sie in diese Richtung gerannt ist? Woher soll ich das verdammt noch mal wissen? Ist sie woandershin? Vielleicht in die entgegengesetzte Richtung?

Wieder höre ich etwas. Mein Kopf schmerzt, ich fasse mir

an die Schläfe. Der Verband ist feucht. Die Wunde blutet jetzt stärker, mir wird schwindelig. Aber ich muss weiter, ich muss meinem Instinkt folgen. Ich schließe die Augen und lausche. Dann höre ich ein entferntes Rauschen. Eine Straße. Ich versuche, mich zu konzentrieren. Etwas anderes mischt sich zum Rauschen. Ein schwaches Rufen. Ich reiße die Augen auf. Alma, denke ich. Ich bin jetzt wieder ganz wach. Ich folge dem Rufen, renne weiter, das Licht bewegt sich unruhig hin und her.

Dann endlich sehe ich sie im Kegel der Lampe, der ihr wie ein Suchscheinwerfer folgt. Einige Meter vor mir. Vielleicht zwanzig Meter von mir entfernt rennt sie wie ein Wildtier durch das Unterholz. Sie dreht sich um, dann stolpert sie. Sie rappelt sich auf, läuft weiter, schreit. Ein Ast peitscht mir ins Gesicht, doch den Schmerz spüre ich kaum. Das Rauschen wird lauter. Die Straße ist nur noch wenige Meter entfernt. Ich sehe den Graben vor uns. Alma stolpert wieder, sie richtet sich erneut auf, klettert den Graben nach oben, streckt die Hand aus, schreit. Ich bin jetzt fast da.

»Hilfe!« Sie schreit erneut.

Irgendwo zwischen den Ästen sehe ich Licht, Scheinwerfer. Noch zwei Meter. Ich hechte über den Graben. Die Scheinwerfer kommen näher. Sie stellt sich mitten auf die Straße und winkt mit beiden Armen, ruft so laut sie kann, das Auto ist jetzt fast um die Kurve gekommen. Ich beobachte sie für einen Moment, dann öffne ich den Rucksack, ziehe die schwarze Waffe heraus. Sie will weiterlaufen, aber ich packe sie am Arm, stehe jetzt hinter ihr, stecke ihr den Lauf in den Rücken. Sie schluchzt, lässt die Hand sinken.

»Es tut mir leid, Alma«, sage ich ganz leise zu ihr. »Nicht so.« Sie wimmert, schlägt die Hände vor die Augen. Ich ziehe sie zurück an den Straßenrand. »Wenn du jetzt was Dummes machst, Alma, dann ist es das Letzte, was du tust. Ich habe keine Wahl, Alma. Einfach keine Wahl. Es tut mir so leid. Ich wünschte, dass es anders wäre.«

Das Auto bleibt neben uns stehen, ich ziehe die Kapuze über den Kopf.

Ein Mann mit dunklen Haaren lässt die Fensterscheibe nach unten. »Geht's Ihnen gut?«

Ich lege meinen Arm um Alma. »Wenn sie uns bloß sagen könnten, wo wir sind?«

»Bei Marktredwitz. Alles okay?«

»Wir haben eine Wanderung gemacht und uns total verlaufen, seit Stunden irren wir durch den Wald.«

»Ach du Scheiße. Sind Sie schon die ganze Nacht unterwegs?«

»Ja, ein Alptraum. Ein wirklicher Alptraum.«

»Haben Sie ein Auto irgendwo?«

»Wir sind mit dem Zug gekommen.«

»Dann kommen Sie. Steigen Sie ein, ich fahr Sie zum Bahnhof.«

Ich denke kurz nach. Wir mussten das Auto loswerden. Unsere Spur muss sich verlieren. Das könnte unsere beste Chance sein. Alma weint. Ich lege ihr die Hand auf die Schulter, der Lauf drückt sich noch immer in ihren Rücken.

»Alma, bitte mach nichts Dummes, ja?«, flüstere ich in ihr Ohr. »Sonst muss auch er gehen.«

Sie sagt nichts, rutscht auf die Rückbank, ich schiebe die Waffe hinten in den Hosenbund und setze mich neben sie. Dann fahren wir los.

✳✳✳

Als Ulrike ins Freie trat, sah sie Ingo Breitmayrs Auto auf der Straße stehen. Er hatte den Wagen zwischen zwei Kastanien abgestellt, deren knorrige Äste im Schein der aufgehenden Morgensonne glänzten. Der Himmel war wolkenfrei.

»Ich nehme an, du warst auch nicht zu Hause?«, fragte sie, als sie auf ihn zuging. Er hatte dunkelgraue Schatten unter den Augen, seine Mundwinkel hingen nach unten.

»Noch nicht, habe mich kurz auf Wittligs Couch gelegt für ein paar Stunden.«

»Was gibt es Neues?«

»Nichts. Absolut gar nichts«, sagte er und zog an seiner Zigarette. »Wie viel Vorsprung hat der Typ mittlerweile? Zehn Stunden? Er könnte überall sein.«

Ulrike nickte. »Sein Sohn – Stiefsohn – war hier. Er wollte seine Schwester sehen, ist jetzt bei ihr.«

»Davon habe ich schon gehört. Was hat er gesagt?«

»Er hatte kaum mehr Kontakt zu den Eltern, insbesondere nicht zu seinem Stiefvater. Die beiden hatten ein Zerwürfnis vor ein paar Jahren. Es ging um Rita Jankowicz, ich glaube, der Junge hat was geahnt, aber weder Mutter noch Schwester haben ihm geglaubt. Bis vorgestern.«

»Meinst du, Daria wollte ihren Stiefvater zur Rede stellen?«

»Liegt nahe, oder?«

Ingo antwortete nicht, schüttelte bloß den Kopf und ließ seine Zigarette dann in den Gully fallen.

»Wir klappern die Nachbarn ab.«

»Wer ist ›wir‹?«, fragte Ulrike und sah sich um, doch sie hatte Franka längst erblickt. Sie stand an einer Tür, zwei Häuser weiter, mit einem Notizblock in der Hand, der blonde Pferdeschwanz hing schlaff in ihrem Nacken.

»Du hast sie nicht suspendiert, sie wollte hier sein. Ich finde, das zeigt Stärke.«

»Du verstehst das Ausmaß nicht, oder?«

»Natürlich verstehe ich das.«

»Es wäre vermeidbar gewesen.«

»Das alles wäre vermeidbar gewesen«, antwortete er. »Was ist mit Bela, wenn er früher an die Polizei herangetreten wäre, wenn er seinem Vater nicht alles hätte durchgehen lassen, würden wir dann hier stehen? Wenn die Polizei vor zwanzig Jahren eine vernünftige Ermittlung vorgenommen hätte, was wäre dann? Dann würde Annabelle auch noch leben. Was wäre, wenn die alte Frau dich schon früher angerufen hätte? Wenn irgendjemand schon vorher draufgekommen wäre, dass es da eine Parallele zu Rita Jankowicz gibt? Nur einen beschissenen Tag früher.« Er stellte sich direkt vor Ulrike. »Das hier, das ist eine Chronologie des Versagens und Wegschauens. Das ist das Ergebnis davon. Dass man jemanden übersieht, dass man nicht richtig hinsieht. Dvalitsa war die ganze Zeit hier, und keiner hat es gewusst.«

Ulrike erwiderte seinen Blick standhaft, doch sie wusste nicht, was sie antworten sollte.

»Hast du länger auf ihn geachtet, hattest du ihn im Blick? Warum hast du nicht noch mal nachgefragt, wegen des Fotos, ihn genauer unter die Lupe genommen? Du hast ihn auch übersehen, genauso wie wir alle. Bist du wütend auf Franka oder auf dich?«

»Ingo, verdammt, hör auf mit dem Scheiß. Seit wann bist du der Sprecher der Schutzlosen?«

»Ich kann's einfach nicht leiden, wenn jemand ungerecht behandelt wird.«

»Du weißt genauso gut wie ich, dass ich keine andere Wahl habe. Wenn ich ihr das Gefühl gebe, dass das halb so wild ist, was bin ich dann für eine Vorgesetzte? Was bin ich dann für eine Polizistin?«

»Franka hat Daria nicht getötet. Die Entscheidung hat Dvalitsa getroffen. Er allein«, gab Ingo zurück.

Ulrike erinnerte sich an ihre eigenen Worte, an das, was sie noch vor wenigen Minuten Bela Dvalitsa gesagt hatte, und nickte. »Ich weiß, verdammt. Lass es jetzt gut sein.« Sie beobachtete, wie Franka zögerlich auf sie zukam, den Blick auf den vor ihr liegenden Asphalt geheftet.

»Morgen, Ulrike«, murmelte sie leise, dann tippte sie auf ihren Block und begann, ohne ein weiteres Wort zu verlieren, von den Ergebnissen ihrer Befragungen zu berichten. »Die da vorne haben ihn wegfahren sehen, gegen halb acht gestern Abend. Das war kurz bevor wir hier angekommen sind.«

»Bei wie vielen warst du schon?«, fragte Ulrike.

Franka schien kaum in der Lage, sie anzusehen. Sie räusperte sich. »Die Reihe, bis dahinten. Jetzt klappere ich die anderen hier vorne ab, Ingo auf der anderen Seite. Wenn wir schnell sind, haben wir die in einer halben Stunde durch. Zum Glück ist heute Sonntag, die Leute sind zu Hause.«

»Wie ist dein Eindruck? Wie standen sie Dvalitsa gegenüber?«

»Verschieden, aber die meisten wussten nicht mal genau, wer er ist. Generell wirkt das nicht wie eine eng vernetzte Nachbarschaft trotz des großen Anteils an Eigentümern. Hier ist jeder für sich geblieben.«

Franka blickte das erste Mal auf, erst jetzt sah Ulrike, wie geschwollen ihre Augen waren. Sie musste noch lange geweint haben.

»Gut, dann übernehme ich die zwei Häuser da vorne. Je schneller wir durch sind, desto besser«, antwortete sie und nickte Franka zu, die verunsichert einen Mundwinkel nach oben zog.

Es dauerte weitere zwanzig Minuten, die anderen Nachbarn zu befragen. Wenige konnten etwas über die Dvalitsas sagen, von einem Streit hatten die meisten nichts mitbekommen. Eine jüngere Frau sagte ebenfalls aus, ein Auto gegen halb acht gesehen zu haben. Es sei gerade aus der Einfahrt der Dvalitsas gefahren, als sie nach Hause gekommen war. Sie war sich sicher, dass es sich um ebenjenen grünen Opel Corsa gehandelt hatte. Das bedeutete, Dvalitsa hatte einen Zeitvorsprung von etwas über zwölf Stunden.

Ulrike seufzte, als sie zu ihrem Auto zurückkehrte. Er konnte überall sein. Auch wenn es bloß eine Frage der Zeit war, bis er Spuren hinterließ, konnten sie nicht einschätzen, in welchem Gefühlszustand er sich befand, ob und wie lange Alma noch sicher war.

Ulrikes Handy klingelte. »Ja?«, sagte sie, nachdem sie die Nummer der Inspektion auf dem Display abgelesen hatte. Sie lauschte den wenigen Worten, dann legte sie auf und lief auf Ingo zu. »Sie haben den Wagen«, sagte sie atemlos.

32

Es ist so kalt. Alma sitzt neben mir, sie zittert, aber sie sagt kein Wort. Bloß eine Sache hat sie mich gefragt, als wir aus dem Auto gestiegen sind. Sie hat mich gefragt, wie ich mir das vorgestellt habe. Ich kann ihr auf die Frage keine Antwort geben, weil ich es nicht weiß. Weil es eine schwierige Frage ist. Was erwartet sie von mir? Ich habe es ihr schon so oft gesagt, so oft, dass es ja so doch alles überhaupt nicht geplant war. Es wird langsam hell. Ich sehe nach oben. Der Himmel ist blau, keine Wolke weit und breit. Der Bahnhof verwaist, jetzt ist es acht Uhr, und wir warten auf einen Zug, irgendeinen Zug, der uns von hier fortbringt. Ich weiß, dass wir schnell sein müssen. Der Mann im Auto war ganz schweigsam plötzlich während der Autofahrt, hat ständig in den Rückspiegel geschaut und Alma beäugt, die geweint hat, gezittert. Er war erleichtert, als wir ausgestiegen sind. Vielleicht hat er längst jemandem Bescheid gesagt. Ich wünsche mich in den Wald zurück. Ich wünsche mir, vom Wald verschluckt zu werden. Stelle mir vor, dass Alma und ich dort einfach bleiben, für immer bleiben, mit den Wölfen und den Bären. Alles wäre einfacher.

Meine Klamotten sind ganz feucht, ich habe geschwitzt, mir will nicht warm werden. Ich habe meinen Arm um Alma gelegt. Und das lässt sie zu. Vielleicht kann doch noch alles gut werden. Vielleicht kann sie mir verzeihen, und es kann wieder so werden wie früher. Ich weiß, dass es töricht ist, so etwas zu glauben. Aber ich will die Hoffnung haben. Ich schließe die Augen. Ich frage mich, was passiert ist.

Ich denke an Annabelle. Ich erinnere mich daran, wie ich sie zum ersten Mal an der Uni gesehen habe. Sie saß auf einer Bank vor der Bibliothek, hat etwas gelesen, jemand hatte angerufen, sie ist drangegangen und hat laut gelacht. Ich weiß das noch genau, und mir ist, wenn ich daran zurückdenke, als wäre ich eingefroren. Ich habe mal irgendwo gehört, dass einem ganz warm wird, kurz bevor man erfriert. So habe ich mich gefühlt.

Rita war wie ein Traum, kommt nur in der Nacht zu mir. Und jetzt war etwas von ihr zurück in den Tag gekommen. Hat gesagt, sie lässt mich nicht mehr los. Sie hat recht behalten. Bin Annabelle gefolgt, habe sie beobachtet, genau gesehen, wie sie sich bewegt, und mich gefragt, wie das alles sein kann. Mir war wieder, als wäre ich aufgewacht, als hätte ich die letzten Jahre bloß geträumt. Alles war wieder da. Dieser ewige Sommer, diese endlose Spanne an Möglichkeiten und Träumen, was ist, was hätte sein können. Dann der Winter. Was passiert ist.

Alles hat wehgetan. Als würde ein Schmerz von meinem Rücken auf den ganzen Körper ausstrahlen. Wieso ist sie wieder da? Wieso jetzt? Annabelle, mein Verderben. Es war spät, als ich sie einmal weinen gehört habe. Ich war ihr gefolgt, stand vor der Tür beim Frauenklo. Ich bin rein, habe gewartet, und sie kam raus. Aus der hintersten Kabine. Sie ist an mir vorbei, hat nur kurz aufgeblickt. Da habe ich den Schriftzug entdeckt. Ich werde ihr helfen, dachte ich. Doch dann hat es sich angefühlt wie eine Falle. Das konnte doch kein Zufall sein. Das war nicht möglich. Alles wiederholte sich, alles kam zurück. Rita war wieder da. Die Situation ist umgeschlagen. Das Gefühl ist wiedergekommen, diesmal langsamer und kontrollierter. Und doch hat sich alles verändert. Ich habe versucht, es aufzuhalten, zu stoppen, aber es ging nicht. Annabelle war überall. Ich habe nicht mal mehr nach ihr gesucht, wollte sie nicht mehr sehen. Sie war überall. Als würde sie hinter mir herlaufen, als wäre sie an Dutzenden Orten gleichzeitig, als würde sie mich verfolgen. Sie muss doch etwas gewusst haben, das konnte doch sonst nicht sein, das war unmöglich. Ich habe nicht so weiterleben können, wie auch? Es hat mich wahnsinnig gemacht. Wie eine Drohgebärde hat es sich angefühlt, wenn sie sich die Haare zum Zopf gebunden hat, wie eine Lüge, wenn sie gelacht hat.

Dann kamen die Träume. Ich in einem Haus, der reißende

schlammige Fluss unter mir, sehe aus dem Fenster, sehe, wie der Spiegel steigt, das dreckige Wasser höhere Wellen schlägt, wie es an der Fassade leckt, immer weiter steigt. Und steigt und steigt. Und mein Herz schlägt in der Brust, die Geräusche sind so laut, das Knirschen der Fassade, das Rauschen. Dann irgendwann kommt da diese Welle aus Schlamm und Dreck, wird größer und unausweichlicher, kommt an mein Fenster, begräbt alles unter sich. Dieser Krach, das Haus bricht ein, und ich falle. Jede Nacht, jede einzelne Nacht.

Hätte nicht mehr so weitermachen können. Hätte nicht funktioniert. Ich wusste, dass etwas passieren muss, und dann war da dieser Abend. Ich habe sie gesehen, stand vor einem Automaten unten in der Cafeteria. Sie war wieder da. Wieder vor mir. Hat durch die Scheibe geguckt, als würde sie mich provozieren. Als wüsste sie genau Bescheid. Saß da. Sicher zehn Minuten, wenn nicht sogar fünfzehn, hat einen Schokoriegel gegessen, auf dem Handy herumgetippt. Alles kam wieder. Ist über mich hereingebrochen.

Rita war vergraben so viele Jahre. Und dann wieder da. Ich war mir jetzt so sicher. Rita war hier vor mir, direkt vor mir. Ich konnte nichts tun. Annabelle ist aus der Cafeteria gegangen, hat den hinteren Weg genommen, der zur Unterführung führt, dann weiter zum Bus. Das war mein Glück, denn hier ist fast niemand um diese Uhrzeit. Ich bin hinter ihr her, hab gemeint, sie bewegt sich fast wie in Zeitlupe, sah so unbedarft aus. Habe kurz gedacht, ob es doch Einbildung ist, aber da hat sie sich zu mir umgedreht.

Wie sie aussah, so ein Lächeln auf dem Gesicht, da wusste ich, es geht nicht mehr so weiter. Bin schneller gegangen, stand dann hinter ihr beinah, hab sie am Arm gepackt, die Hand vor den Mund, hab sie in einen Raum geschubst, Licht angemacht. Ich dachte kurz, dass sie ganz anders aussieht. Aber wie sie dann geschrien hat, wie sie dann geweint hat. Ich hasse das. Ich wollte, dass sie still ist, einfach zuhört, einfach hinsieht. Ich habe sie auf den Boden geworfen, hab zugedrückt. Habe sie angesehen, bin in Flammen aufgegangen.

Als es vorbei war, hat mein Herz wieder ruhig geschlagen. Ich konnte wieder atmen. Das hat nicht mal fünf Minuten gedauert. Nicht mal fünf Minuten. Ich habe gewartet. Habe sie angeschaut, so still und friedlich, so leuchtend. Hab den Raum abgesperrt, meine Runde gedreht. Gewartet. Bin zurück. Sie war weiß. So wie Rita. Habe sie zwischen die Treppen getragen. Und wie sie da lag, da war ich frei. Ich war wieder frei. Und meine Träume waren weg.

Ein Geräusch reißt mich aus den Gedanken. Ein Zug fährt ein. Ich öffne die Augen, starre beinah genau in die aufgehende Morgensonne. Keine Wolken mehr, kein Regen. Mein Herz pocht. Ich tippe Alma an. »Komm«, sage ich bloß, und sie folgt mir stumm. Sie hat aufgehört zu weinen.

***

Ulrike schwieg während der etwa anderthalbstündigen Autofahrt zur Fundstelle. Erst hatte sich das seltsam angefühlt, neben Ingo zu sitzen und nichts zu sagen, doch auch er schien keinen Redebedarf zu haben, starrte auf sein Handy oder auf die vor ihnen liegende Autobahn. Sie war dankbar gewesen für diesen kurzen Augenblick der Ruhe, hatte versucht nachzudenken, doch bald hatte sie sich von dem gemächlichen Plätschern des Radios und den brummenden Motorengeräuschen umschlossen gefühlt. Ihr war fast leicht ums Herz geworden, als sie die Stadt hinter sich gelassen hatten und der Blick plötzlich so weit geworden war. Der blaue Himmel, die strahlende Sonne. Noch ein letztes Mal würde der Winter zurückkommen, hieß es in der Vorhersage.

Ein Waldarbeiter hatte das Auto entdeckt und die Polizei alarmiert, da es mitten auf dem Weg abgestellt worden war und die Durchfahrt versperrte. Als die örtlichen Kollegen gegen acht Uhr an der Fundstelle eingetroffen waren und das Nummernschild identifiziert und damit den Wagenbesitzer ermittelt hatten, hatten sie augenblicklich die Kripo in Regensburg kontaktiert. Das war jetzt eine Stunde her.

Gegen achtzehn Uhr am vorherigen Abend war der Weg noch frei gewesen, hatte der Forstarbeiter ausgesagt. Vermutlich war Dvalitsa in der Nacht in den Wald gefahren. Noch immer hatte er damit einige Stunden Vorsprung. Genau wie die KTU war auch ein Hundeführer mit einem Diensthund auf dem Weg.

Kurz vor Marktredwitz verließ sie die Autobahn und folgte Ingos Anweisungen auf eine verlassene Landstraße, von der aus ein Feldweg abging, der in einen Wald führte. Sie waren die Ersten. Nachdem Ulrike ihren Mercedes am Waldrand abgestellt hatte, stieg sie aus dem Wagen und sah sich um. Braune Felder und Wiesen legten sich wie Decken auf die umliegenden Hügel, irgendwo hörte sie das Brummen eines Traktors, sonst war alles ruhig.

Ein Polizist wartete bereits auf sie am Ende des Weges. Er war kräftig, hatte eine Glatze und trug eine randlose Brille.

»Kämpf, angenehm«, stellte er sich vor und berichtete kurz, wie sie auf den Wagen aufmerksam geworden waren. Er sprach mit starkem Dialekt, Ulrike fiel es schwer, seinen Worten zu folgen und alles zu verstehen, was er sagte.

Sie waren mitten im Fichtelgebirge, bloß hundert Kilometer von Regensburg entfernt und trotzdem ganz woanders. Als sie in München gelebt hatte, war Bayern für sie eben das gewesen: ein Kosmos aus Trachten, Bier, Viktualienmarkt und den Bergen. Seit sie in Regensburg wohnte, hatte sich ihr die Vielfältigkeit des Bundeslandes, der verschiedenen Regierungsbezirke und unterschiedlichen Mentalitäten erst richtig erschlossen.

Der Polizist bedeutete ihnen, ihm zu folgen. Hohe Kiefern und Fichten säumten den dunklen Weg, der erdige Boden unter ihren Füßen knirschte. In der Nacht hatte sich Frost in der Fahrrinne gebildet.

Irgendwann bogen sie nach links ab. Dvalitsa hatte den Hauptweg verlassen und sich auf schwerer befahrbare Forstwege begeben, anscheinend habe er sich verirrt, sei im Kreis gefahren, erzählte der Polizist.

Dann waren sie da. Das grüne, schlammbespritzte Auto

konnte man zwischen den Nadelbäumen bloß auf den zweiten Blick erkennen. Der Polizeiwagen stand am Wegrand daneben, ein zweiter Polizist lehnte an der Tür. Er war kleiner, schien noch sehr jung zu sein.

»Ist er schon offen?«, fragte Ulrike den Polizisten, der sie zum Wagen geführt hatte.

»Noch nicht.«

Ulrike begutachtete den etwas in die Jahre gekommenen Corsa. »Der hat vermutlich kein Alarmsystem, das sollte schnell erledigt sein«, bemerkte sie und sah zu, wie der zweite Polizist sich auf ihr Geheiß mit einem Brecheisen näherte und die Fahrertür aufhebelte.

Schnell waren auch die anderen Türen geöffnet. »Wir schauen erst mal so rein, den Rest macht die KTU«, wies Ulrike Ingo an und streifte sich Einweghandschuhe über.

Als sie auf die Rückbank blickte, stellten sich ihre Armhärchen auf. Eine zerwühlte Decke, darauf ein schmales Seil und ein grüner, zerknitterter Schal. »Er hat sie gefesselt«, sagte sie wie zu sich selbst und blickte dann auf den Vordersitz. Ein blutdurchtränktes Tuch lag im Fußraum, ein zerwühlter Verbandskasten auf dem Beifahrersitz.

Ingo kam hinter dem Kofferraum hervor, er hielt eine Flasche in der Hand, etwas Blut klebte am unteren Rand.

»Was ist hier vorgefallen?«, fragte Ulrike leise und nahm den Rest des Wagens in Augenschein. Dvalitsa hatte Lebensmittel eingepackt, schien geplant zu haben, länger unterwegs zu sein, irgendetwas hatte seine Pläne durchkreuzt, etwas war passiert.

»Wir brauchen den Spürhund«, sagte sie laut. »Sie können nur in den Wald gegangen sein. Einer von beiden ist verletzt.« Sie ließ den Blick über die dunklen Stämme, die grünen hohen Kronen schweifen. Man konnte beinah gar nichts sehen, und doch schien es so, als würde sich alles bewegen.

Bloß zehn Minuten nach ihrer Ankunft hatte sich der Diensthundeführer hinter Ulrikes Mercedes an dem Feldweg eingeordnet. Der hochgewachsene Beamte war von beeindruckender Statur, ebenso wie sein Schäferhund, der wenige Momente später aus dem geöffneten Kofferraum sprang. Ulrike zuckte instinktiv zurück. Eine kleine Narbe an ihrem Unterarm erinnerte sie noch heute an das traumatische Erlebnis in ihrer Kindheit, als der Nachbarhund, eine Deutsche Dogge, auf sie zugerannt war und nach ihr geschnappt hatte. Die Verletzung musste zwar genäht werden, war jedoch nicht gravierend gewesen. Dennoch traute sie bis heute den Tieren nicht und näherte sich ihnen immer mit einem gewissen Sicherheitsabstand.

Ingo hatte keine Berührungsängste, sofort streckte er dem Hund seine Hand hin und strich ihm über die schwarze Schnauze. Folgsam trabte das Tier neben seinem Halter auf den Wagen zu, setzte sich und wartete, bis Ingo ihm den Schal, den sie auf der Rückbank gefunden hatten, vor die Nase hielt, dann hielt er die Schnauze auf den Boden, nahm beinah augenblicklich die Fährte auf.

Ulrike folgte ihm und dem Halter in das dichte Unterholz. Das Rascheln und Knirschen des gefrorenen Laubs unter ihren Füßen, die knackenden Äste und das gemächliche Wogen der Wipfel im Wind waren begleitet vom Hecheln des Hundes, der im Zickzack durch den Nadelwald lief. Beinah fiel es Ulrike schwer hinterherzukommen, sie blickte immer wieder rechts und links neben sich, auf der Suche nach Spuren, nach Gegenständen, nach einem Kleidungsstück, einem Stofffetzen, der sich in den spitzen Ästen der Bäume verhangen haben könnte.

Bald sah und hörte sie die Straße, die sich mitten durch das Waldgebiet zu schlängeln schien. Vor einem kleinen Graben, der das Unterholz vom Asphalt trennte, stoppte das Tier. Hier verlor sich die Fährte.

Die Spuren waren unübersehbar, das Gras am Graben war platt getreten, die Erde aufgewühlt, als hätten kräftige Eber mit ihren Stoßzähnen darin nach Eicheln gesucht. Waren beide davongekommen oder nur einer von ihnen? Hatte Dvalitsa einen Fahrer gewaltsam zum Anhalten bewegt, oder waren sie per Anhalter weitergefahren?

»Wissen Sie, was das für eine Straße ist?«, fragte Ulrike den Hundehalter.

»Das müsste die B 303 sein«, antwortete er.

»Wohin führt die?«

»In Richtung Schweinfurt, in der anderen können sie bis nach Tschechien fahren.«

Ulrike dankte ihm und kehrte durch den Wald zurück zum Wagen. Ingo stand auf der anderen Seite der Beifahrertür, schien das Handschuhfach zu begutachten.

»Sie sind über die Straße weiter. Wahrscheinlich per Anhalter.«

Ingo hob den Kopf und sah sie an.

»Die KTU soll hier alles durchsuchen, inklusive des Stücks Wald.« Sie wies hinter sich. »Wir können jetzt nicht mehr viel machen.«

Ingo erwiderte nichts.

»Was hast du?«

Ingo hielt eine leere Schachtel in die Höhe. »Patronen, der Typ ist bewaffnet.«

33

Ich weiß nicht, wohin dieser Zug fährt, aber wir sind fast die Einzigen in dem Waggon. Die Sonne ist aufgegangen, und wir schauen aus dem Fenster, Alma neben mir, ihr Kopf gegen die Scheibe gedrückt. Der Himmel ist blau, so tiefblau, und alles strahlt. Ich habe meinen Arm um sie gelegt. Ich habe für einen kurzen Augenblick wieder das seltsame Gefühl, dass vielleicht doch alles gut werden kann, dass sie mir irgendwann verzeihen wird. Aber Alma bewegt sich gar nicht. Ihre Haut ist so kalt, ihre Lippen sind blau angelaufen.

»Ist dir warm genug? Hast du Hunger?«, frage ich sie. Aber sie reagiert gar nicht, schließt nur die Augen. Ihr warmer Atem beschlägt die Scheibe.

Ich sehe mich selbst in der Reflexion und erschrecke fast, fasse mir an die Stirn, fühle das krustige, getrocknete Blut über meiner linken Augenbraue. Ich sehe mich um, bemerke einige Hinterköpfe. Wir dürfen kein Aufsehen erregen.

»Alma«, flüstere ich ihr zu. »Komm mit.«

Sie reagiert kaum, läuft an meiner Hand neben mir her wie eine Puppe, ich glaube, sie ist gar nicht wirklich bei Bewusstsein. Auf dem Weg begegnet uns niemand, bloß ein junger Mann sitzt in einer Bank, an der wir vorbeigehen, und starrt auf sein Handy. Die Toilette in der Mitte des Waggons ist leer, ich drücke auf den großen schwarzen Knopf, mechanisch öffnet sich die Tür, ich schiebe Alma hinein, betätige einen weiteren Knopf. Die Tür schließt sich wieder, ich verriegele das Schloss.

»Musst du mal?«, frage ich sie. Aber sie schüttelt den Kopf, schließt den Klodeckel und lässt sich darauf fallen. Ich betrachte sie nur für einen Augenblick, dann wende ich mich meiner Wunde zu. Es ist beinah ein Wunder, dass wir bis jetzt nicht aufgefallen sind, weder hier noch am verwaisten Bahnhof.

Ich nehme die Kapuze vom Kopf. Der Verband ist beinah vollständig durchtränkt. Doch es hat aufgehört zu bluten. Das getrocknete schwarzrote Blut zeichnet lange Linien auf meine Stirn. Ich befeuchte etwas Toilettenpapier und beginne, damit die Spuren zu beseitigen. Alma beobachtet mich teilnahmslos, die Lippen aufeinandergepresst. Sie muss sehr müde sein, ständig fallen ihr die Augen zu, als wären ihre Lider künstlich beschwert. Ich inspiziere mich wieder, entferne vorsichtig den Verband. Ein stechender Schmerz durchfährt mich. Ich sehe Alma aus dem Augenwinkel, sie scheint zu lächeln. Ich erschaudere. »Das ist nicht lustig.«

Sie antwortet nicht. »Du hättest mich fast umgebracht«, sage ich und beuge mich zu ihr. Aber sie reagiert kaum. Als hätte sie getrunken. Ich greife in meinen Rucksack. Ich habe einen zweiten Verband eingepackt, den ich eilig um die Stirn binde, dann ziehe ich meine Kappe aus der Tasche und schiebe sie vorsichtig über den Verband.

Anschließend begutachte ich Alma. Wie soll ich ihre Augenringe verschleiern, oder die blauen Lippen, die nassen Haare? Mit den Fingern fahre ich über ihren Kopf, versuche, die Frisur zu ordnen, aber es will mir nicht gelingen. Ich weiß, dass wir nicht lange im Zug bleiben können. Ich stecke das blutige Verbandszeug zurück in den Rucksack, dann öffne ich wieder die Tür und erstarre beinah vor der großen, etwas dicklichen Schaffnerin mit den grauen kurzen Haaren. Sie mustert uns, als wir an ihr vorbeigehen. Der Zug wackelt, Alma stolpert hinter mir her, ich fange sie auf, die Schaffnerin folgt uns. Ich lasse mich auf den Sitz fallen, mein Herz beginnt wieder zu schlagen.

»Ihre Fahrkarte bräuchte ich noch«, sagt die Grauhaarige. Sie lächelt höflich, doch ihre grauen Augen hinter der schwarzen Brille blitzen.

»Es tut mir leid, wir haben keinen Automaten gesehen am Bahnhof. Wir sind in den Zug gesprungen.« Ich ziehe mein Portemonnaie aus der Hosentasche und hole einen Fünfzig-Euro-Schein hervor. »Können wir jetzt das Ticket bezahlen?«

Die Schaffnerin fixiert mich und Alma, beobachtet, wie sich der Kopf meiner Frau beinah unkontrolliert wie ein Pendel hin- und herbewegt.

»Was für ein Ticket brauchen Sie denn?«, fragt sie dann. Etwas hat sich verändert. Etwas hat sich verschoben. Ich spüre das genau. »Bayern-Ticket, zwei Personen«, sage ich und lächle mühsam.

Sie nickt, dann eilt sie davon in die entgegengesetzte Richtung, dorthin, wo die Lok ist.

»Alma, bleib jetzt ruhig, ja? Bitte. Ich will niemandem was tun.«

Ich spüre ein Augenpaar, das auf mich gerichtet ist, mustere meine Umgebung, erspähe ein Gesicht zwischen zwei Stuhllehnen. Der Junge starrt uns an, wendet sich ab, als ich ihn bemerke. Es war eine falsche Entscheidung, mit dem Zug zu fahren. Das weiß ich jetzt. Ich sehe auf die Uhr, dann auf die elektronische Anzeige. Der nächste Halt ist Hof in zehn Minuten. Wir müssen hier raus.

Die Frau kehrt zurück. Sie hat zwei Zettel in der Hand. »Hier müssen Sie noch Ihre Namen eintragen«, sagt sie, reicht mir das Ticket und einen Stift.

Ich beuge mich vor und beginne zu schreiben. »Hubert und Katja Kolsmann« schreib ich, denn so heißen Almas Eltern. Beide sind tot, die Namen sind frei. Während ich mich über das Ticket beuge, gibt die Grauhaarige Alma ein kleines Stück Papier.

»Die Quittung«, sagt sie bloß.

Ich reiche ihr den Stift zurück, sie stempelt mein Ticket. Dann stellt sie sich wieder in den Zwischenraum vor die Außentür nicht weit von uns. Immer wieder sieht sie zu uns. An Alma ist plötzlich alles ganz anders. Ihre Augen sind weit aufgerissen, Tränen sammeln sich auf ihren unteren Lidern, die Brauen sind nach oben gezogen. Sie presst die Lippen aufeinander. Ihre Hand ist zur Faust geballt. Sie beginnt schwach zu nicken, dann drückt sie die Augen zu, Tränen rinnen über ihre Wangen. Sie nickt. Ich schüttele sie.

»Alma.« Ich versuche, ihre Hände zu nehmen, doch die sind noch immer zu Fäusten geballt. Ich öffne sie mühsam, stemme mich gegen die starren Finger und bekomme das kleine zusammengeknüllte Papier zu fassen, das sie mit aller Gewalt in ihre Handinnenfläche gepresst hat. »Alma, bitte.« Ich falte es auseinander und erstarre.
»Nicken Sie, wenn Sie Hilfe brauchen«, steht dort.
Die monotone Stimme im Lautsprecher sagt den nächsten Halt voraus. Jetzt haben wir nicht mehr viel Zeit.
»Ausstieg in Fahrtrichtung rechts.«
Die Schaffnerin will gerade auf uns zukommen, ich greife langsam in meinen Rucksack. Sie bleibt stehen, als sie den schwarzen Schaft der Pistole erblickt. Der Schweiß tritt ihr auf die Stirn. Der Zug kommt nur sehr langsam zum Stehen. Ich greife nach Almas Hand. Sie hat wieder angefangen zu weinen. Die Türen öffnen sich. Wir steigen aus. Es ist kalt hier. Ich weiß nicht, wo wir sind, aber ich weiß, dass wir so schnell wie möglich von hier wegmüssen.

***

»Was ist sein Plan?«, fragte Ulrike laut.
Ingo zuckte mit den Schultern. »Vielleicht hat er keinen.«
Gerade hatte Ulrike die regionale Landkarte wieder zusammengefaltet, die der Polizist mit der randlosen Brille ihr ausgehändigt hatte. Gemeinsam hatten sie wie Seefahrer die Karte studiert, einzelne Knotenpunkte eingezeichnet, unterschiedliche Routen festgelegt. Die über zweihundert Kilometer lange Straße führte über Franken bis nach Tschechien, über zahlreiche Städte und Bezirke.
Der Hund hatte die Fährte der Ehefrau aufgenommen. Es war zwar denkbar, dass es ihr gelungen war zu entkommen, aber warum hatte sie sich dann nicht bei der Polizei gemeldet? War Dvalitsa doch bei ihr? Und welcher der beiden hatte die blutige Verletzung davongetragen? Es war nur wenig Zeit vergangen, seit die KTU die Arbeit aufgenommen hatte. Ulrike

hoffte auf Ergebnisse, auf neue Erkenntnisse, denn bislang war völlig unklar, was in der letzten Nacht geschehen war.

»Bis die alles eingesammelt haben, ist der Typ längst über alle Berge«, sagte Ingo, als hätte er ihre Gedanken gelesen.

»Glaubst du, sie sind noch zusammen?«

»Ich nehme es an. Aber einer von beiden ist verletzt, das macht es leichter, sie zu finden. Zumal sie jetzt ohne Auto unterwegs sind. – Er ist völlig unberechenbar«, seufzte Ulrike. »Er könnte überall sein.«

Unwillkürlich drehte sie sich um und starrte auf den Wald. Er könnte auch hier stehen, dachte sie, hier direkt hinter mir, hinter diesem großen Baum. Sie schreckte innerlich auf, als er in ihrer Vorstellung die Waffe zückte, lud und den Abzug drückte. Sie schloss die Augen, das Bild verschwand.

»Alles in Ordnung?«

»Ja.« Ulrike rieb sich die Stirn. »Geht an die Substanz, die ganze Sache«, fügte sie leise hinzu.

Ingo stimmte nickend zu. Sie konnten nichts tun jetzt gerade, sie konnten nur warten.

»Ich versuch nur immer, ihn zu greifen, ihn irgendwie zu verstehen, aber da ist nichts. Gar nichts.«

»Was hilft es dir, ihn zu verstehen?« Ingo trank einen Schluck von seinem Kaffee. Wind kam auf, und der Geruch von dem kalten Rauch, der in seine uralte Lederjacke eingebrannt zu sein schien, stieg ihr in die Nase.

»Ich denk, wenn ich ihn verstehe, dann kann ich auch besser nachvollziehen, was er als Nächstes macht.«

»Du kannst nicht in ihn reingucken, unmöglich. Der Typ hat eine Fassade aufgebaut, die er selbst nicht mal durchbrechen kann.«

Ihr Handy klingelte.

Franka war am anderen Ende der Leitung. »Ulrike?«, fragte sie unnötigerweise. Sie schien aufgebracht zu sein.

»Was gibt es?«

»Es ging ein Notruf ein von einer Schaffnerin. Sie hat einen bewaffneten Mann und eine Frau im Zug gesehen.«

»Wo?«, fragte Ulrike, während sie Ingo ein Zeichen gab, auf dem Beifahrersitz Platz zu nehmen.

»Sie sind in Marktredwitz eingestiegen und in Hof wieder raus. Ich bin schon auf dem Weg.«

»Wann war das?«

»Das war vor einer halben Stunde. Also nicht lang her. Sie müssen ganz in der Nähe sein.«

»Sie müssen sich beruhigen«, sagte Ulrike und legte der weinenden Frau eine Hand auf die Schulter. Sie schnappte immer wieder nach Luft, ihre Hände zitterten. Franka war bereits am Bahnhof in Hof eingetroffen und hatte versucht, mit der Schaffnerin zu reden. Sie war völlig hysterisch geworden, nachdem sie erfahren hatte, um wen es sich bei Dvalitsa handelte. Immer wieder presste sie mit Daumen und Zeigefinger ihren Nasenrücken zusammen, als könne sie so ihre Fassung zurückerlangen. Sie saß auf einer Bank im Wartebereich des Bahnhofs, an dem Dvalitsa und Alma den Zug verlassen hatten.

Man hatte bereits die Umgebung abgesucht, alle Streifen waren mobilisiert, ein Helikopter aus Regensburg angefordert. Ulrike wusste, es könnte nicht mehr lange dauern, und doch hatte sie das seltsame Gefühl, kurz vor einer Katastrophe zu stehen. Sie wandte sich ab.

»Herrgott«, sagte sie zu sich selbst, ihr Herz klopfte.

Franka, die hinter ihr gestanden hatte, kniete sich vor die Frau, legte ihr eine Hand auf das Bein. »Atmen Sie ganz langsam. Schauen Sie mich an.«

Ulrike drehte sich wieder um und beobachtete Franka.

»Atmen Sie jetzt ein«, sagte die. »So wie ich. Halten Sie die Luft an.« Die Frau sog die Luft zitternd ein, hielt sie, dann tat sie es Franka nach und pustete sie langsam wieder aus. »Noch einmal«, wies Franka die Frau an.

»Tut mir leid, tut mir leid«, brachte die Schaffnerin dann bebend hervor.

»Ist gar nicht schlimm«, sagte Franka und setzte sich neben

sie auf die Holzbank. »Erzählen Sie uns jetzt ganz in Ruhe, was passiert ist.«

Ulrike bedachte Franka mit einem kurzen Blick und nickte ihr dann dankbar zu, während sie der Erzählung der Schaffnerin lauschte. Immer wieder stolperte sie über ihre eigenen Worte oder brauchte lange Pausen, doch nach einiger Zeit ging ihr das Gesagte leichter über die Lippen, sie schien sich zu beruhigen.

Die Schaffnerin erzählte, am frühen Morgen eine Fahrkartenkontrolle durchgeführt zu haben, als sie Dvalitsa und seine Frau gemeinsam auf der Toilette entdeckte. Sie habe schon in diesem Augenblick Verdacht geschöpft, es jedoch beim Anblick der Striemen auf der Hand der Frau mit der Angst zu tun bekommen. Nachdem sie das Ticket für beide ausgestellt hatte, habe sie Alma ein Papier zugesteckt. »Nicken Sie, wenn Sie Hilfe brauchen«, habe sie zuvor darauf geschrieben.

Ulrike hob anerkennend die Brauen. »Das haben Sie sehr gut gemacht«, sagte sie.

»Es hat nichts gebracht. Sie sind ja gleich raus.«

»Und in diese Richtung gerannt?«, fragte Ulrike noch einmal.

»Ja.« Die Schaffnerin stützte wieder den Kopf auf den Händen auf.

»War die Frau verletzt? War er verletzt?«

»Sie hatte wie gesagt diese Striemen. Ihn habe ich kaum erkannt, er hatte eine Kappe auf.«

Ulrike nickte, doch plötzlich blieb ihr in der dunklen Bahnhofshalle die Luft weg. Sie ging nach draußen, schüttelte den Kopf, blickte auf ihre Füße.

Franka stellte sich neben sie. »Hör zu, Ulrike, ich wollte –«

»Lass gut sein. Ich glaub, da gibt es nichts mehr zu sagen.«

»Das ist alles meine Schuld.«

»Nein, wenn ich dir das Gefühl gegeben habe, dass das so ist, dann war das nicht richtig. Es ist nicht deine Schuld.«

»Ich fühl mich beschissen.«

»Ich weiß.«

Beide schwiegen. Hastig wischte Franka sich eine Träne von der Wange.

»Das hast du gut gemacht gerade. Du hast die Ruhe bewahrt, im Gegensatz zu mir«, sagte Ulrike leise.

»Na, immerhin.«

»Du hast Daria nicht getötet. Das war er. Nicht du. Das darfst du nicht vergessen.«

»Ich weiß«, sagte Franka kraftlos. Sie verschränkte die Arme hinter dem Rücken und blickte in den Himmel. »Ich glaub, ich hör auf, Ulrike.«

»Den Teufel tust du«, sagte Ulrike. Sie legte Franka nur für einen Augenblick eine Hand auf die Schulter. »Wir sind Menschen, Fehler können passieren. Mach einfach weiter. Das ist dein Job.«

34

Ich habe einen Fehler gemacht. Das weiß ich jetzt. Ich hätte nicht in diesen Zug steigen sollen, ich war leichtsinnig. Ich habe für einen Moment nicht nachgedacht. Nun haben sie unsere Spur. Wir sind ausgestiegen und gerannt. Ich dachte, dass sie hinter uns ist, dass sie uns ruft, hab dauernd dieses verdammte Dröhnen im Kopf. Aber wie wir in die Bahnhofshalle kamen, war da niemand. Ich habe Alma bei der Hand genommen, und dann sind wir raus ins Freie. Sind nach rechts abgebogen in eine Straße, habe hochgesehen zu den großen gelben Wohnhäusern. Heute scheint die Sonne, der Himmel ist ganz klar. Wir sind immer weiter, irgendwo abgebogen, irgendwo weitergelaufen. Durch ein Labyrinth von Straßen. Fühlt sich jedenfalls an wie ein Labyrinth. Alma ist erschöpft. Wir müssen eine Pause machen. Ein kleines Café in einem Straßenzug. Ich habe einen Kaffee für sie gekauft und ein belegtes Brot. Haben uns für einen Moment auf eine Bank gesetzt, aber Alma wollte nichts essen. Sie sieht krank aus. Aber ich kann das gerade nicht ändern. Wir müssen weg. Sie können nicht mehr weit sein. Und ich weiß nicht, wohin, weiß nicht, was ich tun soll. Ich blicke neben mich, habe für einen Moment Angst, dass an meiner Hand nur noch ihr Arm hängt, dass der Rest fort ist. Aber da ist sie noch. Sie weint. Sie hat Angst.

Ich hasse es, wenn sie weint. Ich hasse das. Wieso habe ich sie überhaupt mitgenommen? Die Frage hämmert mir plötzlich im Kopf. Aber wenn ich sie ansehe, dann weiß ich genau, dass ich eigentlich keine Wahl hatte. Ich weiß, dass Alma mich doch eigentlich braucht. Dass sie ganz allein ist, ohne mich. Aber was hilft es jetzt noch? Es hilft nichts mehr. Bald sind sie da. Es kann nicht mehr lang dauern. Wir sind jetzt irgendwo in einem Straßenzug, überall Mehrparteienhäuser, riesige Schluchten. Ich wünsch mir, dass sich der Boden öffnet unter uns.

Wie lang sind wir unterwegs? Eine Stunde, vielleicht zwei? Ich habe jedes Zeitgefühl verloren. Ich halte ihre Hand und schaue sie wieder an. Ich frage mich plötzlich, ob sie tot ist. Wie ein Hahn, dem man den Kopf abschlägt, der noch einen Moment flattert und fliegt. Was nützt es? Jetzt ist bald alles vorbei. Jetzt haben sie uns bald.

Mein Rucksack ist so schwer auf meinem Rücken. Ich weiß nicht, wo wir sind. Ich weiß nicht, wohin wir noch gehen können.

»Ich kann nicht mehr«, wispert auch Alma.

Ich sehe sie an, sehe den Schweiß auf ihrer Stirn, die Striemen an ihrem Handgelenk, ich bin fast sicher, dass man noch die Stelle sieht, an der ich sie geschlagen habe. Das hat sie alles nicht verdient. Vielleicht ist es besser, ich lass sie gehen und versuche, alleine weiterzukommen. Aber sie sieht mich ja immer noch, sie ist die Einzige. Die Einzige auf dieser Welt.

Wir gehen langsam weiter, so als wären wir gar nicht auf der Flucht. Passieren einen dunkelblauen Passat neben dem Gehweg. Ein Mann öffnet den Kofferraum, hebt einen Kasten heraus. Er sieht uns nicht mal. Wir gehen an ihm vorbei, ich blicke auf die geöffnete Fahrertür. Ich spüre mein Herz wieder schlagen, atme ganz tief, ich sehe nach oben in den blauen Himmel und glaube an etwas wie Schicksal. Es dauert bloß einen Augenblick. Der Mann verschwindet mit dem Wasserkasten im Inneren eines der Häuser. Leise und mit schnellen Bewegungen drücke ich Alma auf den Beifahrersitz, greife nach dem Schlüssel auf dem Fahrersitz, stecke ihn ins Schloss. Der Motor springt an, und ich trete aufs Gas. Erst als wir beinah um die Kurve verschwunden sind, kehrt der Mann zurück, schreit uns hinterher, schlägt im Rückspiegel die Hände über dem Kopf zusammen.

Ich blicke zu Alma, die sich ebenfalls umgedreht hat. Lächelt sie etwa? Ich mustere sie nur für einen Augenblick, bevor ich wieder auf die Straße blicke. Mein Herz schlägt schnell, meine Angst ist verflogen. Das ist doch Schicksal. Ein solches Glück. Das kann nur Schicksal sein. Es kann alles gut werden.

Ich bin mir plötzlich wieder ganz sicher. Wir müssen bloß weg von hier.

Irgendwann sind wir auf einem Feldweg, mächtige, nackte Buchen neben uns, die braune nasse Erde auf den Feldern. Alles ist schön im Sonnenlicht. Alles strahlt. Die Straßen sind leer. Ich sehe wieder zu Alma. Sie ist eingeschlafen. Ich nehme meine Hand vom Schaltknüppel, verharre kurz vor ihrem Bein, balle sie wieder zur Faust. Zu früh, denke ich. Und wieder hoffe ich, dass sie mir verzeihen kann, dass sie mir das alles irgendwie verzeihen kann. Es war ja so nicht geplant. Ich kann es aber nicht mehr zurücknehmen, sosehr ich es mir wünsche.

Daria, denke ich. Kannst du mir auch das verzeihen, Alma? Irgendwann? Wenn ich es dir erklären würde … Wenn du nur zuhören würdest, dass ich ja keine Wahl hatte. Daria hat ja regelrecht auf mich gewartet. Es war schon spät, und als sie mich gesehen hat, da ist sie auf mich zu, hat sich direkt vor mir aufgebaut, aber ich habe gesehen, dass sie eigentlich Angst hatte. Ob das denn stimmt, was Bela sagt. Ob *was* stimmt, was Bela sagt, habe ich zurückgefragt. Gleich so. Nicht anders. Gleich auf diese Weise. Kannst du das verstehen, Alma, denke ich.

Ich bin einfach wütend geworden. Ich habe ihr gesagt, dass sie nicht vergessen soll, was ich alles für sie getan habe. Dabei ist sie nicht mal mein Kind. Sie ist nicht mein Kind. Und trotzdem habe ich geschuftet, damit sie ein gutes Leben hat. Trotzdem, und das, obwohl sie uns so behandeln, uns so herumschubsen. Aber sie wollte mich ja gar nicht verstehen. Sie hat mich nicht mal reden lassen. Hör zu, Daria, habe ich gesagt. Hör mir bloß kurz zu. Und dann hat sie geschrien und geschimpft, dass sie alles verraten wird. Alles.

Ich wünschte, ich könnte es zurücknehmen. Habe mich neben sie gesetzt und gedacht, dass sie gleich die Augen wieder aufmacht. Dann bin ich den ganzen Tag durch die Stadt. Ich dachte, dass es jetzt vorbei ist. So wie vorhin. Ich dachte, jetzt haben sie mich. Aber niemand hat mir auf die Schulter getippt. Niemand hat mich gesehen. Nach mir gesucht. Das ist vermutlich mein Fluch. Und auch mein Segen. Es gibt vielleicht doch diese kleine Chance für mich, davonzukommen, neu anzufangen.

Und jetzt sind wir hier. In diesem seligen Moment sind wir ganz allein auf der Welt. Es gibt niemanden außer uns. Und der Moment wird kommen, in dem sie mir verzeiht. Denn niemand zählt außer uns. Niemand zählt wirklich. Ich glaube, das habe ich jetzt verstanden.

***

Das hohe Mehrparteienhaus lag in einem ruhigen Wohnviertel, die gelbe Fassade strahlte beinah golden in der Mittagssonne. Ganz Hof schien in Bewegung, überall dröhnten die Sirenen, flackerte das blaue Licht. Sie hatten geglaubt, ihm so nah zu sein, doch wieder war er ihnen entwischt. Ulrike und Franka hatten noch immer am Bahnhof gewartet, als ein Polizist auf sie zugekommen war, derselbe, der im Wald Dvalitsas Wagen aufgebrochen hatte. In wenigen Worten hatte er ihnen von einem Notruf erzählt. Ein Mann hatte einen gestohlenen Wagen gemeldet. Die Beschreibung passte.

Ebendiesen Mann erblickten sie nun vor der Eingangstür des gelben Wohnhauses. Er gestikulierte wild, fasste sich immer wieder an den Hinterkopf. Er hatte einen Undercut, das längere obere Haupthaar war zu einem kleinen Knötchen zusammengebunden, in der Augenbraue hing ein Piercing. Zwei Polizisten standen bereits bei ihm, als Ulrike und Franka sich der Gruppe näherten.

»Kork von der Kripo Regensburg«, stellte Ulrike sich dem Mann vor.

»Franka Brandl«, fügte ihre Kollegin hinzu und reichte ihm die Hand.

Ohne seinen Namen zu nennen, wetterte er augenblicklich los, dabei spuckte er wie ein Pferd. »Was zur Hölle ist hier eigentlich los?«, pöbelte er, als wäre Ulrike persönlich für den Diebstahl verantwortlich.

»Wer sind Sie überhaupt?«

»Rocco«, antwortete er. Seine dunkelgrüne Trainingsjacke und die löchrige Jeans rochen nach Weichspüler.

Ulrike seufzte und blickte auf das Haus hinter ihm, im Erdgeschoss stand eine blonde Frau am Fenster, ein Kind daneben, die Nase an die Scheibe gedrückt. »Wann ist Ihr Wagen gestohlen worden, Rocco?«

»So um zwölf rum, keine Ahnung. Kam gerade vom Einkaufen, habe nur einen Kasten reingetragen. Wollte dann das Auto umparken, Schlüssel lag noch drin.«

»Haben Sie gesehen, wer das war?«

»Ich habe bloß dieses Paar gesehen, aber nicht wirklich auf die geachtet. War halt einfach ein Paar.«

»Wie sahen die aus?«

»Weiß ich nicht mehr genau. Er hatte 'ne Kappe auf, glaub ich, sie eine graue Jacke. Ich bin mir nicht sicher. Was ist denn überhaupt los hier?«

Ulrike fischte ihr Handy aus der Jackentasche. Sie öffnete das Foto von Dvalitsa, das sie von der Universität erhalten und auch innerhalb der Fahndung verwendet hatten. »Ist das der Mann?«

Rocco stellte sich neben sie und betrachtete das Bild genauer. »Ja. Ja, das könnte der sein. Weiß nicht ganz, aber ja. Das könnte schon passen.«

Sie öffnete ein zweites Foto von Alma Dvalitsa. »Ist das die Frau?«

»Hundertpro. *Safe*. Was wollen Sie denn jetzt von denen?«

»Wir suchen die beiden, schon länger. Er ist gefährlich und bewaffnet. Sie hatten Glück, dass nicht mehr passiert ist.«

»Wollen Sie mich verarschen?« Rocco zog die Augenbrauen nach oben. Sein Piercing stemmte sich gegen die Haut. Ulrike konnte genau sehen, dass etwas in ihm Gefallen an dieser neuen Entwicklung fand. Die Wut und Verärgerung über das gestohlene Auto wichen beinah augenblicklich seiner unverhohlenen Neugier und Sensationslust. »Ach Quatsch, das gibt's ja nicht. Was ist das denn für ein Typ?«

Ulrike musterte den Mann, seine aufsässige Art begann sie zu nerven. Sie erinnerte sich an den Studenten, der sie in der Universität zum Büro von Professor Preuß geführt hatte. In ihm war auf ähnliche Weise die morbide Neugier hochgekommen. Sich an den Tragödien anderer zu weiden, war ebenso abstoßend wie auf seltsame Weise menschlich. »Melden Sie sich, falls Ihnen noch etwas einfällt.«

»Ja klar. Natürlich. Dann –« Er griff nach seinem Handy.

»Lassen Sie das«, sagte Ulrike streng.

»Was denn?«

»Wenn Sie so eine Nachricht verbreiten, dann haben wir es bald mit einem ganzen Haufen von Falschmeldungen zu tun, die dem Flüchtigen in die Karten spielen. Gehen Sie rein, bleiben Sie zu Hause und warten Sie auf Nachricht der Polizei.«

Rocco nickte. »Na klar. Logo. Sorry.«

Ulrike wandte sich ab, Franka folgte ihr.

»Was meinst du, wo ist er?«, fragte sie.

Ulrike drehte sich um. Mittlerweile mussten sie außer Hörweite sein, aber es hätte sie nicht gewundert, wenn Rocco hinter ihnen gestanden hätte, den Kopf zwischen ihre Schultern gepresst. Doch er schien sich schon ins Haus zurückgezogen zu haben.

»Ich weiß es nicht, aber irgendwas sagt mir, dass er weiter in den Osten ist.«

»Tschechien?«

»Er wird nicht über die Grenze fahren, jedenfalls noch nicht. Jetzt will er Strecke machen. Ich könnte mir vorstellen, dass er nach Sachsen fährt.« Sie blickte in den Himmel, dann auf ihre Armbanduhr. »Es ist jetzt noch ein paar Stunden hell, vier, vielleicht fünf. Die Zeit müssen wir nutzen. Wir müssen den Piloten vom Helikopter informieren.«

»Was will er denn in Sachsen?«

»Da kommt er her. Nur ein Gefühl. Aber ich glaub, wenn man gar nicht mehr weiterweiß, wenn man nicht mehr weiß, wohin, dann treibt es einen zu seinen Wurzeln.«

»Du hast mal gesagt, man soll sich nicht auf ein Gefühl verlassen.«

»Was interessiert mich mein Geschwätz von gestern?«, antwortete Ulrike und griff, während sie sprach, nach dem Handy in ihrer Jackentasche.

35

Jetzt ist es Nachmittag, wir sind seit zwei Stunden unterwegs. Wieder fahren wir über die Landstraßen, irgendwo in entlegenen Gebieten. Ich weiß nicht, wo wir sind. Aber alles ist weit, alles ist leer. Alma schläft noch immer, und auch ich merke, dass die Müdigkeit mir zu schaffen macht.

Wir bleiben irgendwo stehen, an einem kleinen Feldweg, ich schau aus dem Fenster und fühl mich so frei. Ich schaue mir das Auto an, finde eine Decke auf dem Rücksitz, voller Hundehaare. Ich schüttle sie aus und lege sie Alma auf den Schoß. Sie wacht nicht auf. Ich streiche ihr liebevoll übers Haar.

Im Kofferraum finde ich eine Einkaufstüte, Gemüse, etwas Obst. Unser Glück. Ich lege Alma eine Banane und einen Apfel sowie eine Wasserflasche aus meinem Rucksack auf den Fahrersitz. Dann reiße ich die Verpackung eines Schokoriegels auf, setze mich in den Kofferraum und blicke auf ein kleines Dorf, das sich zwischen zwei Feldern vor mir ausbreitet. Ich strecke den Kopf in die Sonne. Das gleißende Licht lässt alles erstrahlen. Heute wird alles gut. Heute werde ich frei sein. Ich weiß es. Ich weiß es genau.

Als ich fertig gegessen habe, sperre ich das Auto ab und lege mich auf die Rückbank. Ich will nur kurz schlafen, nur für einen Moment. Als ich wieder aufwache, sind zwei Stunden vergangen. Ich sehe auf die Uhr. Es ist jetzt vier. Ich blicke zu Alma, sie ist wach, sitzt einfach da, schaut aus dem Fenster. Ich greife nach dem Schlüssel in meiner Hosentasche und überprüfe den Inhalt meines Rucksacks, der neben mir im Fußraum stand. Die Waffe ist noch da.

»Wie geht es dir?«, frage ich Alma. Ihr Gesicht hat wieder etwas Farbe bekommen. Die Bananenschale liegt im Getränkehalter zwischen dem Fahrer- und Beifahrersitz.

»Ich weiß es nicht«, antwortet sie.

Ich richte mich auf, öffne den Wagen und steige wieder vorne am Fahrersitz ein. »Es tut mir leid. Das war ja so gar nicht geplant.«

»Wie war es dann geplant?«

»Ich weiß nicht. Nicht so jedenfalls. Und ich wollte dir auch nicht wehtun.« Ich streiche mit der Hand über ihr Gesicht, über die Stelle, an der ich sie geschlagen habe.

»Das zweite Mädchen an der Uni, warst du das?«

Ich antworte nicht.

»Warst du das?«, schreit sie.

»Nein«, lüge ich und weiß nicht mal, wieso.

»Wer war es dann?«

»Ich war das nicht.«

»Das glaube ich dir nicht«, sagt sie.

Ich warte einen Augenblick, bevor ich antworte. »Du verstehst das alles überhaupt gar nicht. Es würde keinen Sinn machen, es dir zu erklären.«

»Wann lässt du mich gehen? Wann darf ich endlich gehen, Lex? Ich will zu meinen Kindern. Ich muss zu Daria.« Sie weint.

Verdammt! Sie soll aufhören. Etwas in mir rebelliert, als ich sie anschaue. Das wird sie mir nie verzeihen. Was ich auch tue. Alles wird dunkel vor mir für einen Augenblick. Ich schließe die Augen.

Alma packt mich, schlägt mich ins Gesicht, immer und immer wieder. »Jetzt sag endlich, wann ich gehen kann!«

Ich drücke ihre Hände zurück, halte sie fest, versuche, ihren Blick ganz ruhig zu erwidern. »Du darfst bald gehen. Ich brauche etwas mehr Zeit. Aber du musst ruhig bleiben, verstehst du mich? Irgendwann wirst du das nachvollziehen.«

Sie nickt, lässt ihre Hände sinken. Es hat keinen Sinn, das weiß sie. Das weiß sie selbst genau. Es ist so ruhig im Auto, so ruhig draußen, niemand um uns herum.

»Wir müssen jetzt fahren«, sage ich und lasse den Anschnallgurt zuschnappen.

»Wohin?«, fragt Alma.

»Irgendwohin. Fort von hier.« Ich schalte den Motor an, wir fahren los. Die Straßen sind frei, die Abendsonne malt goldene Schlieren an den kalten Himmel.

Egal was passiert, denke ich, irgendwann muss doch alles gut werden. Es muss doch alles wieder gut werden. Alma ist wieder ruhig. Sie ist das Einzige, was ich noch habe, und ich bin das Einzige, was ihr bleiben wird, wenn all das vorbei ist. Sie wird es verstehen. Es wird wehtun, aber sie wird es verstehen.

In der Stille höre ich es plötzlich, wie das Brummen eines Insekts, ganz nah dran an meinem Ohr. Es wird lauter, es wird immer lauter, ich blicke nach oben. Mein Herz schlägt. Ich erkenne den Helikopter. Wir müssen uns beeilen. Sie sehen uns. Sie sehen *mich*.

※※※

Die Nachricht war plötzlich gekommen. Den ganzen Nachmittag lang war der Hubschrauber über der bayerisch-sächsischen Grenze gekreist und schließlich in Richtung der B 173 weiter östlich ausgeschert. Ulrikes Gefühl hatte sie nicht getäuscht. Dvalitsa war auf dem Weg in Richtung Mittelsachsen gewesen, vielleicht unterbewusst, vielleicht instinktiv, vielleicht hatte er aber auch einen Plan verfolgt. Zwischen Plauen und Zwickau, an einem kleinen Feldweg, hatte er Pause gemacht. Warum er nicht in den Wald gefahren war, wo man ihn nicht entdeckt hätte, erschloss sich Ulrike nicht. Wieder hatte Dvalitsa einen Fehler begangen und damit den Vorsprung, den er ursprünglich gehabt hatte, vollständig zunichtegemacht. Auch wenn der Helikopter den Wagen wieder aus dem Blick verloren hatte, konnte Dvalitsa nicht mehr weit sein. Es war nur noch eine Frage der Zeit, bis sie ihn haben würden.

Ulrike hatte sich hinter mehreren Einsatzfahrzeugen auf der A 72 eingeordnet. Sie hatte Mühe mitzukommen und trat das Gas vollständig durch. Die Sirenen konnten gerade so das

Heulen ihres Motors übertönen, das blaue Licht erhellte die dämmrige Straße. Franka saß neben ihr und klammerte sich an ihren Sitz. Im Rückspiegel sah Ulrike Ingos Wagen. Minütlich gingen neue Meldungen ein, die Franka sowohl über ihr Handy als auch über Funk entgegennahm. Ulrike war sich fast sicher, dass Dvalitsa wieder über irgendwelche kleinen Landstraßen fuhr, und sie hoffte, dass er sichtbar und auf befestigten Wegen blieb. Er hatte jedoch keine Zeit mehr zu verlieren, der Radius war eingeschränkt, und es blieb kaum noch eine Möglichkeit, auf ein anderes Fahrzeug umzusteigen. Jetzt galt es nur noch, schnell zu sein. Mit der Zeit, die vergangen war, seit der Pilot das Fahrzeug aus den Augen verloren hatte, konnte er sich in einem Radius von fünfzig bis sechzig Kilometern befinden, der nun kreisförmig abgesucht wurde. Sowohl die bayerische als auch die sächsische Landespolizei waren im Einsatz. Dvalitsa war eingekesselt. Ihm blieb kaum mehr eine Möglichkeit zu entkommen.

Wieder klingelte Frankas Handy.

»Ja?«

Ulrike hörte nichts, sie starrte stur auf das Heck des vor ihr fahrenden Einsatzfahrzeuges, ihre Finger umklammerten das Lenkrad, ihre Augen schmerzten.

»Alles klar«, sagte Franka. »Wir fahren hier raus«, wies sie Ulrike an, die sich augenblicklich auf der rechten Spur einordnete.

Die Ausfahrt Treuen war bloß noch einen Kilometer entfernt. Zwei weitere Einsatzfahrzeuge scherten vor ihr aus, genauso wie Ingo hinter ihr. Endlich wurde es leiser, wenn auch bloß für einen Moment.

Ulrike versuchte, sich vor Augen zu führen, wo genau sie sich befanden. »Bis nach Tschechien ist es nicht mehr weit, richtig?«

Franka, die eine Karte auf ihrem Handy geöffnet hatte, nickte. »Aber wenn er nach Tschechien gewollt hätte, dann wäre er doch direkt dahin, oder? Von Regensburg wäre er in zwei Stunden da gewesen.«

»Er hat nicht nachgedacht. Jetzt muss er einfach schnell sein. Aber über die Grenze wird er nicht kommen. Das muss ihm klar sein.«

Franka antwortete nicht. Sie hielt das Handy wie einen Stein umklammert, ihre Knöchel traten weiß hervor.

»Geht es dir gut?«

»Nein, nicht so richtig. Mir ist übel.«

Ulrike betrachtete sie kurz, bevor sie wieder den Blick auf die Straße richtete. Franka war tatsächlich ziemlich blass. »Soll ich anhalten?«, fragte sie, obwohl sie wusste, dass das nicht möglich war.

»Nein, bloß nicht«, antwortete Franka.

Ulrike nickte und folgte dem Einsatzfahrzeug vor ihr nach rechts, nachdem sie von der Autobahn abgefahren waren. Das Funkgerät, das ebenfalls auf Frankas Schoß lag, knackte. Eine knarzende Stimme berichtete, dass man erneut die Spur aufgenommen hatte. Dvalitsas Fahrzeug war auf der B 169 gesichtet worden, kurz hinter Steinberg.

Franka tippte auf ihrem Smartphone herum. »Das sind nur zwanzig Kilometer von hier.«

Beinah augenblicklich schalteten die Dienstfahrzeuge vor Ulrike wieder ihre Sirenen an, das blaue Licht flutete erneut den Innenraum ihres Mercedes. Ulrike klopfte auf das Lenkrad, als würde sie ihrem Gefährt die Sporen geben. Gehorsam heulte der Motor auf, als sie den Polizeiwagen folgte. Es war jetzt dunkel geworden, und trotz der Lautstärke um sie herum wurde es in ihr plötzlich sehr ruhig. Auch Franka schien kaum zu atmen vor Anspannung, sie saß da wie versteinert, klammerte sich regelrecht an ihren Sitz.

Bald waren sie auf der B 169 angekommen. Ulrike beobachtete die blauen Lichter vor sich, die wie Leuchttürme die Umgebung abzusuchen schienen. Der Funkspruch kam bloß einen Augenblick später. Ein Polizist zwei Wagen vor ihnen schien ihn abgesetzt zu haben, denn auf einmal beschleunigte das Fahrzeug so stark, dass Ulrike nicht mehr hinterherkam. Nur einen Moment später wurde bestätigt, dass die B 169 bei

Schneeberg nun durch eine Straßensperre abgeriegelt werden würde. Dvalitsa war endgültig umzingelt.

Franka starrte aus dem Fenster, plötzlich schrie sie. »Da, Ulrike!«

Ulrike sah das Fahrzeug, das einige hundert Meter vor ihnen plötzlich ausscherte und von der Straße aus auf ein neben dem Weg liegendes Feld bretterte. Dreck und Schlamm wurden von den Reifen in die Luft geschleudert. Die beiden Dienstfahrzeuge vor ihnen hatten Dvalitsas Manöver zu spät bemerkt.

Ulrike riss das Lenkrad nach rechts. Ein lautes Gepolter drang an ihre Ohren, Steine schlugen von unten gegen die Karosserie, der Anschnallgurt schnitt in ihren Hals, ihr Kopf wurde immer und immer wieder gegen die Stütze geschleudert.

Der Passat blieb stehen, und auch Ulrike stoppte, sie beobachtete Ingos Wagen im Rückspiegel, der sich genau wie die beiden Einsatzfahrzeuge vor ihr dem Passat näherte und neben ihr zum Stehen kam. Jetzt war alles ganz still.

Ulrike blickte Franka an. »Geht es dir gut?«

Sie nickte mühsam, bevor sie ihren Gurt löste.

Ulrike starrte durch die Windschutzscheibe nach draußen, lauschte auf die anderen näher kommenden Sirenen, alles leuchtete blau. Sie fixierte den dunkelblauen Wagen, versuchte, etwas zu sehen. Sie konnte zwei Silhouetten in der Heckscheibe ausmachen, mehr erkannte sie nicht. Von links näherten sich bewaffnete Beamte in Schutzwesten.

Plötzlich zerriss ein Knall die Nacht. Augenblicklich ließen sich die Polizisten auf die nasse Erde fallen. Ulrike schloss die Augen.

36

Ich weiß nicht, womit ich gerechnet habe. Ob ich geglaubt habe, dass sie weinen würde oder schreien. Aber sie sitzt bloß da, starrt aus dem Fenster, als wären wir immer noch auf der Straße, als wären wir immer noch auf der Flucht. Ich habe versagt. Es gibt keine Chance mehr. Das weiß ich jetzt. Das weiß ich genau. Ich habe den Schuss abgegeben, um Zeit zu gewinnen, um zu überlegen, wenigstens für einen Moment nachzudenken. Jetzt umklammern meine Hände wieder das Lenkrad. Alma ist zusammengezuckt, als der Schuss fiel, doch trotz allem ist sie irgendwie gefasst, als hätte sie mit alldem gerechnet, als wäre sie gar nicht überrascht.

Ich atme, versuche jedenfalls zu atmen, doch es kommt mir plötzlich so fremd vor, die Luft in meiner Lunge, wie sich mein Brustkorb hebt und senkt. So giftig. Ich schließe die Augen, doch das blaue, flackernde Licht bewegt sich trotzdem vor meinen geschlossenen Lidern hin und her.

Ich schalte das Radio an. Eine CD steckt in der Anlage, automatisch ertönt das erste Lied. Ruhige Gitarrenmusik schallt mir aus den Lautsprechern entgegen.

»This is the first day of my life«, singt eine Männerstimme, und ich öffne die Fenster, damit die kalte Luft uns umschließt, damit sich das Atmen nicht mehr so seltsam anfühlt.

Sie werden nicht schießen, ich weiß. Alma ist noch bei mir. Doch wenn ich sie ansehe, dann ist sie weit weg. Vielleicht hat sie mich auch nie gesehen, denke ich plötzlich, und der Gedanke überwältigt mich so sehr, dass ich mich übergeben will. Jetzt bin ich mir fast sicher. Jetzt ist es so, als würde sie an mir vorbeisehen. Jetzt in diesem Moment.

Ich schließe wieder die Augen, und ganz plötzlich ist Rita wieder da. Ich sehe ihre Grübchen, ihre langen blonden Haare, ihre dunklen Augen. Alles ist verschwommen, nur ihr Gesicht ist ganz klar, ihr Lachen.

»*Yours is the first face that I saw*«, singt die Männerstimme. Ich greife nach Almas Hand, aber sie reißt sie weg. Dann schüttle ich den Kopf. Ich weiß, dass es vorbei ist. Ich ziehe Darias Handy aus der Innenseite meiner Jacke. »Es tut mir leid. Es war so nicht geplant«, sage ich. Ich reiche es ihr, und ich sehe sie ganz genau an in diesem Moment, versuche, jedes ihrer Gefühle, jeden Gedanken aufzunehmen, versuche, alles aufzusaugen und selbst etwas zu fühlen. Irgendetwas.

»War so nicht geplant«, wiederhole ich zum zigsten Male. Ihr Gesicht zerfällt vor mir. Zerfällt zu Staub. Ich versuche zu atmen. Aber das ist jetzt so schwer. Ich entsperre die Verriegelung ihrer Tür. Ich lehne mich zurück, werde plötzlich so müde, als würde ich einschlafen. Ich schließe die Augen.

Rita ist wieder da in diesem Moment. Und vielleicht ist sie immer da, neben mir, hinter mir, in mir. Doch sie sieht mich nicht an. Rita auf dem Rücksitz, Rita und ihr Geist. Rita und Annabelle. Daria irgendwo dazwischen, irgendwo davor. Alles verschwimmt. Ich sehe nach draußen. Die Sonne ist untergegangen. Ein paar Schlieren noch irgendwo. Der goldene Tag. Er ist vorbei. Ich kann nicht mehr atmen. Ich schnappe nach Luft. Ich schlafe ein. Ich wache auf. Öffne die Augen. Doch ich sehe nichts mehr. Bloß Rita, die ihre langen weißen Finger um meinen Hals legt. Und zudrückt.

***

»Verdammt, Franka!«, fluchte Ulrike, nachdem Franka die Beifahrertür aufgedrückt hatte und sich an den Einsatzfahrzeugen vor ihr entlang gebückt vorarbeitete. Ulrike beeilte sich, ebenfalls auszusteigen, ging um ihren Wagen, griff nach Frankas Arm. »Ich weiß, wie du dich fühlst, dass du das richtig machen willst, aber es ist nicht der Moment, um die Heldin zu spielen«, sagte sie mit ruhiger, fester Stimme.

Franka schien nicht zu wissen, wie sie reagieren sollte, in ihren Augen lag ein wilder, entschlossener Blick, doch sie nickte mühsam. »Tut mir leid, ich weiß nicht, was los ist«, sagte sie dann und fasste sich an die Stirn.

»Hier geht es nicht um dich. Das ist nichts Persönliches.« Ulrike zog sie zurück hinter den Dienstwagen. Dann versuchte sie wieder, die Szenerie vor sich zu erfassen, beobachtete, wie die Beamten zurück auf ihre Posten robbten.

Ihr Funkgerät knackte.

»Sie unterhalten sich, sieht nicht so aus, als wäre sie gefesselt. Warten auf Zugriff«, sagte der Einsatzleiter, den Ulrike in der Ferne erkannte. Er stand vor einem blauen Polizeibus am Straßenrand.

Ulrike schüttelte den Kopf, obwohl sie wusste, dass er das nicht sehen konnte. Kreuz und quer standen die Wagen, überall Beamte, bewegungslos wie Zinnsoldaten, wie Schachfiguren. Niemand rührte sich, alle warteten auf ihren Befehl.

»Ich rede mit ihm. Kein Zugriff, solange Alma Dvalitsa nicht in Sicherheit ist«, gab Ulrike entschlossen zurück und ließ das Funkgerät dann wieder sinken.

Sie ging auf eines der Einsatzfahrzeuge zu und wollte gerade die Lautsprecherfunktion im Inneren bedienen, als sie sah, dass sich etwas im Auto bewegte. Alles geschah wie in Zeitlupe, wie orchestriert, als sei das alles minutiös geplant.

Die Beifahrertür öffnete sich langsam, Alma Dvalitsa kletterte umständlich aus dem Wagen. Sie schlug die Tür hinter sich zu, ging zunächst langsam über die nasse Erde. Sie stolperte, es machte den Eindruck, als könne sie ihre Beine nicht richtig bewegen, wie eine Marionette, die an zu langen Seilen hing, ungeschickt und unnatürlich. Noch einmal blickte sie sich zum Wagen um, und als sie sicher war, weit genug weg zu sein, rannte sie los.

Franka lief ihr entgegen, nahm ihre eigene Jacke ab und legte sie der zitternden Frau um die Schultern.

In dem Moment, in dem sich Alma Dvalitsa in Sicherheit wähnte, schrie sie auf. Ihr Gesicht war schmerzverzerrt, ihr Mund in Qualen geöffnet. Sie hielt ein schwarzes Handy umklammert.

Franka führte sie zu einem Krankenwagen, wo sie sofort von Sanitätern umringt und in Decken gehüllt wurde, doch ihr Klagen, ihr Schluchzen hallte durch die Nacht. Sie klang wie ein verletztes, wie ein sterbendes Tier. Ulrike wusste, dass sie dieses Geräusch nie wieder vergessen würde.

Sie beobachtete Franka, die sich aus der Gruppe der Sanitäter löste, die Hand vor den Mund geschlagen, die andere gegen den Krankenwagen gestemmt. Ulrike wandte sich ab, schien sich selbst zu ermahnen, die Ruhe zu bewahren, obwohl sich alles in ihr zusammenzog.

»Zugriff?«, hörte sie Ingo neben sich sagen.

Ulrike hielt das Funkgerät in ihrer Hand. Dann ließ sie es sinken, kehrte erneut zum Polizeiwagen zurück und aktivierte den Lautsprecher. Dvalitsa hatte die Musik aufgedreht und seine Fenster geöffnet, Ulrike war sich fast sicher, dass er sie nicht verstehen würde, und trotzdem musste sie es versuchen.

»Alexej?«, begann sie und hörte ihre eigene Stimme laut über das Feld hallen. »Alexej, kommen Sie mit erhobenen Händen aus dem Wagen, dann wird Ihnen nichts passieren. Das verspreche ich.«

Nichts geschah. Das Lied stoppte, kurz darauf startete es erneut. Die Gitarrenklänge und der Gesang übertönten ihre eigene Stimme. Es machte den Eindruck, als wäre sie auf einem Konzert, als würde der Sänger selbst im Auto sitzen, mit einem riesigen Verstärker, mit einem Mikrofon hinter dem Steuer.

Es vergingen lange Minuten, immer wieder startete das Lied von Neuem. Was hatte Dvalitsa vor?

Ulrike legte den Kopf schief, kniff die Augen zusammen, doch sie sah nichts. Sie fasste sich in den Nacken, erschauderte vor der eigenen kalten Hand auf ihrer nackten Haut. Sie musste eine Entscheidung treffen.

Wieder griff sie nach ihrem Funkgerät. Sie sah ihren eigenen Atem wie Rauchschwaden vor sich aufsteigen, plötzlich spürte sie die Kälte stärker, fühlte sich von ihr vollständig umschlossen. »Zugriff«, sagte sie leise mit bebender Stimme in das Funkgerät und beobachtete dann, wie ihr Wort eine Kettenreaktion auszulösen schien.

Während die Stimme von Conor Oberst das Feld erfüllte, robbten bewaffnete Polizisten in Schutzwesten über den Boden, näherten sich langsam dem Wagen. Auch Ulrike griff nach ihrer Dienstwaffe und ging im Rücken eines Polizisten auf den Passat zu. Die Musik wurde lauter.

»*And I wondered if I could come home …*«

Immer näher rückten die Polizisten, als würden sie sich zu der Musik bewegen. Ulrike meinte zu träumen. Sie zitterte jetzt stärker, fokussierte die Silhouette durch die Heckscheibe, die sich kaum zu bewegen schien. Irgendwann war sie so nah dran, dass sie meinte, Dvalitsas Augen im Seitenspiegel zu erkennen, wie sie ihren Blick erwiderten.

»Alexej, kommen Sie mit erhobenen Händen raus, es wird Ihnen nichts passieren!«, brüllte sie. Doch der Mann hinter dem Steuer schloss einfach die Augen.

Ganz plötzlich schien sich etwas zu bewegen. Ulrike sah die Waffe in seiner Hand, instinktiv duckte sie sich auf den Boden, spürte, wie die nasse, kalte Erde ihre Kleider durchweichte. Sie beobachtete die Pistole in ihren eigenen bebenden Händen, die sich wie Gummi hin und her zu bewegen schien. Sie fluchte leise. Alles blieb stehen. War das bloß eine Sekunde? Oder waren es Minuten? Dann hörte sie den Schuss, der ihr Trommelfell beben ließ.

Sie presste die Lider aufeinander, meinte für einen Augenblick, das Bewusstsein verloren zu haben. Langsam erhob sie sich, sah sich um, versuchte nachzuvollziehen, was geschehen war. Dann sah sie das Blut. Rote Spritzer im Inneren des Wagens, Tropfen, die wie Regen über die Scheibe perlten. Sie ließ ihre eigene Waffe fallen. Fokussierte den Seitenspiegel, betrachtete das Bild, das sich ihr bot, unfähig, die Augen von dem grausigen Anblick zu lösen.

Wieder klang das Schreien in ihren Ohren. Sie wusste nicht, ob sie es sich einbildete, aber da war es von nun an, ein immerwährender Klang in ihrem Hinterkopf. Ein letztes Mal betrachtete sie das entstellte Gesicht Dvalitsas, zur Seite gekippt, die Haare vor den Augen, all das Blut. Sie drehte sich um und blickte nach oben. Der Nachthimmel war sternenklar. Sie schloss die Augen und atmete, so tief sie konnte.

Nicht in der Lage, ihre Umwelt wahrzunehmen, kehrte sie zu ihrem Wagen zurück, streckte die Arme über das Autodach, legte die Stirn auf das kühle Blech. Ihr Atem ging schnell, zu schnell. Sie musste ruhig werden. Sie wartete.

Sie wusste nicht, wie lange sie so dastand. Irgendwann zog sie mit tauben Fingern ihr Handy hervor. Emma hatte angerufen. Sie rief zurück. Noch bevor sie etwas sagen konnte, dröhnte ihr die laute Stimme ihrer Tochter ins Ohr.

»Ich habe von dem Einsatz im Radio gehört, geht es dir gut?«

Ulrike nickte stumm. »Ja, mir geht es gut. Ich komm gleich nach Hause«, hörte sie sich selbst sagen, als wäre sie weit entfernt.

»Ich hab mir riesige Sorgen gemacht, Mama«, antwortete Emma mit wackliger Stimme.

Mama. Ulrike presste die Lippen aufeinander, ihre Atmung überschlug sich. »Mir geht es gut. Ich bin bald zu Hause«, wiederholte sie. Dann legte sie auf, blickte wieder in den Himmel. Alles verschwamm vor ihren Augen. Die kühle Abendluft schmerzte in ihrer Lunge. Doch sie saugte sie gierig ein. Sie konnte nicht genug davon bekommen.

Elisabeth Nesselrode
NEBELECK
Broschur, 256 Seiten
ISBN 978-3-7408-1177-8

Auf einem abgeschiedenen Bauernhof in der Oberpfalz wird ein Mann brutal ermordet. Kriminalkommissarin Ulrike Kork nimmt die Ermittlungen auf, doch an den wortkargen Einheimischen des nahe gelegenen Ortes beißt sie sich die Zähne aus. Zudem scheint der Arzt Peter König das Dorf im Griff zu haben. Als der Dorfschlosser Suizid begeht und in seinem Abschiedsbrief den Mord gesteht, ist Korks Job eigentlich beendet. Doch sie folgt ihrem Instinkt. Auf eigene Faust ermittelt sie weiter und stößt hinter der perfekten Fassade auf menschliche Abgründe …

www.emons-verlag.de